VOZES

ARNALDUR INDRIÐASON

Vozes

Tradução
Álvaro Hattnher

Companhia Das Letras

Copyright © 2002 by Arnaldur Indriðason
Publicado mediante acordo com Forlagid www.forlagid.is

Bókmenntasjóður
The Icelandic Literature Fund

Este livro contou com apoio financeiro de Bókmenntasjóður/ The Icelandic Literature Fund

Grafia atualizada segundo o Acordo Ortográfico da Língua Portuguesa de 1990, que entrou em vigor no Brasil em 2009.

Título original
Röddin
Traduzido da edição americana (*Voices*)

Capa
Kiko Farkas e Thiago Lacaz/ Máquina Estúdio

Foto de capa
© Corbis (RF)/ LatinStock

Preparação
Ciça Caropreso

Revisão
Adriana Cristina Bairrada
Ana Maria Barbosa

Dados Internacionais de Catalogação na Publicação (CIP)
(Câmara Brasileira do Livro, SP, Brasil)

Indriðason, Arnaldur
  Vozes / Arnaldur Indriðason ; tradução Álvaro Hattnher. —
1ª ed. — São Paulo : Companhia das Letras, 2012.

  Título original: Röddin.
  ISBN 978-85-359-2058-1

  1. Ficção policial e de mistério (Literatura islandesa) I. Título.

12-00875   CDD-839.693

Índice para catálogo sistemático:
1. Ficção policial e de mistério : Literatura islandesa   839.693

[2012]
Todos os direitos desta edição reservados à
EDITORA SCHWARCZ S.A.
Rua Bandeira Paulista, 702, cj. 32
04532-002 — São Paulo — SP
Telefone: (11) 3707-3500
Fax: (11) 3707-3501
www.companhiadasletras.com.br
www.blogdacompanhia.com.br

Mas, quando o inverno chegar,
onde encontrarei
as flores, a luz do sol,
as sombras da terra?
Os muros permanecem
mudos e frios,
os cata-ventos
giram ao vento.
                    Na metade da vida,
                    Friedrich Hölderlin

Enfim o momento havia chegado. A cortina se abriu, a plateia foi surgindo aos poucos; ele se sentiu glorioso ao ver todas aquelas pessoas olhando para ele, e sua timidez desapareceu em um instante. Viu alguns colegas e professores, e o diretor, que parecia acenar com a cabeça para ele em sinal de aprovação. Mas a maioria das pessoas eram estranhos. Todos estavam ali para ouvir sua bela voz, que tinha chamado a atenção mesmo fora da Islândia.

O murmúrio no auditório foi desaparecendo aos poucos e todos os olhos concentraram-se nele com uma silenciosa expectativa.

Viu o pai sentado no meio da primeira fila com seus óculos de armação preta, as pernas cruzadas e o chapéu apoiado nos joelhos. Viu-o observando através das lentes grossas e sorrindo encorajadoramente; aquele era o grande momento da vida deles. A partir de então, nada mais seria igual.

O regente levantou os braços. O silêncio desceu sobre o auditório. E ele começou a cantar com a voz clara e doce que o pai havia descrito como divina.

PRIMEIRO DIA

1.

Elínborg esperava por eles no hotel.

No saguão havia uma enorme árvore de Natal, decorações, ramos de abeto e bugigangas brilhantes por toda parte. Um sistema de som invisível tocava "Noite feliz". Um ônibus estacionou diante do hotel e um grupo se aproximou do balcão da recepção, turistas que tinham planejado passar o Natal e o Ano-Novo na Islândia porque o país lhes parecia ser um lugar cheio de aventuras e emoções. Apesar de terem acabado de chegar, muitos já haviam comprado os tradicionais suéteres islandeses e se inserido na exótica paisagem da terra do inverno. Erlendur espanou com a mão o granizo de sua capa de chuva. Sigurdur Óli deu uma olhada pelo saguão e avistou Elínborg perto dos elevadores. Puxou Erlendur e os dois foram até ela. Elínborg já havia examinado a cena. Os primeiros policiais que chegaram tinham garantido que ela permanecesse inalterada.

O gerente do hotel pediu que eles não causassem tumulto. Usou essa expressão quando telefonou. Ali era um hotel, e os hotéis vivem de sua reputação, e pediu que levassem isso em conta.

Dessa forma não houve sirenes lá fora nem policiais uniformizados andando apressados pelo saguão. O gerente disse que precisavam, a todo custo, evitar que o medo se instalasse entre os hóspedes.

A Islândia não deveria ser tão excitante, não deveria representar uma grande aventura.

Agora ele estava de pé ao lado de Elínborg e cumprimentou Erlendur e Sigurdur Óli com um aperto de mão. Era tão gordo que o terno mal envolvia seu corpo. O paletó cobria o estômago preso por um botão prestes a estourar. A parte de cima da calça estava escondida debaixo de uma pança enorme e protuberante que saía pelo casaco, e o homem suava tanto que não conseguia largar o lenço branco com o qual constantemente enxugava a testa e a nuca. O colarinho branco da camisa estava encharcado de suor. Erlendur apertou sua mão úmida.

"Obrigado", disse o gerente do hotel, bufando como uma orca. Em seus vinte anos de administração do hotel ele nunca tinha enfrentado nada parecido com aquilo. "Em plena temporada de Natal", gemeu. "Não entendo como isso pôde acontecer! Como isso pôde acontecer?", repetiu, não deixando nenhuma dúvida sobre como estava se sentindo absolutamente perplexo.

"Ele está lá em cima ou embaixo?", perguntou Erlendur.

"Em cima ou embaixo?", bufou o gerente gordo. "Você quer saber se ele foi para o céu?"

"É", disse Erlendur. "É exatamente isso que precisamos saber..."

"Vamos subir pelo elevador?", perguntou Sigurdur Óli.

"Não", disse o gerente, lançando um olhar irritado para Erlendur. "Está lá embaixo, no porão. Ele tem um quartinho ali. Nós não queríamos expulsá-lo. E foi isso que acabamos recebendo."

"E por que vocês iriam querer expulsá-lo?", perguntou Erlendur.

O gerente olhou para ele, mas não respondeu.

Eles desceram lentamente as escadas ao lado do elevador. O gerente seguiu à frente. Descer as escadas foi extenuante para ele, e Erlendur se perguntou como iria voltar para cima.

Com exceção de Erlendur, eles tinham concordado em demonstrar alguma consideração e tentar chegar ao hotel o mais discretamente possível. Três carros de polícia estavam estacionados nos fundos, com uma ambulância. Policiais e paramédicos tinham entrado pela porta de trás. O legista estava a caminho. Ele iria atestar a morte e chamar uma van para transportar o corpo.

Eles caminharam por um longo corredor com o gerente ofegante à frente. Policiais à paisana cumprimentaram-nos. À medida que andavam, o corredor ia se tornando mais e mais escuro, porque as lâmpadas no teto tinham queimado e ninguém se preocupara em trocá-las. Por fim, no escuro, chegaram à porta que conduzia a um pequeno quarto. Na verdade, era mais uma despensa grande do que uma habitação, mas lá dentro havia uma cama estreita, uma pequena escrivaninha e um tapete esfarrapado no chão de azulejos sujos. E também uma pequena janela perto do teto.

O homem estava sentado na cama, encostado à parede. Vestia uma roupa berrante de Papai Noel e ainda trazia o gorro na cabeça; ele, porém, havia deslizado para baixo, cobrindo os olhos. Uma enorme barba artificial de Papai Noel escondia seu rosto. Ele tinha aberto o cinto largo e desabotoado o casaco. Por baixo da roupa, usava apenas uma camiseta branca. Havia um ferimento fatal no coração. Embora houvesse outros ferimentos no corpo, o esfaqueamento no coração tinha acabado com ele. Havia cortes em suas mãos, como se ele tivesse tentado lutar com seu agressor. A calça estava abaixada até o tornozelo. Havia um preservativo pendurado em seu pênis.

"Rudolph, a rena do nariz vermelho", cantarolou Sigurdur Óli, olhando para o corpo.

Elínborg mandou-o ficar quieto.

No quarto havia um pequeno armário, cuja porta estava aberta. Dentro dele havia calças dobradas e suéteres, camisas passadas, cuecas e meias. Pendurado em um cabide, um uniforme azul-marinho com dragonas douradas e botões de metal brilhante. Um sapato de couro preto muito bem engraxado podia ser visto ao lado do armário.

Jornais e revistas estavam espalhados pelo chão. Ao lado da cama, havia uma mesinha e uma lâmpada. Sobre a mesa um único livro: A *história dos meninos cantores de Viena*.

"Esse homem, ele morava aqui?", perguntou Erlendur enquanto analisava a cena. Ele e Elínborg tinham entrado no quarto. Sigurdur Óli e o gerente do hotel permaneceram do lado de fora. Era pequeno demais para ficarem todos lá dentro.

"Nós o deixávamos ficar aqui", disse o gerente, constrangido, enxugando o suor da testa. "Ele trabalhava para nós fazia muito tempo. Antes mesmo de eu vir para cá. Como porteiro."

"A porta estava aberta quando ele foi encontrado?", perguntou Sigurdur Óli, tentando parecer formal, como se para compensar sua brincadeira de antes.

"Eu pedi a ela que esperasse vocês", disse o gerente. "A garota que o encontrou. Ela está na copa dos funcionários. Ficou chocada, a pobrezinha, como podem imaginar." O gerente evitava olhar para o quarto.

Erlendur aproximou-se do corpo e olhou a ferida no coração. Ele não fazia a menor ideia de que tipo de lâmina havia matado o homem. Ergueu os olhos. Acima da cama havia um pôster antigo e desbotado de um filme de Shirley Temple, preso nos cantos com fita adesiva. Erlendur não conhecia o filme, que se chamava A *Pequena Princesa*. O pôster era a única decoração que havia no quarto.

"Quem é essa", perguntou Sigurdur Óli, da porta, ao ver o pôster.

"Está escrito Shirley Temple", disse Erlendur.

"E quem é ela? Já morreu?"

"Quem é Shirley Temple?" Elínborg ficou espantada com a ignorância de Sigurdur Óli. "Você não sabe quem ela foi? Não estudou nos Estados Unidos?"

"Ela foi uma estrela de Hollywood?", perguntou Sigurdur Óli ainda olhando para o pôster.

"Ela foi uma estrela infantil", disse Erlendur secamente.

"Então, de certa forma, está morta."

"Hein?", disse Sigurdur Óli sem entender o comentário.

"Uma estrela infantil", disse Elínborg. "Acho que ela ainda está viva. Não me lembro. Acho que ela é alguma coisa na ONU."

Erlendur percebeu que não havia outros objetos pessoais no quarto. Olhou ao redor, mas não viu estante, CDs ou computador, nem rádio ou televisão. Apenas uma escrivaninha, uma cadeira, um armário e uma cama com um travesseiro surrado e um edredom sujo. O quartinho lembrava uma cela de prisão.

Ele foi até o corredor, olhou para a extremidade escura dele e sentiu um leve cheiro de queimado, como se alguém tivesse brincado com fósforos ou possivelmente iluminado o caminho.

"O que tem ali?", perguntou ao gerente.

"Nada", ele respondeu e olhou para o teto. "Só o fim do corredor. Algumas lâmpadas estão queimadas. Vou mandar trocar."

"Esse homem, há quanto tempo ele morava aqui?", perguntou Erlendur, voltando para o quarto.

"Não sei, desde antes de eu começar a trabalhar aqui."

"Então ele já estava aqui quando você se tornou gerente?"

"Estava."

"Quer dizer que ele morou neste buraco durante vinte anos?"

"Isso mesmo."

Elínborg olhou para o preservativo. "Pelo menos ele praticava sexo seguro", disse ela.

"Pelo jeito, não muito seguro", disse Sigurdur Óli.

Nesse momento, o legista chegou trazido por um funcionário do hotel, que depois voltou pelo corredor. O legista também era muito gordo, embora não fosse de maneira alguma páreo para o gerente do hotel. Quando se espremeu para entrar no quarto, Elínborg saiu rapidamente, em busca de ar.

"Olá, Erlendur", disse o legista.

"O que lhe parece?", perguntou Erlendur.

"Pode-se dizer que foi um ataque cardíaco, mas preciso olhar melhor", respondeu o legista, conhecido por seu terrível senso de humor.

Erlendur olhou para Sigurdur Óli e Elínborg, que sorriam de orelha a orelha.

"Dá para saber quando aconteceu?", perguntou Erlendur.

"Não pode ter sido há muito tempo. Em algum momento nas duas últimas horas. Ele mal começou a esfriar. Vocês encontraram as renas?"

Erlendur suspirou.

O legista retirou sua mão do cadáver.

"Vou assinar o atestado", disse. "Mande levarem para o necrotério, lá eles vão fazer a autópsia. Dizem que o orgasmo é uma espécie de morte", acrescentou, olhando para o corpo. "Então, este aqui teve um duplo."

"Um duplo?" Erlendur não entendeu.

"Orgasmo", disse o legista. "Vocês vão tirar fotos, não vão?"

"Vamos", respondeu Erlendur.

"Vão ficar ótimas no álbum de família dele."

"Parece que ele não tem família", disse Erlendur, olhando ao redor do quarto novamente. "Então por enquanto você já acabou?", quis saber, ansioso para pôr um fim às piadas.

O legista assentiu com a cabeça, espremeu-se para sair do quarto e seguiu pelo corredor.

"Não vamos ter que fechar o hotel?", perguntou Elínborg, e notou que o gerente engasgou com aquela pergunta. "Interromper o trânsito, dentro e fora. Interrogar todos os hóspedes e os funcionários. Fechar os aeroportos. Impedir que os navios deixem o porto..."

"Pelo amor de Deus", gemeu o gerente, apertando o lenço com um olhar suplicante a Erlendur. "É apenas o porteiro!"

Maria e José nunca teriam conseguido um quarto aqui, pensou Erlendur.

"Esta... esta... depravação não tem nada a ver com os meus hóspedes", balbuciou o gerente, indignado. "Eles são turistas, a maioria deles, e pessoas da região, empresários, gente desse tipo. Ninguém que tenha qualquer coisa a ver com o porteiro. Ninguém. Este é um dos maiores hotéis de Reykjavík. Estamos lotados por causa dos feriados. Vocês não podem simplesmente fechá-lo! Não podem!"

"Nós podemos, sim, mas não vamos", disse Erlendur, tentando acalmar o gerente. "Vamos precisar interrogar alguns hóspedes e a maioria dos funcionários, acho."

"Graças a Deus", suspirou o gerente, recuperando a compostura.

"Qual era o nome do homem?"

"Gudlaugur", respondeu o gerente. "Acho que devia ter uns cinquenta anos. E você está certo sobre a família dele; acho que ele não tem ninguém."

"Ninguém o visitava?"

"Não faço a menor ideia", bufou o gerente.

"Aconteceu alguma coisa incomum no hotel envolvendo esse homem?"

"Não."

"Roubo?"
"Não aconteceu nada."
"Reclamações?"
"Não."
"Ele não se envolveu em nada que pudesse explicar isso?"
"Não que eu saiba."
"Ele estava em conflito com alguém no hotel?"
"Não que eu saiba."
"Fora do hotel?"
"Não que eu saiba, mas não o conheço muito bem. Não conhecia", corrigiu-se o gerente.
"Mesmo depois de vinte anos?"
"Sim, realmente eu não o conhecia. Acho que ele não era muito sociável. Isolava-se o máximo que podia."
"Você acha que um hotel é o lugar certo para um homem como ele?"
"Eu? Eu não sei... Ele sempre foi muito educado e nunca houve realmente nenhuma reclamação sobre ele."
"Nunca mesmo?"
"Não, nunca houve nenhuma reclamação. Na verdade, ele não era um mau funcionário."
"Onde fica a copa dos funcionários?", perguntou Erlendur.
"Vou mostrar." O gerente enxugou a testa, aliviado porque eles não iam fechar o hotel.
"Ele recebia convidados?", perguntou Erlendur.
"O quê?", disse o gerente.
"Convidados", repetiu Erlendur. "Parece que alguém que o conhecia esteve aqui, não acha?"
O gerente olhou para o corpo e seus olhos se detiveram sobre o preservativo. "Eu não sei nada sobre as namoradas dele", disse. "Absolutamente nada."

"Você não sabe muita coisa sobre esse homem", disse Erlendur.

"Ele era apenas o porteiro", disse o gerente, achando que Erlendur deveria aceitar aquilo como explicação.

Eles saíram do quarto. A equipe da polícia técnica entrou com seus equipamentos, e mais policiais apareceram. Foi difícil, mas todos tiveram que se espremer para passar pelo gerente. Erlendur pediu que examinassem cuidadosamente o corredor e o canto escuro em seu final. Sigurdur Óli e Elínborg permaneceram no quartinho, observando o corpo.

"Eu não gostaria de ser encontrado assim", comentou Sigurdur Óli.

"Não é mais uma preocupação para ele", disse Elínborg.

"Não, provavelmente não", concordou Sigurdur Óli.

"Tem alguma coisa nele?", Elínborg perguntou enquanto tirava do bolso um saquinho de amendoins salgados. Ela sempre estava mordiscando alguma coisa. Sigurdur Óli achava que era por nervosismo.

"Nele?", perguntou Sigurdur Óli

Ela acenou com a cabeça na direção do corpo. Depois de olhar para ela por um momento, Sigurdur Óli percebeu o que ela queria dizer. Ele hesitou, depois se ajoelhou ao lado do corpo e olhou para o preservativo.

"Não", respondeu. "Está vazio."

"Então ela o matou antes do orgasmo", observou Elínborg. "O legista pensou..."

"Ela?", disse Sigurdur Óli.

"Não é óbvio isso?", perguntou Elínborg, esvaziando um punhado de amendoins na boca. Ela ofereceu alguns a Sigurdur Óli, que recusou.

"Não há um cheiro de safadeza no ar por aqui? Ele recebeu uma mulher aqui", disse ela. "Não foi isso o que aconteceu?"

"Essa é a teoria mais simples", disse Sigurdur Óli, levantando-se.

"Você acha que não?", Elínborg said.

"Eu não sei. Não faço a menor ideia."

2.

A copa dos funcionários tinha pouco em comum com o esplêndido saguão do hotel e os quartos bem equipados. Não havia decoração de Natal nem canções natalinas, apenas algumas mesas de cozinha e cadeiras gastas, linóleo no chão, rasgado em certo ponto, e uma pequena cozinha com armários a um canto, uma máquina de café e uma geladeira. Como se ninguém nunca tivesse arrumado aquele lugar. Viam-se manchas de café sobre as mesas e copos sujos por toda parte. A velha máquina de café estava ligada, soltando um som de água que parecia um arroto.

Vários funcionários do hotel achavam-se sentados em semicírculo em torno de uma jovem ainda traumatizada depois de haver encontrado o corpo. Ela tinha chorado e o rímel preto manchara seu rosto. Ela levantou a cabeça quando Erlendur entrou com o gerente de hotel.

"Aqui está ela", disse o gerente, como se a jovem fosse culpada de se intrometer na santidade do Natal, e enxotou os demais funcionários. Erlendur conduziu-o para fora em seguida, dizendo que queria falar com a garota a sós. O gerente o olhou surpreso, mas não protestou, resmungando que tinha muitas outras coisas para fazer. Erlendur fechou a porta atrás dele.

A garota limpou o rímel do rosto e olhou para Erlendur, sem saber o que esperar. Erlendur sorriu, puxou uma cadeira e sentou diante dela. A jovem devia ter mais ou menos a idade de sua própria filha, vinte e poucos anos, e estava nervosa e ainda em choque com o que tinha visto. Seu cabelo era preto e ela parecia magra no uniforme de camareira do hotel, um casaco azul-claro. Uma plaqueta com seu nome estava presa na altura do bolso. Ösp.

"Você trabalha aqui há muito tempo?", perguntou Erlendur.

"Há quase um ano", disse Ösp em voz baixa. Olhou para Erlendur. Ele não dava a impressão de que seria duro com ela. Fungando, ela se endireitou na cadeira. Estava claro que ter encontrado o corpo a abalara bastante. Ela tremia um pouco. Seu nome, Ösp — que significa faia —, combinava com ela, pensou Erlendur. Ela parecia um galho ao vento.

"E você gosta de trabalhar aqui?", Erlendur perguntou.

"Não", respondeu ela.

"Então por que trabalha?"

"A gente precisa trabalhar."

"O que há de tão ruim em trabalhar aqui?"

Ela olhou para ele como se ele não precisasse nem ter perguntado aquilo.

"Eu arrumo as camas", disse. "Limpo os banheiros. Passo aspirador. Mas ainda é melhor do que um supermercado."

"E as pessoas?"

"O gerente é detestável."

"Ele é como um hidrante com vazamento."

Ösp sorriu.

"E alguns hóspedes acham que você está aqui apenas para eles apalparem."

"Por que você foi ao porão?", perguntou Erlendur.

"Para buscar o Papai Noel. As crianças estavam esperando por ele."

"Que crianças?"

"As do baile de Natal. Temos uma festa de Natal para os funcionários. Para seus filhos e todas as crianças hospedadas no hotel, e ele ia ser o Papai Noel. Quando ele não apareceu, me mandaram ir buscá-lo."

"Não deve ter sido agradável."

"Eu nunca tinha visto um cadáver. E aquele preservativo..." Ösp tentou afastar a imagem de sua mente.

"Ele tinha namoradas no hotel?"

"Não que eu soubesse."

"Você sabe se ele conhecia pessoas fora do hotel?"

"Eu não sei nada sobre esse homem, embora tenha visto mais dele do que deveria ter visto."

"Deveria ter", corrigiu Erlendur.

"O quê?"

"Você deve dizer 'deveria ter', não 'deveria de ter'."

Ela olhou para ele penalizada.

"Você acha que isso tem alguma importância?"

"Acho, sim", respondeu Erlendur.

Ele balançou a cabeça com ar distante.

"A porta estava aberta quando você o encontrou?"

Ösp pensou.

"Não, eu abri. Bati, ele não respondeu, então esperei um pouco e estava para ir embora quando me ocorreu abrir a porta. Pensei que estivesse trancada, mas de repente ela abriu e ele estava sentado lá nu com uma camisinha no..."

"Por que você achou que estaria trancada?" Erlendur se apressou em dizer: "A porta".

"Por nada. Era o quarto dele."

"Você viu alguém quando desceu para ir chamá-lo?"
"Não, ninguém."
"Então ele estava se preparando para a festa de Natal, alguém apareceu e o perturbou. Ele estava vestido com sua roupa de Papai Noel."
Ösp deu de ombros.
"Quem arrumava a cama dele?"
"Como assim?"
"Quem trocava a roupa de cama dele? Fazia muito tempo que ela não era trocada."
"Eu não sei. Ele mesmo devia trocar."
"Você deve ter ficado chocada."
"Foi uma imagem desagradável", disse Ösp.
"Eu sei", disse Erlendur. "Procure esquecê-la o mais rápido possível. Se puder. Ele era um bom Papai Noel?"
A garota olhou para ele.
"O que foi?", perguntou Erlendur.
"Eu não acredito em Papai Noel."

A mulher que organizou a festa de Natal estava bem vestida, não era alta e, pensou Erlendur, deveria ter cerca de trinta anos. Ela disse que era a gerente de marketing e relações-públicas do hotel, mas Erlendur não estava nem um pouco interessado nisso: ultimamente, a maioria das pessoas que ele conhecia tinha alguma coisa a ver com marketing. Ela possuía um escritório no segundo andar, e Erlendur encontrou-a ao telefone lá. A mídia soubera sobre um incidente no hotel, e Erlendur imaginou que ela estivesse contando mentiras para algum repórter. A conversa terminou de maneira abrupta. A mulher bateu o telefone, dizendo que não tinha absolutamente nenhum comentário a fazer.

Erlendur apresentou-se, apertou-lhe a mão seca e perguntou quando ela havia falado pela última vez com o... ãhn... homem do porão. Ele não sabia se dizia porteiro ou Papai Noel, e tinha esquecido o nome dele. Achou que não poderia dizer Papai Noel.

"Gulli?", disse ela, resolvendo o problema. "Esta manhã, para lembrá-lo da festa de Natal. Eu o encontrei perto das portas giratórias. Ele estava trabalhando. Era porteiro aqui, como o senhor talvez já saiba. E mais que um porteiro também: na verdade era um zelador. Consertava coisas e tudo mais."

"Ele era tranquilo?"

"Como assim?"

"Prestativo, tranquilo, não precisava que lhe mandassem fazer as coisas?"

"Eu não sei. Será que isso importa? Ele nunca fez nada para mim. Ou melhor, eu nunca precisei da ajuda dele."

"Por que ele se vestia de Papai Noel? Gostava de crianças? Era engraçado? Divertido?"

"Isso já acontecia antes de eu começar aqui. Trabalho aqui há três anos e esta é a terceira festa de Natal que organizo. Ele foi o Papai Noel nas outras duas vezes e antes também. Ele era o.k. Como Papai Noel. As crianças gostavam dele."

A morte de Gudlaugur não parecia ter tido o menor efeito sobre aquela mulher. Não era da conta dela. Tudo o que o assassinato fez foi perturbar o marketing e as relações públicas por algum tempo. Erlendur perguntou-se como as pessoas podiam ser tão insensíveis e chatas.

"Mas que tipo de pessoa ele era?"

"Eu não sei. Não cheguei a conhecê-lo. Ele era porteiro aqui. E Papai Noel. Essa era realmente a única vez em que eu falava com ele. Quando ele era o Papai Noel."

"O que aconteceu com a festa de Natal? Quando você descobriu que o Papai Noel estava morto?"

"Cancelamos tudo. Só isso. Também por respeito a ele", ela acrescentou, como se para mostrar uma ponta de sentimento, afinal. Foi inútil. Erlendur sabia que ela não dava a mínima para o corpo no porão.

"Quem conhecia melhor esse homem?", perguntou ele. "Aqui no hotel, quero dizer."

"Eu não sei. Fale com o chefe da recepção. O porteiro trabalhava para ele."

O telefone em sua mesa tocou e ela atendeu. Deu uma olhada para Erlendur, insinuando que ele a estava atrapalhando, e ele se levantou e saiu, pensando que ela não poderia continuar contando mentiras para sempre ao telefone.

O chefe da recepção não tinha tempo para Erlendur. Turistas se amontoavam em frente ao balcão e, apesar de haver mais três funcionários ajudando a registrar os hóspedes que chegavam, eles mal conseguiam atender a multidão. Erlendur observou-os verificando passaportes, entregando as chaves dos quartos, sorrindo e voltando-se para atender mais um hóspede. A multidão se estendia até a porta giratória. Através dela, Erlendur viu mais um ônibus de turismo estacionando do lado de fora do hotel.

Policiais, a maioria à paisana, estavam por todo o edifício, interrogando os funcionários. Uma central improvisada tinha sido montada na copa dos funcionários, e de lá a investigação era conduzida.

Erlendur contemplou a decoração natalina do saguão. O sistema de som tocava uma canção de Natal melosa. Ele caminhou até o grande restaurante, que ficava em um dos cantos do saguão. Os primeiros hóspedes estavam se alinhando ao redor de um esplêndido bufê de Natal. Ele passou pela mesa e admirou o arenque, o cordeiro defumado, o pernil, a língua de boi e todos os acompanhamentos, e as deliciosas sobremesas, sorvetes, bolos de creme e musse de chocolate, ou o que fosse.

A boca de Erlendur se encheu de água. Ele não tinha comido quase nada o dia todo.

Olhou ao redor e, bem rápido para não ser visto, colocou um pedaço de língua de boi temperada na boca. Não achou que alguém tivesse notado, e seu coração pulou quando ouviu uma voz aguda atrás dele.

"Não, escute aqui, assim não. Você não deve fazer isso!"

Erlendur virou-se, e um homem com um enorme chapéu de cozinheiro se aproximou dele, furioso.

"Mas o que é isso? Pegando a comida com a mão? Que modos são esses?"

"Calma", disse Erlendur, pegando um prato. Ele começou a empilhar uma variedade de iguarias no prato, como se essa tivesse sido sua intenção desde o início.

"Você conhecia o Papai Noel?", perguntou para desviar o assunto da língua de boi.

"O Papai Noel?", disse o cozinheiro. "Que Papai Noel? E, por favor, não ponha os dedos na comida. Não é..."

"Gudlaugur", interrompeu Erlendur. "Você o conhecia? Ele era o porteiro e pau para toda obra aqui, foi o que me disseram."

"Você quer dizer Gulli?"

"Sim, Gulli." Erlendur repetiu o apelido enquanto colocava uma fatia generosa de pernil no prato e um pouco de molho de iogurte por cima. Pensou se deveria chamar Elínborg para avaliar o bufê; ela era gourmet e vinha preparando um livro de receitas havia muitos anos.

"Não, eu... O que você quer dizer com *Você o conhecia?*", perguntou o cozinheiro.

"Você não ficou sabendo?"

"O quê? Aconteceu alguma coisa?"

"Ele morreu. Assassinado. A notícia não se espalhou ainda?"

"Assassinado?", gemeu o cozinheiro. "Assassinado! O quê, aqui? Quem é você?"

"No quartinho dele. No porão. Eu sou da polícia."

Erlendur continuou escolhendo guloseimas para colocar no prato. O cozinheiro tinha esquecido a língua de boi.

"Como ele foi assassinado?"

"Quanto menos eu disser, melhor."

"No hotel?"

"Isso mesmo."

O cozinheiro olhou ao redor.

"Eu não acredito nisso", disse. "As consequências não vão ser péssimas?"

"Vão", disse Erlendur. "As consequências vão ser péssimas."

Ele sabia que o hotel nunca iria se livrar do assassinato, que nunca iria limpar aquela mancha. Depois do que aconteceu, seria conhecido para sempre como o hotel onde o Papai Noel foi encontrado morto com um preservativo pendurado no pênis.

"Você o conhecia?", Erlendur perguntou. "Gulli?"

"Não, quase nada. Ele era porteiro aqui e arrumava todo tipo de coisa."

"Arrumava?"

"Isso, consertava. Eu não sabia nada sobre ele, absolutamente nada."

"Você sabe quem o conhecia melhor aqui?"

"Não", disse o cozinheiro. "Eu não sei nada sobre esse homem. Quem poderia tê-lo assassinado? Aqui? No hotel? Meu Deus!"

Erlendur percebeu que ele estava mais preocupado com o hotel do que com o homem assassinado. Pensou em lhe dizer que o assassinato poderia elevar a taxa de ocupação. É assim que as pessoas raciocinam hoje em dia. Eles até poderiam fazer alguma propaganda mostrando o hotel como o cenário de um crime.

Desenvolver uma espécie de turismo dos crimes. Mas Erlendur não se deu ao trabalho. Queria ficar lá sentado com seu prato, comendo. Ter um momento de paz.

Sigurdur Óli apareceu do nada.

"Descobriu alguma coisa?", perguntou Erlendur.

"Não", Sigurdur Óli disse, olhando para o cozinheiro, que correu para a cozinha com a notícia. "Você está comendo agora?", acrescentou com indignação.

"Ah, não me venha com essa. Houve uma situação constrangedora."

"Aquele homem não possuía nada ou, se possuía, não guardava no quarto", disse Sigurdur Óli. "Elínborg encontrou alguns discos antigos no guarda-roupa. E foi tudo. Não deveríamos fechar o hotel?"

"Fechar o hotel? Mas que bobagem é essa?", disse Erlendur. "Como é que você vai fechar um hotel deste? E por quanto tempo pretende fazer isso? Vai mandar uma equipe de investigação para cada quarto?"

"Não, mas o assassino pode ser um dos hóspedes. Não devemos ignorar isso."

"Não temos nenhuma certeza disso. Há duas possibilidades. Ou ele está no hotel, como hóspede ou empregado, ou ele não tem nada a ver com o hotel. O que precisamos fazer é conversar com todos os funcionários e com todos que saírem do hotel nos próximos dias, principalmente aqueles que forem embora mais cedo do que tinham planejado. Mas duvido que a pessoa que fez isso vá querer chamar a atenção para si mesma desse jeito."

"Não, certo. Eu estava pensando no preservativo", disse Sigurdur Óli.

Erlendur procurou uma mesa vazia, encontrou e se sentou.

Sigurdur Óli sentou-se com ele, olhou o prato cheio, e sua boca começou a se encher de água.

"Bem, se é uma mulher, ela ainda está em idade fértil, não é? Por causa do preservativo."

"É, esse teria sido o caso há vinte anos", disse Erlendur, saboreando o presunto levemente defumado. "Hoje em dia um preservativo é mais do que apenas um anticoncepcional. É proteção contra tudo, clamídia, aids..."

"O preservativo também pode nos dizer que ele não conhecia muito bem a... a pessoa que estava com ele no quarto. Que deve ter sido uma rapidinha. Se conhecesse bem a pessoa, talvez não usasse um preservativo."

"Devemos lembrar que o preservativo não descarta a possibilidade de ele estar com um homem", disse Erlendur.

"Que tipo de instrumento pode ter sido? A arma do crime?"

"Vamos ver o que a autópsia nos diz. É óbvio que seria muito fácil conseguir uma faca neste hotel, se foi alguém daqui que o atacou.

"Está bom?", perguntou Sigurdur Óli. Ele observava Erlendur devorar a comida, e ficou fortemente tentado a pegar alguma coisa também, mas estava receoso de causar ainda mais escândalo: dois policiais que investigam um assassinato em um hotel aproveitando o bufê como se nada tivesse acontecido.

"Eu me esqueci de verificar se havia alguma coisa nele", disse Erlendur entre uma mordida e outra.

"Você acha mesmo que deveria estar comendo no local do crime?"

"Aqui é um hotel."

"Eu sei, mas..."

"Eu já disse, eu fiquei numa situação constrangedora. Esta foi a única maneira de sair dela. Havia alguma coisa nele? No preservativo?"

"Vazio", respondeu Sigurdur Óli.

"O legista acha que ele teve um orgasmo. Dois, na verdade, mas eu realmente não entendi como ele chegou a essa conclusão."

"Eu não conheço ninguém que entende o que ele diz."

"Portanto, o assassinato foi cometido em pleno ato."

"Foi. Alguma coisa aconteceu quando tudo ia bem."

"Se tudo ia bem, por que levar uma faca?"

"Talvez fizesse parte da brincadeira."

"Que brincadeira?"

"Sexo tornou-se algo muito mais complexo do que a antiga posição do missionário", disse Sigurdur Óli. "Então poderia ser qualquer um?"

"Qualquer um", disse Erlendur. "Por que eles sempre falam da posição do missionário? Qual é a missão?"

"Eu não sei." Sigurdur Óli suspirou. Às vezes as perguntas de Erlendur eram ao mesmo tempo irritantemente simples e infinitamente complicadas e maçantes.

"Será que tem alguma coisa a ver com a África?"

"Ou com o catolicismo", disse Sigurdur Óli.

"Por que missionário?"

"Eu não sei."

"O preservativo não exclui nem um sexo nem outro", disse Erlendur. "Vamos estabelecer isso. O preservativo não exclui nada. Você perguntou ao gerente por que ele queria se livrar do Papai Noel?"

"Não. Ele queria se livrar do Papai Noel?"

"Ele mencionou isso, mas não deu nenhuma explicação. Precisamos descobrir o que ele quis dizer."

"Vou anotar", disse Sigurdur Óli, que sempre carregava um bloco e um lápis.

"E também há um grupo que usa mais preservativos do que as outras pessoas."

"Sério?", disse Sigurdur Óli, seu rosto um enorme ponto de interrogação.

"Prostitutas."

"Prostitutas?", Sigurdur Óli repetiu. "Putas? Você acha que há alguma aqui?"

Erlendur assentiu.

"Elas fazem muito trabalho missionário em hotéis."

Sigurdur Óli levantou e ficou na frente de Erlendur, que tinha acabado seu prato e voltava a olhar para o bufê.

"Eh, onde você vai passar o Natal?", Sigurdur Óli perguntou sem jeito.

"Natal?", disse Erlendur. "Eu vou... O que você quer dizer com onde eu vou passar o Natal? Onde eu deveria passar o Natal? O que você tem a ver com isso?"

Sigurdur Óli hesitou e então decidiu continuar.

"Bergthóra queria saber se você ia ficar sozinho."

"Eva Lind tem alguns planos. O que Bergthóra pensou? Que eu deveria visitar vocês?"

"Não sei", disse Sigurdur Óli. "Mulheres! Quem é que as entende?" Então, se afastou da mesa e foi na direção do porão.

Elínborg estava em pé na frente do quarto do homem assassinado, observando a polícia científica trabalhar, quando Sigurdur Óli veio andando pelo corredor escuro.

"Onde está Erlendur?", ela perguntou, apertando o saquinho de amendoim.

"No restaurante", respondeu Sigurdur Óli, irritado.

Um teste preliminar feito naquela noite revelou que o preservativo estava coberto de saliva.

3.

O pessoal da polícia técnica entrou em contato com Erlendur assim que o resultado da biópsia saiu. Ele ainda estava no hotel. A cena do crime parecia o estúdio de um fotógrafo. Flashes iluminavam o corredor escuro a intervalos regulares. O corpo foi fotografado de todos os ângulos, junto com tudo que havia sido encontrado no quarto de Gudlaugur. O cadáver foi levado para o necrotério de Barónsstígur, onde a autópsia seria realizada. A polícia técnica tinha passado um pente-fino no quarto do porteiro em busca de impressões digitais, e encontrado muitas, que seriam confrontadas com os arquivos da polícia. Impressões digitais de todos os funcionários do hotel seriam tiradas, e a descoberta da polícia técnica também significava que amostras de saliva teriam que ser colhidas.

"E quanto aos hóspedes?", perguntou Elínborg. "Não precisamos fazer o mesmo com eles?"

Ela ansiava voltar para casa e se arrependeu de ter feito a pergunta; queria terminar seu turno. Elínborg levava o Natal a sério e sentia saudades da família. Ela havia pendurado ramos de abeto e enfeites por toda a casa. Assara biscoitos deliciosos, que acondicionou em potes Tupperware cuidadosamente identificados por tipo de biscoito. Seu assado de Natal era famoso mesmo fora de sua enorme família. O prato principal de todo Natal era uma perna de porco ao modo sueco, que ela deixava marinando na varanda por doze dias e que tratava com tanto cuidado como se fosse o menino Jesus envolto em trapos.

"Acho que devemos partir do princípio de que o assassino é islandês", disse Erlendur. "Vamos deixar os hóspedes de lado por enquanto. O hotel está enchendo para o Natal e agora poucas pessoas estão indo embora. Vamos falar com esses, colher amostras de saliva e até impressões digitais. Não podemos impedi-los de deixar o país. Para que pudéssemos impedi-los, eles teriam que ser os principais suspeitos. E precisamos de uma lista dos estrangeiros que se encontravam no hotel no momento do assassinato; vamos esquecer os que fizeram o *check-in* depois. Vamos tentar simplificar as coisas."

"Mas e se não for tão simples assim?", perguntou Elínborg.

"Acho que nenhum hóspede soube que houve um assassinato aqui", disse Sigurdur Óli, que também queria ir para casa. Bergthóra, sua companheira, havia telefonado no começo da noite, perguntando se ele estava a caminho. Aquela era a hora certa, e ela o esperava. Sigurdur Óli entendeu imediatamente o que ela quis dizer com "hora certa". Eles estavam tentando ter um bebê, mas sem sucesso, e ele contou a Erlendur que estavam começando a falar sobre fertilização in vitro.

"Você não precisa dar um copão para eles?", perguntou Erlendur.

"Um copão?", disse Sigurdur Óli.

"Todas as manhãs?"

Sigurdur Óli ficou olhando para Erlendur, até que entendeu o que ele queria dizer.

"Eu nunca deveria ter contado isso a você", resmungou.
Erlendur tomou um gole de café com gosto ruim. Os três estavam sentados sozinhos na copa dos funcionários, no porão. Toda a agitação havia acabado, os policiais e os técnicos tinham ido embora, o quarto estava fechado. Erlendur estava sem pressa. Ele não tinha nenhum lugar para ir, apenas seu apartamento sombrio em um prédio residencial. O Natal não significava nada para ele. Tinha alguns dias de férias para tirar e nada que fazer com eles. Talvez sua filha fosse visitá-lo, e eles cozinhariam um cordeiro defumado. Às vezes, o irmão dela ia também. Erlendur sentava-se e lia, o que, de qualquer modo, era o que sempre fazia.

"Vocês deveriam ir para casa", disse. "Eu vou ficar mais algum tempo por aqui. Ver se consigo falar com o chefe da recepção, que nunca tem tempo para nada."

Elínborg e Sigurdur Óli se levantaram.

"Você vai ficar bem?", perguntou Elínborg. "Por que não vai para casa? O Natal está chegando e..."

"O que deu em você e em Sigurdur Óli? Por que não me deixam em paz?"

"É Natal", disse Elínborg com um suspiro. Estava indecisa. Então disse: "Deixa para lá". Ela e Sigurdur Óli saíram da copa.

Erlendur ficou por um bom tempo sentado ali, afundado em pensamentos. Pensou na pergunta de Sigurdur Óli, sobre onde ele ia passar o Natal, e refletiu sobre o comentário de Elínborg. Viu uma imagem de seu apartamento, a poltrona, o aparelho de televisão antigo e os livros enfileirados nas paredes.

Às vezes, ele comprava uma garrafa de Chartreuse no Natal e mantinha um copo a seu lado enquanto lia sobre provações e morte nos dias em que as pessoas viajavam para todos os lugares a pé e o Natal poderia ser a época mais traiçoeira do ano. Determinadas a visitar seus entes queridos, as pessoas iriam lutar contra as forças da natureza, se perder e perecer; para aqueles que as aguardavam em casa, o Natal deixava de ser uma celebração da salvação para se transformar em um pesadelo. Os corpos de alguns viajantes eram encontrados. Os de outros não. Nunca eram encontrados.

Essas eram as canções de Natal de Erlendur.

O chefe da recepção tinha tirado o paletó do hotel e estava vestindo sua capa de chuva quando Erlendur o encontrou no vestiário. Ele disse que estava exausto e que queria ir para casa para ficar com sua família, como todo mundo. Tinha ouvido falar do assassinato, sim, uma coisa terrível, mas não sabia como poderia ajudar.

"Certamente você o conhecia melhor do que a maioria das pessoas no hotel", afirmou Erlendur.

"Não, isso não está certo", disse o chefe da recepção, enrolando um cachecol grosso no pescoço. "Quem lhe disse isso?"

"Ele trabalhava para você, não é?", respondeu Erlendur, ignorando a pergunta.

"Trabalhava para mim, sim, provavelmente. Ele era o porteiro e eu sou o encarregado da recepção, do *check-in*, como você deve saber. Você sabe até que horas as lojas ficam abertas hoje à noite?"

Dava a impressão de não estar particularmente interessado em Erlendur e em suas perguntas, o que irritou o detetive. E irritava-o ninguém parecer se importar minimamente com o destino do homem no porão.

"O tempo todo, não sei. Quem poderia querer esfaquear seu porteiro no peito?"

"Meu? Ele não era o meu porteiro. Era porteiro do hotel."

"E por que ele estava com a calça na altura dos tornozelos e um preservativo no pinto? Quem estava com ele? Quem normalmente vinha visitá-lo? Quem eram seus amigos no hotel? Quem eram seus amigos fora do hotel? Quem eram seus inimigos? Por que ele morava no hotel? Qual era o acordo? O que você está escondendo? Por que você não pode responder a minhas perguntas como um ser humano decente?"

"Ei, eu, o que...?" O homem ficou em silêncio. "Eu só quero ir para casa", disse por fim. "Eu não sei as respostas de todas essas perguntas. O Natal está chegando. Podemos conversar amanhã? Eu não tive um momento de descanso o dia todo."

Erlendur olhou para ele.

"Conversaremos amanhã", disse. Quando estava saindo do vestiário, de repente se lembrou da pergunta que o incomodava desde que havia conhecido o gerente do hotel. Ele se virou. O homem estava quase saindo quando Erlendur o chamou.

"Por que você queria se livrar dele?"

"O quê?"

"Você queria se livrar dele. Do Papai Noel. Por quê?"

O chefe da recepção hesitou.

"Ele tinha sido demitido."

Erlendur encontrou o gerente do hotel sentando-se para comer. Ele estava em uma grande mesa na cozinha, vestindo um avental de chef e devorando o conteúdo das bandejas quase vazias que tinham sido trazidas do bufê.

"Você não imagina o quanto eu adoro comer", disse, limpando a boca, ao perceber Erlendur olhando para ele. "Em paz", acrescentou.

"Eu sei exatamente o que você quer dizer", disse Erlendur.

Eles estavam sozinhos na cozinha enorme e muito limpa. Erlendur só podia admirá-lo. Ele comia com rapidez, mas com destreza e sem voracidade. Havia algo quase elegante nos movimentos de suas mãos. Uma mordida após a outra desaparecia dentro dele sem problemas e com visível paixão.

Ele estava mais calmo agora que o corpo havia sido removido do hotel e a polícia tinha ido embora, junto com os repórteres que haviam estado do lado de fora do hotel; a polícia ordenou que eles ficassem do lado de fora, todo o edifício fora considerado cena de crime. O hotel voltava a funcionar normalmente. Poucos turistas souberam do corpo no porão, mas muitos notaram a atividade policial e perguntaram sobre ela. O gerente instruiu sua equipe a dizer algo a respeito de um velho e um ataque cardíaco.

"Eu sei o que você está pensando. Você acha que sou um porco, não é?", disse ele, parando para tomar um gole de vinho tinto. Seu dedo mindinho saltou para fora, do tamanho de uma salsicha pequena.

"Não, mas entendo por que você quer ser gerente de um hotel", disse Erlendur. E então perdeu a paciência. "Você está se matando, sabe?", acusou com certa arrogância.

"Eu peso cento e oitenta quilos", disse o gerente. "Porcos em uma fazenda não ficam muito mais pesados. Sempre fui gordo. Nunca fui de outro jeito. Nunca fiz regime. Nunca fui capaz de pensar em mudar meu estilo de vida, como dizem. Eu me sinto bem assim. Melhor do que você, a julgar pelas aparências", acrescentou.

Erlendur se lembrou de ter ouvido dizer que os gordos eram supostamente mais alegres do que os magros. Ele não acreditava nisso.

"Melhor do que eu?", disse, esboçando um sorriso. "Você é a última pessoa que pode julgar isso. Por que despediu o porteiro?"

O gerente tinha recomeçado a comer, e passou-se algum tempo antes de ele largar a faca e o garfo. Erlendur esperou pacientemente. Podia ver o gerente avaliando qual seria a melhor resposta, como expressá-la, uma vez que ele havia descoberto sobre a demissão.

"Nós não estamos indo muito bem", disse finalmente. "Ficamos lotados no verão e há sempre muito movimento no Natal e no Ano-Novo, mas depois vêm alguns períodos mortos que podem ser muito difíceis. Os proprietários disseram que tínhamos que fazer cortes. Despedir pessoal. Eu achei que era desnecessário ter um porteiro em tempo integral o ano todo."

"Mas me contaram que ele era muito mais do que um porteiro. Papai Noel, por exemplo. Pau pra toda obra. Consertava coisas. Mais como um zelador."

O gerente voltara a comer e houve outra pausa na conversa. Erlendur olhou em volta. Depois de anotar todos os nomes e endereços, a polícia permitiu que os funcionários que haviam terminado seus turnos fossem para casa; ainda não tinham descoberto quem havia sido a última pessoa a conversar com a vítima nem o que acontecera no seu último dia de vida. Ninguém tinha notado nada de anormal com o Papai Noel. Ninguém tinha visto ninguém descer para o porão. Ninguém sabia se alguma vez ele recebeu visitas lá. Apenas algumas pessoas sabiam que ele morava lá, que o quartinho era seu lar, e tudo indicava que eles queriam saber o mínimo possível sobre ele. Poucos disseram que o conheciam, e ele não parecia ter tido nenhum amigo no hotel. Nem os funcionários sabiam sobre quaisquer amigos fora de lá.

Um verdadeiro Lobo Solitário, pensou Erlendur.

"Ninguém é indispensável", disse o gerente, o dedo de salsicha saliente de novo enquanto ele tomava outro gole de vinho tinto. "É claro que demitir pessoas nunca é divertido, mas não podemos nos dar ao luxo de ter um porteiro o ano todo. Por isso ele foi demitido. Não houve nenhuma outra razão. Não havia realmente muita coisa para ele fazer. Ele vestia o uniforme quando as estrelas de cinema ou os figurões estrangeiros apareciam, e punha as pessoas indesejáveis para fora daqui."

"Ele reagiu mal? Por ter sido demitido?"

"Ele entendeu, acho."

"Há alguma faca faltando na cozinha?", perguntou Erlendur.

"Eu não sei. Perdemos centenas de milhares de coroas por ano em facas, garfos e copos. E em toalhas e... Você acha que ele foi esfaqueado com uma faca da cozinha?"

"Eu não sei."

Erlendur ficou olhando o gerente comer.

"Ele trabalhou aqui por vinte anos e ninguém o conhecia. Não acha estranho?"

"Os funcionários vêm e vão", o gerente deu de ombros. "Há uma alta rotatividade de pessoal neste ramo. Acho que as pessoas sabiam sobre ele, mas sabe lá quem? Não me pergunte. Eu não conheço ninguém aqui tão bem assim."

"Você passou por todas essas mudanças de equipe."

"Não é fácil me tirarem daqui."

"Por que falou sobre expulsá-lo?"

"Eu disse isso?"

"Disse."

"Então foi apenas maneira de falar. Eu não quis dizer nada com isso."

"Mas você o tinha demitido e ia expulsá-lo", insistiu Erlendur. "Então alguém chega e o mata. As coisas não estavam exatamente indo bem para ele nos últimos tempos."

O gerente se comportava como se Erlendur nem estivesse lá enquanto ia se enchendo de bolos e musse, com seus delicados movimentos de gourmet tentando saborear as guloseimas.

"Por que ele ainda estava aqui se você o tinha demitido?"

"Ele deveria ter ido embora no fim do mês passado. Eu o estava apressando, mas sem pressioná-lo. Devia ter feito isso. Assim teria evitado esse absurdo."

Erlendur observou o gerente comendo com avidez e não disse nada. Talvez fosse o bufê. Talvez o bloco de apartamentos sombrio. Talvez a época do ano. O jantar de micro-ondas esperando por ele em casa. O Natal solitário. Erlendur não sabia. De alguma forma, a pergunta simplesmente saiu. Antes que se desse conta disso.

"Um quarto?", perguntou o gerente, como se não tivesse entendido o que Erlendur queria dizer.

"Não precisa ser nada de especial", disse Erlendur.

"Você quer dizer... para você?"

"Um quarto de solteiro está bom", disse Erlendur.

"Estamos lotados. Infelizmente." O gerente do hotel olhou para Erlendur. Ele não queria o detetive em cima dele dia e noite.

"O chefe da recepção disse que havia um quarto vago", mentiu Erlendur, com mais firmeza agora. "Ele disse que não teria problema eu falar com você."

O gerente olhou para ele. Olhou para a sua musse inacabada. Então, empurrou o prato para longe, o apetite arruinado.

Fazia frio no quarto. Erlendur ficou olhando pela janela, mas não viu nada além de seu próprio reflexo no vidro. Fazia tempo que não olhava para o rosto daquele homem e percebeu, na escuridão, como estava envelhecendo. Flocos de neve caíam vagarosos no chão, como se o céu estivesse se abrindo e seu pó sendo espalhado pelo mundo inteiro.

Um pequeno livro de poemas que uma vez ele teve veio-lhe à mente, com traduções excepcionalmente elegantes de poemas de Hölderlin. Deixou a mente vagar por eles até que se deteve em um verso que ele sabia que se aplicava ao homem que o olhava da janela.

As paredes estão silenciosas e frias, os cata-ventos matraqueiam ao vento.

4.

Ele estava pegando no sono quando ouviu baterem à porta e uma voz sussurrando seu nome.

Soube imediatamente quem era. Quando abriu a porta, viu sua filha, Eva Lind, em pé no corredor. Os dois se entreolharam, ela sorriu para ele e entrou no quarto. Erlendur fechou a porta. Ela sentou-se à pequena mesa e pegou um maço de cigarros.

"Acho que não é permitido fumar aqui dentro", disse Erlendur, que obedecia à orientação de não fumar.

"Tá bom", disse Eva Lind, tirando um cigarro do maço. "Por que está tão frio aqui dentro?"

"Acho que o aquecedor está quebrado."

Erlendur sentou-se na beirada da cama. Vestido apenas de cueca, puxou a colcha sobre a cabeça e os ombros, usando-a como se fosse um casaco.

"O que você está fazendo?", perguntou Eva Lind.

"Estou com frio", disse Erlendur.

"Quero dizer, o quarto no hotel. Por que você não foi para casa?" Ela tragou profundamente, quase um terço do cigarro queimou, e então ela soltou a fumaça, que encheu o quarto.

"Eu não sei. Eu não..." Erlendur parou de falar.

"Estava sem vontade de ir para casa?"

"De certa forma não parecia certo. Um homem foi assassinado neste hotel hoje. Você ficou sabendo?"

"O Papai Noel, não foi? Ele foi assassinado?"

"O porteiro. Ele ia se vestir de Papai Noel para as crianças do hotel. Como você está?"

"Ótima", respondeu Eva Lind.

"Ainda trabalhando?"

"Sim."

Erlendur olhou para a filha. Ela parecia melhor. Ainda estava muito magra, mas os anéis escuros sob seus belos olhos azuis tinham desaparecido, e as maçãs do rosto não estavam tão fundas. Ele achava que fazia cerca de oito meses que ela não usava drogas. Não desde que teve um aborto e ficou em coma no hospital, a meio caminho entre este e o outro mundo. Quando teve alta, foi morar com ele e arrumou um emprego estável pela primeira vez em dois anos. Nos últimos meses, havia alugado um quarto na cidade.

"Como você soube onde eu estava?", perguntou Erlendur.

"Eu não conseguia falar com você pelo seu celular, então liguei para a central e me disseram que você tinha ficado no hotel. O que está acontecendo? Por que você não foi para casa?"

"Eu realmente não sei o que responder", disse Erlendur. "O Natal é uma época estranha."

"É", concordou Eva Lind, e eles se calaram.

"Teve notícias do seu irmão?", perguntou Erlendur.

"Sindri ainda está trabalhando fora da cidade", disse Eva Lind, e o cigarro chiou queimando até o filtro. Cinzas caíram no chão. Ela procurou um cinzeiro, mas não achou nenhum, então colocou o cigarro em cima da mesa com a brasa para cima, para deixá-lo queimar.

"E sua mãe?", perguntou Erlendur. Eram sempre as mesmas perguntas, e as respostas, em geral, também eram as mesmas.

"O.k. Trabalhando como uma escrava, como sempre."

Erlendur não disse nada. Eva Lind ficou olhando a fumaça azul do cigarro ondulando acima da mesa.

"Eu não sei se consigo aguentar por mais tempo", disse ela, olhando a fumaça.

Erlendur levantou os olhos debaixo da colcha.

Alguém bateu na porta e eles se entreolharam surpresos. Eva se levantou e abriu a porta. Um funcionário estava em pé no corredor, vestido com seu paletó do hotel. Disse que trabalhava na recepção. "É proibido fumar aqui", foi a primeira coisa que ele disse quando olhou para dentro do quarto.

"Eu pedi para ela apagar", disse Erlendur, sentado de cueca sob a colcha. "Ela nunca faz o que peço."

"E também é proibido receber garotas nos quartos", disse o homem. "Por causa do que aconteceu."

Eva Lind deu um leve sorriso e olhou para o pai. Erlendur olhou para a filha e depois para o empregado.

"Fomos informados de que uma garota tinha vindo para cá", prosseguiu ele. "Isso não é permitido. Você vai ter que sair. Agora."

Ele ficou na porta, esperando que Eva Lind o acompanhasse. Erlendur levantou-se, ainda com a colcha nos ombros, e aproximou-se do homem.

"Ela é minha filha."

"Claro que é", disse o homem da recepção, como se aquilo não fosse da sua conta.

"É sério", confirmou Eva Lind.

O homem olhou para cada um deles.

"Eu não quero problema", disse.

"Então não enche o saco e deixa a gente em paz", disse Eva Lind.

Ele ficou olhando para Eva Lind e para Erlendur de cueca sob a colcha, e não se mexeu.

"Há alguma coisa errada com o aquecedor daqui", disse Erlendur. "Ele não aquece."

"Ela vai ter que vir comigo", insistiu o homem.

Eva Lind olhou para o pai e deu de ombros.

"A gente conversa depois", disse. "Eu não vou aguentar esta merda."

"O que você quer dizer com não pode aguentar por mais tempo?", perguntou Erlendur.

"Depois a gente conversa", respondeu Eva, saindo.

O homem sorriu para Erlendur.

"Você vai fazer alguma coisa a respeito do aquecedor?", perguntou Erlendur.

"Vou avisar o pessoal da manutenção", disse ele, fechando a porta.

Erlendur voltou a sentar na beira da cama. Eva Lind e Sindri Snaer eram fruto de um casamento fracassado que tinha chegado ao fim fazia mais de vinte anos. Erlendur praticamente não havia tido nenhum contato com os filhos depois do divórcio. Sua ex-mulher, Halldóra, garantiu que fosse assim. Ela se sentiu traída e usou as crianças para se vingar dele. Por algum tempo Erlendur resignou-se com isso. Mas depois se arrependeu de não ter lutado por seu direito de ver os filhos. Arrependeu-se de deixar tudo para Halldóra. Depois que cresceram, eles mesmos o procuraram. A filha usava drogas na época. O filho já tinha feito tratamento contra alcoolismo.

Ele sabia o que Eva quis dizer quando falou que não sabia se aguentaria. Ela não havia se submetido a um tratamento. Não tinha ido a nenhuma instituição buscar ajuda para seu problema. Ela o enfrentara sozinha. Sempre fora reservada, rancorosa e obstinada no que dizia respeito a seu estilo de vida. Mesmo durante a gravidez não tinha conseguido se livrar do vício. Fez algumas tentativas, conseguiu por algum tempo, mas faltou-lhe a vontade de largar as drogas para sempre. Ela tentou, e Erlendur sabia que ela se dedicara totalmente a isso, mas era uma coisa muito forte, e ela sempre acabava voltando para seu antigo estilo de vida. Ele não sabia o que a tornava tão dependente das drogas a ponto de deixá-las ter prioridade sobre tudo em sua vida. Não sabia qual era a raiz da autodestruição de Eva, mas percebeu que, de alguma forma, ele falhara com ela. Que, de alguma forma, ele também era culpado pela situação em que ela se encontrava.

Ele ficara sentado ao lado da cama de Eva no hospital quando ela estava em coma, conversando com ela, porque o médico disse que ela podia ouvir sua voz e até mesmo sentir sua presença. Alguns dias depois ela voltou a si e a primeira coisa que pediu foi para ver o pai. Estava tão frágil que mal conseguia falar. Quando ele foi visitá-la ela estava dormindo, e ele se sentou a seu lado e esperou que acordasse.

Por fim, quando Eva abriu os olhos e o viu, ela pareceu tentar sorrir, mas começou a chorar e ele se levantou e a abraçou. Ela tremia em seus braços, e Erlendur tentou acalmá-la colocando-a de volta no travesseiro e limpando-lhe as lágrimas dos olhos.

"Onde você esteve todos esses dias?", perguntou ele, acariciando-lhe o rosto e tentando dar um sorriso de encorajamento.

"Onde está o bebê?", perguntou ela.

"Eles não contaram o que aconteceu?"

"Eu o perdi. Eles não me disseram onde ele está. Não me deixaram vê-lo. Eles não confiam em mim..."

"Eu estive muito perto de perder você."

"Onde ele está?"

Erlendur fora ver o bebê natimorto na sala de cirurgia, uma menina que iria se chamar Audur.

"Você quer ver o bebê?", perguntou ele.

"Me perdoa", disse Eva em voz baixa.

"Por quê?"

"Pelo jeito que eu sou. Pelo jeito que o bebê..."

"Eu não preciso perdoar o seu jeito de ser, Eva. Você não precisa pedir desculpas pelo jeito que você é."

"Preciso, sim."

"O seu destino não está só nas suas mãos."

"Será que você...?"

Eva Lind parou de falar e se deitou, exausta. Erlendur esperou em silêncio enquanto ela reunia forças. Muito tempo se passou. Por fim, ela olhou para o pai.

"Você vai me ajudar a enterrá-la?", perguntou.

"Claro que sim."

"Eu quero vê-la", disse Eva.

"Você acha...?"

"Eu quero vê-la", ela repetiu. "Por favor. Deixe-me vê-la."

Depois de um momento de hesitação, Erlendur foi até o necrotério e voltou com o corpo da menina a quem, em sua mente, chamou de Audur, porque não queria que ela ficasse sem nome. Levou o corpo pelo corredor do hospital envolto em uma toalha branca porque Eva estava fraca demais para se mover, e ele levou a menina até ela na terapia intensiva. Eva segurou a filha, olhou para ela, depois olhou para o pai.

"É minha culpa", disse em voz baixa.

Erlendur achou que ela estava prestes a chorar e se surpreendeu quando ela não o fez. Exibia um ar calmo que disfarçava a repulsa que sentia de si mesma.

"Pode chorar", disse ele.

Eva olhou para o pai.

"Eu não mereço chorar", disse.

Eva ficou sentada em uma cadeira de rodas no cemitério Fossvogur, olhando o vigário espalhar três punhados de terra sobre o caixão com uma expressão inabalavelmente dura no rosto. Ela só conseguiu ficar em pé com muita dificuldade, mas empurrou Erlendur quando ele se aproximou para ajudá-la. Ela fez o sinal da cruz sobre o túmulo da filha e seus lábios tremeram; Erlendur não soube dizer se ela estava contendo as lágrimas ou fazendo uma prece silenciosa.

Era um belo dia de primavera, o sol brilhava na superfície da água da baía, e lá embaixo, em Nauthólsvík, podia-se ver pessoas passeando e aproveitando o tempo bom. Halldóra ficara a alguma distância, e Sindri Snaer à beira da sepultura, longe do pai. Dificilmente poderiam ter ficado mais distantes: um grupo de pessoas diferentes, com nada em comum exceto a amargura de suas vidas. Erlendur refletiu que a família não se reunia havia quase vinte e cinco anos. Ele olhou para Halldóra, que evitava olhar em sua direção. Ele não falou com ela, nem ela com ele.

Eva Lind sentou-se pesadamente na cadeira de rodas, e Erlendur se aproximou dela e ouviu seu suspiro.

"Foda-se a vida."

Erlendur abandonou de repente seus pensamentos quando se lembrou de algo que o homem da recepção dissera; agora ele precisava de uma explicação. Ele se levantou, foi para o corredor e viu o homem desaparecendo no elevador. Eva não estava mais lá.

Ele gritou para o homem, que segurou a porta do elevador, colocou metade do corpo para fora e olhou Erlendur da cabeça aos pés, descalço, de cuecas e com a colcha ainda em torno do corpo.

"O que você quis dizer com 'Por causa do que aconteceu?'", perguntou Erlendur.

"Por causa do que aconteceu?", repetiu o homem, perplexo.

"Você disse que eu não podia receber uma garota no meu quarto por causa do que aconteceu."

"Isso mesmo."

"Você quer dizer... o que aconteceu com o Papai Noel no porão?"

"É. O que você sabe sobre...?"

Erlendur olhou para a cueca e hesitou por um instante.

"Estou participando da investigação", disse. "A investigação da polícia."

O homem olhou para ele, incapaz de esconder sua expressão de descrença.

"Por que você fez essa associação?", Erlendur apressou-se a dizer.

"Não estou entendendo", respondeu o homem, hesitando diante dele.

"Então, se o Papai Noel não tivesse sido morto não haveria problema em receber uma garota no quarto. Foi o que você disse. Entende o que estou querendo dizer?"

"Não", disse o homem. "Eu disse 'Por causa do que aconteceu'? Não me lembro."

"Você disse exatamente isso. A garota não tinha permissão para estar no quarto por causa do que aconteceu. Você pensou que minha filha era uma..." Erlendur tentou se expressar de maneira delicada, mas não conseguiu. "Você pensou que minha filha fosse uma prostituta e veio expulsá-la porque o Papai Noel foi assassinado. Se isso não tivesse acontecido, estaria tudo certo receber uma garota no quarto. Vocês permitem que garotas venham aos quartos? Quando está tudo bem?"

O homem olhou para Erlendur.

"O que você quer dizer com garotas?"

"Prostitutas", disse Erlendur. "Será que as prostitutas ficavam rondando o hotel e entravam rapidinho nos quartos, e vocês ignoravam isso, mas agora não, por causa do que aconteceu? O que o Papai Noel tinha a ver com isso? Ele estava ligado a essa história de alguma forma?"

"Eu não faço a menor ideia do que você está falando", disse o homem.

Erlendur mudou de abordagem.

"Eu entendo que você queira ser cauteloso, afinal houve um assassinato no hotel. Você não quer chamar a atenção para algo incomum ou anormal mesmo que seja uma coisa inocente, e quanto a isso tudo bem. As pessoas podem fazer o que bem entenderem, e pagarem por isso, e eu não me importo. O que eu preciso saber é se o Papai Noel estava ligado à prostituição neste hotel."

"Eu não sei nada sobre a prostituição", disse o homem. "Como você viu, nós ficamos de olho nas garotas que vão por conta própria para os quartos. Aquela era realmente sua filha?"

"Era", disse Erlendur.

"Ela falou para eu não encher o saco."

"Ela é assim mesmo."

Erlendur fechou a porta do quarto atrás de si, deitou na cama e logo adormeceu, sonhando que era coberto pelo céu, e que ouvia o matraquear de cata-ventos.

SEGUNDO DIA

5.

O chefe da recepção ainda não havia chegado para trabalhar quando Erlendur desceu até o saguão e perguntou por ele. Ele não havia dado nenhuma explicação para sua ausência nem tinha telefonado alegando que estava doente ou que precisava de um dia de folga para tratar de assuntos pessoais. Uma mulher de uns trinta anos que trabalhava na recepção disse a Erlendur que era incomum o chefe da recepção não aparecer no horário, sendo ele um homem sempre tão pontual, e incompreensível ele não entrar em contato, se precisava de algum tempo livre.

Disse isso a Erlendur entre pausas, enquanto um biotécnico do Hospital Nacional colhia uma amostra de sua saliva. Três biotécnicos colhiam amostras dos funcionários do hotel. Outro grupo foi até a casa dos funcionários que não estavam trabalhando naquele dia. Em pouco tempo os biotécnicos teriam o DNA de toda a equipe do hotel para comparar com a saliva encontrada no preservativo do Papai Noel.

Detetives interrogavam os funcionários sobre sua convivência com Gudlaugur e sobre o paradeiro de cada um na tarde anterior. Todo o Departamento de Investigações Criminais de Reykjavík participou da investigação do assassinato, enquanto informações e provas eram coletadas.

"E as pessoas que saíram recentemente do hotel ou que trabalharam aqui há um ano, coisa assim, e conheciam o Papai Noel?", perguntou Sigurdur Óli. Ele estava sentado ao lado de Erlendur no restaurante e o observava comendo arenque e pão de centeio, presunto frio, torradas e café bem quente.

"Para começar, vamos ver o que descobrimos aqui", disse Erlendur, fazendo barulho ao tomar seu café. "Você descobriu alguma coisa sobre esse tal Gudlaugur?"

"Não muito. Parece não haver muita coisa sobre ele. Tinha quarenta e oito anos, solteiro, sem filhos. Trabalhou aqui nos últimos vinte anos, mais ou menos. Pelo que entendi, ele morou no quartinho do porão por anos. Pelo que o gerente gordo deu a entender, era para ser apenas uma solução temporária. Mas ele diz que não conhece bem o assunto. Sugeriu falarmos com o gerente anterior. Foi ele quem fez o acordo com o Papai Noel. O gorducho acredita que Gudlaugur tinha perdido o lugar que estava alugando, foi autorizado a guardar suas coisas no quartinho e nunca mais saiu de lá."

Sigurdur Óli fez uma pausa e depois disse: "Elínborg me contou que você se hospedou no hotel na noite passada".

"Eu não recomendo. O quarto era frio, e os funcionários nunca lhe dão um momento de sossego. Mas a comida é boa. Onde está Elínborg?"

O restaurante estava lotado, e os hóspedes do hotel faziam uma algazarra enquanto se entregavam à mesa do café da manhã. A maioria deles era de turistas vestidos com tradicionais suéteres islandeses, botas e roupas grossas de inverno, mesmo que não fossem caminhar além do centro da cidade, a uns dez minutos a pé dali. Os garçons garantiam que as xícaras de café não ficassem vazias e que os pratos usados fossem retirados. Canções natalinas tocavam suavemente no sistema de som ambiente.

"A audiência principal começa hoje. Você sabia, não é?", perguntou Sigurdur Óli.

"Sabia."

"Elínborg está lá. O que você acha que vai acontecer?"

"Acho que vai durar alguns meses e o caso vai ser encerrado. É sempre a mesma coisa com esses malditos juízes."

"Com certeza não vão deixar que ele fique com o menino."

"Não sei", disse Erlendur.

"Aquele desgraçado", disse Sigurdur Óli. "Deviam pendurá-lo no tronco, na praça da cidade."

Elínborg fora encarregada da investigação. Um menino de oito anos tinha ido parar no hospital após sofrer uma séria agressão. Ninguém havia conseguido tirar uma palavra dele sobre o ataque. A teoria inicial era que crianças mais velhas o haviam atacado fora da escola e o espancado tanto que ele teve um braço quebrado, um maxilar fraturado e dois dentes superiores amolecidos. Ele se arrastou para casa em péssimo estado. O pai informou a polícia ao voltar do trabalho pouco depois. Uma ambulância levou o garoto ao hospital.

O menino era filho único. A mãe estava num hospital psiquiátrico em Kleppur quando ocorreu o incidente. Ele morava com o pai, dono de uma empresa de internet, no subúrbio Breidholt em uma grande e bela casa de dois andares com uma impressionante vista da cidade. O pai, naturalmente, ficou nervoso depois da agressão e falava em vingança contra os meninos que haviam machucado seu filho de forma tão horrível. Insistiu para que Elínborg os levasse à Justiça.

Elínborg poderia nunca ter descoberto a verdade se eles não morassem em uma casa de dois andares, com o quarto do menino no andar de cima.

"Ela se identifica com o caso de uma maneira ruim", disse Sigurdur Óli. "Elínborg tem um menino da mesma idade."

"Você não devia deixar esse caso influenciá-la tanto", disse Erlendur vagamente.

"Quem disse?"

A atmosfera tranquila do bufê de café da manhã foi perturbada por um barulho vindo da cozinha. Todos os hóspedes levantaram a cabeça e depois se entreolharam. Um homem discursava em voz alta sobre alguma coisa. Erlendur e Sigurdur Óli se levantaram e foram até a cozinha. A voz pertencia ao chefe de cozinha que tinha flagrado Erlendur mordiscando a língua de boi. Ele estava enfurecido com uma biotécnica que queria colher uma amostra de sua saliva.

"... e saia daqui com seus malditos cotonetes!", gritou o chefe para uma mulher de cinquenta anos que tinha uma pequena caixa de amostras aberta em cima da mesa. Ela continuou insistindo educadamente, apesar da fúria dele, o que, no entanto, não ajudou a melhorar o humor do chefe de cozinha. Ao ver Erlendur e Sigurdur Óli, sua raiva redobrou.

"Você está louco?", gritou. "Você acha que eu estava lá com o Gulli colocando uma camisinha no pau dele? Vocês são doentes mentais? Seus idiotas do caralho! De jeito nenhum. De jeito nenhum, porra. Eu não dou a mínima para o que você diz! Você pode me colocar na cadeia e jogar a chave fora, mas eu não vou participar desse maldito fiasco! Entendam bem isso! Seus idiotas do caralho!"

O chefe deixou a cozinha cheio de uma justificada indignação masculina, a qual, no entanto, ficou bastante prejudicada por seu chapéu branco parecido com uma chaminé. Erlendur começou a rir. Ele olhou para a biotécnica, que sorriu para ele e também começou a rir. A tensão na cozinha diminuiu. Os cozinheiros e os garçons que haviam se reunido ali caíram na gargalhada.

"Você está tendo problemas?", Erlendur perguntou à biotécnica.

"Não, de maneira alguma", respondeu ela. "Todo mundo está sendo realmente muito compreensivo. Ele foi o primeiro a fazer uma cena."

Ela sorriu, e Erlendur pensou como o sorriso dela era bonito. Tinha praticamente a mesma altura que ele, cabelo loiro espesso cortado curto, e estava usando um cardigã colorido abotoado na frente. Sob o cardigã, uma blusa branca. Ela usava jeans e elegantes sapatos de couro preto.

"Meu nome é Erlendur", disse, quase instintivamente, estendendo a mão.

Ela ficou um pouco desconcertada.

"Ah", disse, estendendo a mão também. "Eu sou Valgerdur."

"Valgerdur?", repetiu. Ele não viu aliança de casamento.

O celular de Erlendur tocou em seu bolso.

"Com licença", disse, atendendo o telefone. Ele ouviu uma velha e conhecida voz perguntando por ele.

"É você?", perguntou a voz.

"Sim, sou eu", respondeu Erlendur.

"Eu nunca vou aprender a usar esses telefones celulares", disse a voz. "Onde você está? Você está no hotel? Talvez você esteja correndo para algum lugar. Ou esteja em um elevador."

"Estou no hotel." Erlendur colocou a mão no bocal e pediu a Valgerdur que esperasse um momento. Em seguida, voltou pelo restaurante e foi até o saguão. Era Marion Briem.

"Você está dormindo no hotel?", perguntou Marion. "Há algo errado? Por que não foi para casa?"

Marion Briem tinha trabalhado para o antigo Departamento de Investigação da Polícia, quando essa instituição ainda existia, e havia sido mentora de Erlendur. Quando Erlendur entrou para a polícia ela já estava lá e ensinou-lhe o ofício de detetive. Às vezes, Marion telefonava para Erlendur reclamando que ele nunca a visitava. Erlendur nunca tinha realmente gostado de sua ex-chefe e não sentia nenhuma vontade especial de rever seus sentimentos na velhice de Marion. Talvez porque os dois fossem muito semelhantes. Talvez porque ele visse seu próprio futuro em Marion e quisesse evitá-lo. Marion vivia uma vida solitária e odiava a velhice.

"Por que você está telefonando?", Erlendur perguntou.

"Algumas pessoas ainda me mantêm informada das coisas, mesmo que você não faça mais isso", disse Marion.

Erlendur estava prestes a encerrar a conversa, mas se conteve. Marion o tinha ajudado antes, sem que lhe pedissem. Ele não devia ser rude.

"Posso te ajudar em alguma coisa?", Erlendur perguntou.

"Me dê o nome do homem. Talvez eu descubra alguma coisa que você tenha deixado passar."

"Você nunca desiste."

"Eu estou entediada", disse Marion. "Você nem imagina como estou entediada. Eu me aposentei há quase dez anos e posso lhe dizer: todos os dias neste inferno é como uma eternidade. Como mil anos, todos os dias."

"Há muitas coisas para os idosos fazerem", Erlendur disse. "Já tentou o bingo?"

"Bingo!", rugiu Marion.

Erlendur passou a Marion o nome de Gudlaugur, deu as informações sobre o caso e se despediu. Seu telefone tocou quase imediatamente depois.

"Alô", disse Erlendur.

"Encontramos um bilhete no quarto do homem", disse uma voz ao telefone. Era o chefe da perícia.

"Um bilhete?"

"Está escrito: Henry 18h30."

"Henry? Espere um pouco. Quando foi que a garota encontrou o Papai Noel?"

"Por volta das sete."

"Portanto, esse Henry poderia ter estado no quarto quando ele foi morto?"

"Eu não sei. E há outra coisa."

"Diga."

"O preservativo pode ter sido do próprio Papai Noel. Havia uma caixa deles no bolso do seu uniforme de porteiro. É uma caixa de dez e estão faltando três."

"Mais alguma coisa?"

"Não, apenas uma carteira com uma nota de quinhentas coroas, uma carteira de identidade velha e um recibo de supermercado com data de anteontem. Ah, sim, e um chaveiro com duas chaves."

"Que tipo de chave?"

"Uma se parece com a chave de uma casa, mas a outra poderia ser de um armário ou algo assim. É bem menor."

Eles se despediram, e Erlendur olhou em volta, procurando a biotécnica, mas ela tinha ido embora.

Dois hóspedes do hotel chamavam-se Henry. Henry Bartlet, americano, e Henry Wapshott, inglês. Este último não atendeu quando ligaram para seu quarto, mas Bartlet atendeu e se mostrou surpreso ao saber que a polícia islandesa queria falar com ele. A história do gerente do hotel a respeito do ataque cardíaco de um velho tinha claramente circulado.

Erlendur levou Sigurdur Óli com ele para encontrar Henry Bartlet; Sigurdur Óli havia estudado criminologia nos Estados Unidos e tinha bastante orgulho disso. Ele falava a língua como um nativo, e Erlendur, embora tivesse uma aversão especial pelo sotaque americano, o tolerava.

No caminho até o andar de Bartlet, Sigurdur Óli disse a Erlendur que eles haviam conversado com a maioria dos funcionários do hotel que estavam de serviço quando Gudlaugur foi atacado. Todos possuíam álibis e forneceram nomes de pessoas para corroborar suas histórias.

Bartlet tinha cerca de trinta anos e era corretor da bolsa de valores do Colorado. Ele e a mulher tinham visto um programa sobre a Islândia na televisão americana anos antes e ficaram encantados com o cenário impressionante e com a Lagoa Azul, onde já haviam estado três vezes. Decidiram transformar o sonho em realidade e passar o Natal e o Ano-Novo na distante terra do inverno. A bela paisagem os encantava, mas eles achavam exorbitantes os preços nos restaurantes e bares da cidade.

Sigurdur Óli assentiu com a cabeça. Para ele, os Estados Unidos eram o paraíso na terra. Estava animado por conhecer o casal e conversar com eles sobre beisebol e os preparativos para o Natal norte-americano, até que Erlendur achou que era o suficiente e o cutucou.

Sigurdur Óli contou sobre a morte do porteiro e mencionou o bilhete em seu quarto. O sr. e a sra. Henry Bartlet encararam os detetives como se tivessem subitamente sido transportados para um planeta diferente.

"Vocês não conheciam o porteiro, não é?", perguntou Sigurdur Óli ao ver a expressão de espanto deles.

"Um assassinato?", gemeu Henry. "Neste hotel?"

"Ah, meu Deus", disse a mulher, sentando-se na cama de casal.

Sigurdur Óli decidiu não mencionar o preservativo. Explicou como o bilhete sugeria a ideia de que Gudlaugur havia marcado um encontro com um homem chamado Henry, embora eles não soubessem o dia, se o encontro já tinha ocorrido ou se iria acontecer depois de dois dias, uma semana, dez dias.

Henry Bartlet e a mulher negaram categoricamente conhecer o porteiro. Eles nem tinham reparado nele quando chegaram ao hotel quatro dias antes. As perguntas de Erlendur e Sigurdur Óli deixaram-nos claramente aborrecidos.

"Jesus", disse Henry. "Um assassinato!"

"Vocês têm muitos assassinatos na Islândia?", perguntou a mulher — Cindy, ela dissera a Sigurdur Óli quando se cumprimentaram —, olhando para o folheto da Icelandair na mesa de cabeceira.

"Raramente", disse ele, tentando sorrir.

"Esse tal de Henry pode não ser, necessariamente, um hóspede do hotel", disse Sigurdur Óli enquanto esperavam o elevador. "Ele nem tem que ser estrangeiro. *Existem* islandeses chamados Henry."

6.

Sigurdur Óli havia localizado o antigo gerente do hotel, portanto, quando chegaram ao saguão ele se despediu de Erlendur e foi se encontrar com o homem. Erlendur perguntou pelo chefe de recepção, mas ele ainda não tinha aparecido para trabalhar nem havia telefonado. Henry Wapshott deixara a chave de seu quarto na recepção, de manhã cedo, sem que ninguém tivesse percebido. Ele estava havia quase uma semana no hotel e ainda iria permanecer mais dois dias. Erlendur pediu que o avisassem assim que Wapshott reaparecesse.

O gerente do hotel passou por Erlendur quase se arrastando.

"Espero que você não esteja perturbando meus hóspedes", disse.

Erlendur o levou para um canto do saguão.

"Quais são as regras sobre prostituição no hotel?", perguntou, sem rodeios, quando eles pararam ao lado da árvore de Natal.

"Prostituição? Do que você está falando?" O gerente do hotel soltou um suspiro profundo e enxugou o pescoço com um lenço desalinhado.

Erlendur olhou para ele, à espera.

"Nem pense em enfiar uma besteira dessas nessa história toda", avisou o gerente.

"O porteiro tinha envolvimento com prostitutas?"

"Deixa disso... Não tem pu... prostitutas neste hotel."

"Há prostitutas em todos os hotéis."

"É mesmo?", disse o gerente. "Você está falando por experiência própria?"

Erlendur não respondeu.

"Você está dizendo que o porteiro era um cafetão?", perguntou o gerente com um tom de voz chocado. "Eu nunca ouvi bobagem maior na minha vida. Isto aqui não é uma boate de striptease. É um dos maiores hotéis de Reykjavík!"

"Nenhuma mulher nos bares ou no saguão abordando os homens? Indo até os quartos com eles?"

O gerente hesitou. Ele agia como se não quisesse se antagonizar com Erlendur.

"Este é um hotel enorme", disse por fim. "Não temos como ficar de olho em tudo que acontece. Se é prostituição de fato, e não temos nenhuma dúvida sobre isso, tentamos evitá-la. Mas é difícil lidar com essa questão. Além disso, os hóspedes são livres para fazer o que quiserem em seus quartos."

"Turistas, homens de negócios, pessoas aqui da região, não foi assim que você descreveu os hóspedes?"

"Foi, e muito mais que isso, claro. Mas não somos uma pensão qualquer. Somos um estabelecimento de qualidade e, de maneira geral, os hóspedes não têm problemas para pagar as acomodações. Nada indecente acontece por aqui e, pelo amor de Deus, não espalhe esse tipo de boato. A concorrência já é bem forte, e vai ser difícil nos livrarmos dessa associação com o assassinato."

O gerente do hotel fez uma pausa.

"Você vai continuar dormindo no hotel?", perguntou. "Isso não é irregular?"

"A única coisa irregular aqui é o Papai Noel morto no seu porão." Erlendur sorriu.

Ele viu a biotécnica que encontrara na cozinha afastando-se do bar no piso térreo com seu kit de amostras na mão. Com um aceno de cabeça para o gerente, ele foi até ela, que caminhava de costas para Erlendur, em direção à chapelaria próxima à porta lateral.

"Como vão as coisas?", perguntou Erlendur.

Ela se virou e reconheceu-o imediatamente, mas continuou andando.

"É você que está no comando da investigação?", ela perguntou, indo para a chapelaria, onde pegou um casaco em um cabide. Ela pediu que Erlendur segurasse seu kit de amostras.

"Eles me deixaram acompanhar tudo", respondeu Erlendur.

"Nem todo mundo ficou satisfeito com a ideia de amostras de saliva", disse ela, "e não estou me referindo só ao chefe de cozinha."

"Antes de mais nada, queríamos eliminar os funcionários das nossas investigações. Pensei que tivessem lhe dito para dar essa explicação."

"Não funcionou. Tem alguma outra?"

"Valgerdur é um nome islandês antigo, não é?", comentou Erlendur sem responder à pergunta dela. Ela sorriu.

"Então você não está autorizado a falar sobre a investigação?"

"Não."

"Você se importa? Quero dizer, por Valgerdur ser um nome antigo?"

"Eu? Não, eu...", gaguejou Erlendur.

"Quer discutir alguma coisa em especial?", perguntou Valgerdur, estendendo a mão para pegar a bolsa. Ela sorriu para o homem em pé à sua frente com um cardigã abotoado sob um paletó surrado e de cotovelos puídos que olhava para ela com olhos tristes. Eles tinham a mesma idade, mas ela parecia dez anos mais jovem.

Sem perceber muito bem, Erlendur deixou escapar o que pensava. Havia alguma coisa naquela mulher.

E ele não viu nenhuma aliança de casamento.

"Eu estava pensando se poderia convidá-la para jantar aqui esta noite, o bufê é delicioso."

Ele disse isso sem saber nada sobre ela, como se não tivesse nenhuma chance de uma resposta positiva, mas disse mesmo assim e agora esperava, pensando consigo mesmo que ela provavelmente iria começar a rir, que ela provavelmente era casada e tinha quatro filhos, uma casa grande e um chalé de verão, festas de crisma e festas de formatura e que havia casado o filho mais velho e estava esperando para envelhecer em paz com seu amado marido.

"Obrigada", disse ela. "Muito gentil me convidar. Mas infelizmente... Eu não posso. Obrigada mesmo assim."

Ela pegou o kit de amostras da mão dele, hesitou por um instante, olhou para ele, e então se afastou e saiu do hotel. Erlendur ficou ali na chapelaria meio atordoado. Fazia anos que não convidava uma mulher para sair. Seu celular começou a tocar no bolso do paletó até que por fim ele o pegou distraidamente e atendeu. Era Elínborg.

"Ele está entrando na sala do tribunal", ela quase sussurrou ao telefone.

"Como?", disse Erlendur.

"O pai, ele está entrando com seus dois advogados. Isso é o mínimo de que ele vai precisar para acertar suas contas."

"Tem alguém aí?", perguntou Erlendur.

"Poucas pessoas. Parece que a família da mãe do menino e a imprensa também estão aqui."

"Como ele está?"

"Calmo como sempre, de terno e gravata como se fosse sair para jantar. Ele não tem um pingo de consciência."

"Não é verdade", disse Erlendur. "Ele definitivamente tem uma consciência."

Erlendur tinha ido ao hospital com Elínborg para conversar com o menino assim que os médicos deram permissão. Até então ele havia feito uma cirurgia e estava em uma enfermaria com outras crianças. Havia desenhos das crianças nas paredes, brinquedos em suas camas, pais sentados ao lado de suas cabeceiras, cansados depois de noites sem dormir, infinitamente preocupados com os filhos.

Elínborg sentou ao lado dele. A bandagem em torno da cabeça do garoto deixava ver pouco de seu rosto além da boca e dos olhos, cheios de desconfiança diante dos policiais. Seu braço estava engessado e suspenso por um pequeno gancho. Os curativos pós-cirúrgicos estavam escondidos sob a colcha. Eles tinham conseguido salvar-lhe o baço. O médico disse que eles poderiam falar com o menino, mas se o menino iria falar com eles já era outra questão.

Elínborg começou falando sobre si mesma, quem ela era e o que fazia na polícia, e como queria pegar as pessoas que fizeram aquilo com ele. Erlendur ficou à distância, observando. O menino olhou para Elínborg. Ela sabia que só deveria falar com ele na presença de um dos pais. Elínborg e Erlendur tinham combinado de se encontrar com o pai no hospital, mas meia hora se passou sem que ele aparecesse.

"Quem foi?", Elínborg perguntou por fim, quando achou que já era hora de chegar ao ponto.

O menino olhou para ela, mas não disse nada.

"Quem fez isso com você? Não tem problema me dizer. Eles não vão agredi-lo outra vez. Eu prometo."

O menino lançou um olhar para Erlendur.

"Foram os meninos da sua escola?", perguntou Elínborg. "Os meninos maiores. Nós descobrimos que dois suspeitos são conhecidos desordeiros. Eles já espancaram meninos como você antes, mas nunca de forma tão violenta. Eles dizem que não fizeram nada com você, mas sabemos que eles estavam na escola no momento em que você foi agredido."

Em silêncio, o garoto assistiu Elínborg contar sua história. Ela tinha ido à escola e conversado com o diretor e com os professores. Depois foi até a casa dos dois meninos para descobrir mais sobre eles, e ouviu-os negar terem feito qualquer coisa com ele. O pai de um dos garotos estava na prisão.

O pediatra entrou no quarto. Ele lhes disse que o menino precisava descansar e que eles teriam que voltar mais tarde. Elínborg assentiu e eles se despediram.

Erlendur também foi com Elínborg encontrar o pai do menino em sua casa mais tarde no mesmo dia. A explicação do pai por não ter comparecido ao hospital foi que ele tivera que participar de uma importante videoconferência com seus colegas da Alemanha e dos Estados Unidos. "Foi algo inesperado", ele disse. Quando por fim conseguiu se desvencilhar do compromisso, eles já tinham ido embora do hospital.

Enquanto dizia isso, o sol de inverno começou a brilhar através da janela da sala, incidindo no piso de mármore e no carpete da escada. Elínborg estava em pé, ouvindo, quando notou a mancha nos primeiros degraus acarpetados e outra no degrau logo acima.

Manchas pequenas, quase invisíveis, não fosse o sol de inverno ter se derramado dentro da casa.

Manchas no carpete que tinham sido quase totalmente limpas e que à primeira vista pareciam ser parte da textura do tapete. Manchas que se revelaram pequenas pegadas.

"Você está aí?", perguntou Elínborg ao telefone. "Erlendur? Você está aí?"

Erlendur voltou a si.

"Me informe quando ele sair", disse, e eles desligaram.

O chefe dos garçons do hotel tinha cerca de quarenta anos, era magro como uma vassoura e vestia terno preto e sapatos de couro preto bem engraxados. Ele estava em um nicho ao lado do restaurante, verificando as reservas daquela noite. Quando Erlendur se apresentou e perguntou se podia incomodá-lo por um momento, o chefe dos garçons levantou os olhos do surrado livro de reservas para revelar um fino bigode preto, um restolho de barba que ele, obviamente, precisava fazer duas vezes por dia, pele amarronzada e olhos castanhos.

"Eu não sabia nada sobre o Gulli", disse o homem, cujo nome era Rósant. "Terrível o que aconteceu com ele. Vocês já estão chegando a alguma conclusão?"

"A conclusão nenhuma", disse Erlendur, seco. Sua mente estava na biotécnica, no pai que batia no filho, e ele pensava em sua filha, Eva Lind, dizendo que não podia aguentar mais. Embora soubesse o que isso significava, ele esperava estar errado.

"Você fica bem ocupado nesta época de Natal, não é?", perguntou Erlendur.

"Estamos tentando tirar o máximo da temporada. Tentando ocupar o restaurante três vezes ao dia, em cada bufê, o que pode ser muito difícil, porque algumas pessoas pensam que, depois que elas pagaram, podem pegar o quanto quiser. O assassinato no porão também não ajuda muito."

"Não mesmo", disse Erlendur, desatento. "Então você não trabalha aqui há muito tempo, se não conhecia o Gudlaugur."

"Há dois anos. Mas eu não tinha muito contato com ele."

"Quem você acha que ele conhecia melhor entre os funcionários do hotel?"

"Eu não sei", disse o chefe dos garçons, alisando o bigode preto com o dedo indicador. "Eu não sei nada sobre esse homem. O pessoal da limpeza, talvez. Quando vamos saber o resultado dos testes de saliva?"

"Que resultado?"

"Quem estava com ele. Não é um teste de DNA?"

"É", respondeu Erlendur.

"Vocês têm que enviá-los para o exterior?"

Erlendur fez que sim com a cabeça.

"Você sabe se alguém o visitava no porão? Pessoas de fora do hotel?"

"Há tanto movimento por aqui... Hotéis são assim. As pessoas são como formigas, dentro e fora, para cima e para baixo, nunca há um momento de paz. Na faculdade de hotelaria nos diziam que um hotel não é o edifício, nem o conjunto de quartos ou de serviços, mas as pessoas. Um hotel é feito de pessoas. Nada mais. Nosso trabalho é fazê-las se sentir bem, se sentir em casa. Hotéis são isso."

"Vou tentar me lembrar disso", garantiu Erlendur, agradecendo.

Ele foi ver se Henry Wapshott tinha retornado ao hotel, mas ele ainda estava fora. No entanto, o chefe da recepção voltara ao trabalho e cumprimentou Erlendur. Mas outro ônibus tinha chegado cheio de turistas, que invadiram o saguão. Ele deu um sorriso sem graça para Erlendur e encolheu os ombros, como se não fosse culpa dele o fato de os dois não poderem mais conversar e o assunto ter que esperar.

7.

Gudlaugur Egilsson começou a trabalhar no hotel em 1982, quando tinha vinte e oito anos. Ele havia tido vários empregos antes, o mais recente como vigia noturno no Ministério de Relações Exteriores. Quando decidiram contratar um porteiro em tempo integral no hotel, ele conseguiu a vaga. O turismo estava crescendo na época. O hotel tinha se expandido e ampliava seu quadro de funcionários. O gerente anterior não conseguia se lembrar exatamente por que Gudlaugur fora o escolhido, mas se lembrava de não ter havido muitos candidatos.

Ele causou boa impressão no gerente do hotel. Com seus modos educados, respeitoso e prestativo, acabou se tornando um bom funcionário. Não tinha família, nem mulher nem filhos, o que preocupou um pouco o gerente, pois homens com família muitas vezes mostravam-se mais leais. Em relação a outros aspectos, Gudlaugur não contava muito sobre si mesmo e seu passado.

Pouco depois de entrar para a equipe, ele procurou o gerente e perguntou se havia um quarto no hotel onde ele pudesse ficar enquanto procurava outro lugar para viver. Ele havia perdido seu quarto de maneira inesperada e estava na rua. O gerente disse que havia um quartinho no fim do corredor do andar do porão onde ele poderia ficar até ter seu próprio lugar. Eles desceram para inspecionar o quarto. Todos os tipos de lixo e refugos tinham sido guardados ali, e Gudlaugur disse que conhecia um lugar onde todos aqueles objetos poderiam ser guardados, embora a maior parte daquilo merecesse ser jogada fora.

Assim, no final das contas, Gudlaugur, então porteiro e mais tarde Papai Noel, mudou-se para o pequeno quarto onde iria passar o resto da vida. O gerente do hotel achou que ele ficaria no máximo algumas semanas. De fato Gudlaugur colocou a situação nesses termos, e além do mais o quarto não era o tipo de lugar em que alguém iria querer viver para sempre. Mas Gudlaugur demorou para encontrar um alojamento adequado, e logo se deu por certo que ele morava no hotel, especialmente depois que passou a desempenhar as funções de zelador, e não só as de um simples porteiro. Com o tempo, a situação passou a ser vista como um arranjo conveniente: era útil ter alguém à disposição vinte e quatro horas por dia quando alguma coisa dava errado e um faz-tudo era necessário.

"Pouco depois que Gudlaugur se mudou para o quartinho, o gerente antigo saiu", disse Sigurdur Óli, que estava no quarto de Erlendur narrando seu encontro. Era final de tarde e começava a escurecer.

"Você sabe por quê?", perguntou Erlendur. Ele estava estirado na cama, olhando para o teto. "O hotel tinha acabado de ser ampliado, novos funcionários estavam sendo contratados e pouco depois ele sai. Não acha estranho?"

"Eu não toquei nesse assunto. Mas posso descobrir o que ele tem a dizer sobre isso se você acha que é importante. Ele não sabia que Gudlaugur se vestia de Papai Noel. Isso começou depois que ele saiu, e ele ficou realmente chocado ao saber que Gudlaugur foi encontrado morto no porão."

Sigurdur Óli olhou ao redor do quarto vazio.

"Você vai passar o Natal aqui?"

Erlendur não respondeu.

"Por que não vai para casa?"

Silêncio.

"O convite continua de pé."

"Obrigado, e mande lembranças a Bergthóra", disse Erlendur, envolto em pensamentos profundos.

"Qual é o objetivo disso, afinal?"

"Não é da sua conta, se é que... existe um objetivo."

"De qualquer forma, eu estou indo para casa", disse Sigurdur Óli.

"Como está indo o projeto de começar uma família?"

"Não muito bem."

"É um problema seu ou apenas uma coincidência entre vocês dois?"

"Eu não sei. Nós nunca fizemos exames. Mas Bergthóra já começou a falar sobre isso."

"Você quer mesmo ter filhos?"

"Quero. Não sei. Não sei o que eu quero."

"Que horas são?"

"Pouco mais de seis e meia."

"Vá para casa", disse Erlendur. "Vou dar uma olhada no nosso outro Henry."

Henry Wapshott tinha voltado ao hotel, mas não estava em seu quarto. Erlendur pediu que a recepção ligasse para ele, foi até o andar de Henry e bateu na porta, sem porém obter resposta. Perguntou a si mesmo se deveria pedir ao gerente que abrisse o quarto, mas pensou que primeiro iria precisar de um mandado de busca assinado por algum juiz, o que poderia levar boa parte da noite, e além disso não havia nenhuma certeza de que Henry Wapshott era, de fato, o Henry com quem Gudlaugur iria se encontrar às 18h30.

Erlendur estava em pé no corredor, avaliando suas opções, quando um homem, provavelmente de sessenta e poucos anos, veio caminhando em sua direção. Ele vestia um paletó surrado de tweed, calça cáqui e camisa azul com gravata vermelha; estava começando a ficar calvo e tinha o cabelo escuro cuidadosamente penteado sobre a área vazia.

"É você?", ele perguntou em inglês quando se aproximou de Erlendur. "Disseram-me que alguém estava me procurando. Um islandês. Você é colecionador? Queria falar comigo?"

"Seu nome é Wapshott?", Erlendur perguntou. "Henry Wapshott?" Seu inglês não era bom. Ele conseguia entender a língua razoavelmente bem, mas falava mal. O crime internacional obrigara a polícia a organizar cursos de inglês, que Erlendur tinha frequentado e gostado. Ele estava começando a ler livros em inglês.

"Meu nome é Henry Wapshott", disse o homem. "Sobre o que você queria falar comigo?"

"Talvez não devêssemos ficar aqui no corredor", disse Erlendur. "Podemos ir ao seu quarto? Ou...?"

Wapshott olhou para a porta, depois para Erlendur.

"Talvez devêssemos ir até o saguão", disse. "Sobre o que você quer falar comigo? Quem é você?"

"Vamos lá para baixo", disse Erlendur.

Hesitante, Henry Wapshott seguiu-o até o elevador. Quando entraram no saguão, Erlendur foi para a área de fumantes do restaurante e eles se sentaram. Uma garçonete apareceu imediatamente. Os hóspedes estavam começando a se servir no bufê, que Erlendur achou tão tentador quanto no dia anterior. Eles pediram café.

"É muito estranho", disse Wapshott. "Era para eu me encontrar com alguém exatamente aqui há meia hora, mas a pessoa não veio. Eu não recebi nenhum recado dele, e então você aparece bem na frente da porta do meu quarto e me traz para cá."

"Quem é o homem com quem você ia se encontrar?"

"É um islandês. Trabalha neste hotel. Seu nome é Gudlaugur."

"E você ia encontrá-lo aqui hoje às seis e meia?"

"Isso", Wapshott disse. "O que...? Quem é você?"

Erlendur disse que era da polícia, descreveu a morte de Gudlaugur e como haviam encontrado um bilhete no quarto dele referindo-se a um encontro com um homem chamado Henry, que claramente era ele. A polícia queria saber por que eles iriam se encontrar. Erlendur não falou de sua suspeita de que Wapshott poderia muito bem ter estado no quarto quando o Papai Noel foi assassinado. Apenas mencionou que Gudlaugur havia trabalhado no hotel durante vinte anos.

Wapshott encarou Erlendur enquanto ele lhe contou tudo isso, balançando a cabeça como se não acreditasse, como se não conseguisse entender completamente as implicações do que estava sendo dito.

"Ele está morto?"

"Está."

"Assassinado?"

"Isso mesmo."

"Ah, meu Deus!", gemeu Wapshott.

"Como você conheceu Gudlaugur?", perguntou Erlendur.

Wapshott parecia distante, então ele repetiu a pergunta.

"Eu o conheço há anos", disse Wapshott por fim, sorrindo e revelando dentes pequenos e manchados de tabaco, alguns com crostas pretas. Erlendur pensou que ele deveria ser fumante de cachimbo.

"Quando você o conheceu?", perguntou Erlendur.

"Nós nunca nos encontramos", disse Wapshott. "Eu nunca o vi. Eu ia encontrá-lo hoje pela primeira vez. Por isso vim para a Islândia."

"Você veio para a Islândia encontrá-lo?"

"Vim, entre outras coisas."

"Então, como o conheceu? Se nunca o encontrou, que tipo de relacionamento vocês tinham?"

"Não havia nenhum relacionamento", disse Wapshott.

"Eu não entendo."

"Nunca houve nenhum 'relacionamento'", repetiu Wapshott, colocando a última palavra entre aspas com os dedos.

"O que era então?", perguntou Erlendur.

"Apenas uma adoração unilateral", disse Wapshott. "Do meu lado."

Erlendur pediu-lhe que repetisse as últimas palavras. Não conseguia entender como esse homem, que tinha vindo da Inglaterra e nunca havia encontrado Gudlaugur, pudesse adorá-lo. Um porteiro de hotel. O homem que morava em um quartinho de porão de hotel e fora encontrado morto com a calça arriada até os tornozelos e uma facada no coração. Adoração unilateral por um homem que se vestia de Papai Noel em festas infantis.

"Eu não sei do que você está falando", disse Erlendur. Então lembrou que, no corredor do andar de cima, Wapshott havia lhe perguntado se ele era um colecionador. "Por que você quis saber se eu era um colecionador? O que quis dizer com isso?"

"Eu pensei que você fosse um colecionador de discos", disse Wapshott. "Como eu."

"Que tipo de colecionador de discos? Discos? Você quer dizer...?"

"Eu coleciono discos antigos", respondeu Wapshott. Discos antigos para gramofones. LPs, EPs, compactos. É por isso que conheço Gudlaugur. Eu ia encontrá-lo aqui agora e estava ansioso por isso, então você deve entender como é um choque para mim saber que ele está morto. Assassinado! Quem poderia querer matá-lo?"

Sua surpresa parecia genuína.

"Será que você não o encontrou ontem à noite?", perguntou Erlendur.

A princípio, Wapshott não percebeu o que Erlendur quis dizer, até que a ideia lhe ocorreu e ele olhou para o detetive.

"Você está insinuando... você acha que estou mentindo para você? Eu sou...? Você está dizendo que eu sou um suspeito? Você acha que eu tive algo a ver com a morte dele?"

Erlendur olhou para ele sem dizer nada.

"Que absurdo!" Wapshott levantou a voz. "Eu esperei durante muito tempo para conhecer esse homem. Durante anos. Você não pode estar falando sério."

"Onde você estava mais ou menos a esta hora na noite passada?", perguntou Erlendur.

"Na cidade", disse Wapshott. "Eu estava na cidade. Em uma loja de um colecionador na rua principal, então fui jantar em um restaurante indiano não muito longe dali."

"Você já está no hotel há alguns dias. Por que não encontrou Gudlaugur antes?"

"Mas... você não acabou de dizer que ele está morto? Como assim?"

"Por que não quis conhecê-lo assim que fez o *check-in*? Você estava ansioso para encontrá-lo, foi o que você disse. Por que esperou tanto tempo?"

"Ele escolheu a data e o local. Ah, meu Deus, no que eu fui me meter?"

"Como você entrou em contato com ele? E o que quis dizer com 'adoração unilateral'?"

Henry Wapshott olhou para ele.

"Eu quis dizer...", começou Wapshott, mas Erlendur não o deixou terminar.

"Você sabia que ele trabalhava no hotel?"

"Sabia."

"Como?"

"Eu descobri. Faço questão de pesquisar tudo que se refere à minha coleção."

"Foi por isso que se hospedou neste hotel?"

"Foi."

"Você comprou discos dele?", continuou Erlendur. "Foi assim que se conheceram? Dois colecionadores, o mesmo interesse?"

"Como eu disse, não o conhecia pessoalmente, mas ia encontrá-lo."

"O que você quer dizer?"

"Você não faz a menor ideia de quem ele era, não é?", disse Wapshott, surpreso por Erlendur nunca ter ouvido falar de Gudlaugur Egilsson.

"Ele era um zelador, ou porteiro e Papai Noel", afirmou Erlendur. "Há mais alguma coisa que eu preciso saber?"

"Sabe qual é a minha especialidade?", retrucou Wapshott. "Não sei o quanto você conhece de coleções em geral, ou de coleção de discos em particular, mas a maioria dos colecionadores se especializa em determinada área. As pessoas podem ser bastante excêntricas em relação a isso. É incrível o que algumas se dispõem a colecionar. Já ouvi falar de um homem que coleciona saquinhos de vômito de todas as companhias aéreas do mundo. Também conheço uma mulher que coleciona cabelos de bonecas Barbie."

Wapshott olhou para Erlendur.

"Sabe no que eu me especializei?"

Erlendur fez que não com a cabeça. Ele não estava completamente convencido de que tinha entendido a parte sobre os saquinhos de vômito de avião. E aquele negócio com as bonecas Barbie?

"Eu me especializei em corais de meninos."

"Corais de meninos?"

"Não só corais de meninos. Meu interesse especial são os meninos cantores."

Erlendur hesitou, sem saber se havia entendido bem.

"Meninos cantores?"

"Isso."

"Você coleciona discos de meninos cantores?"

"Isso mesmo. É claro que coleciono outros discos também, mas os meninos cantores são... como posso dizer?... a minha paixão."

"E onde Gudlaugur se encaixa em tudo isso?"

Henry Wapshott sorriu. Ele estendeu a mão para uma pasta de couro preto que trazia consigo, abriu-a e pegou um compacto de 45 rotações. Pegou os óculos no bolso do peito, e Erlendur percebeu que ele deixou cair um pedaço de papel branco no chão. Erlendur pegou-o e viu o nome *Brenner's* impresso em verde.

"Obrigado. Um guardanapo de um hotel na Alemanha", disse Wapshott. "Colecionar é uma obsessão", acrescentou como que se desculpando.

Erlendur assentiu.

"Eu ia pedir que ele autografasse esta capa para mim", disse Wapshott, entregando-a para Erlendur.

Na parte da frente da capa, via-se o nome "GUDLAUGUR EGILSSON" em um pequeno arco de letras douradas e a fotografia em preto e branco de um menino de pouco mais de doze anos, ligeiramente sardento, o cabelo alisado com cuidado para baixo, sorrindo para Erlendur.

"Ele tinha uma voz maravilhosamente delicada", disse Wapshott. "Aí chega a puberdade e..." Ele encolheu os ombros, resignado. Havia uma ponta de tristeza e pesar em sua voz. "Estou surpreso de você nunca ter ouvido falar dele ou de não saber quem ele foi, se está investigando sua morte. Ele deve ter sido muito conhecido em sua época. De acordo com minhas fontes, ele poderia ser descrito como uma estrela infantil bem conhecida."

Erlendur tirou os olhos da capa do álbum e encarou Wapshott.

"Estrela infantil?"

"Ele gravou dois discos, um solo e cantando com coros de igreja. Deve ter sido um grande nome neste país em sua época."

"Uma estrela infantil", repetiu Erlendur. "Você quer dizer, como Shirley Temple? Esse tipo de estrela infantil?"

"Provavelmente sim, pelos padrões de vocês aqui na Islândia, um país pequeno no fim do mundo. Ele deve ter sido muito famoso, mesmo que todos agora pareçam tê-lo esquecido. Shirley Temple foi, é claro..."

"A Pequena Princesa", murmurou Erlendur consigo mesmo.

"O que você disse?"

"Eu não sabia que ele era uma estrela infantil."

"Foi há muito tempo."

"E... ele gravou discos?"

"Sim."

"Que você coleciona?"

"Estou tentando adquirir cópias. Especializei-me em meninos cantores como ele. Foi um soprano único."

"Menino cantor?", disse Erlendur quase para si mesmo. Ele se lembrou do pôster de A *Pequena Princesa* e estava prestes a pedir a Wapshott mais detalhes sobre a criança estrela Gudlaugur, quando alguém desviou sua atenção.

"Então você está aqui", Erlendur ouviu alguém dizer acima dele. Valgerdur estava atrás dele, sorrindo. Ela já não carregava seu kit de amostras. Usava um casaco fino de couro preto até os joelhos com um lindo suéter vermelho por baixo, e tinha se maquiado com tanto cuidado que mal parecia estar maquiada. "Seu convite ainda está de pé?", perguntou.

Erlendur levantou de um salto. Mas Wapshott já tinha se levantado.

"Desculpe", disse Erlendur, "eu não sabia... É claro." Ele sorriu. "É claro."

8.

Depois de terem comido o suficiente do bufê e tomado café, eles passaram para o bar ao lado do restaurante. Erlendur comprou bebidas para os dois e eles foram se sentar a uma mesa bem no fundo do bar. Ela disse que não poderia ficar muito tempo, o que Erlendur interpretou como uma educada precaução. Não que ele estivesse planejando convidá-la para ir até seu quarto — o pensamento nem sequer tinha lhe passado pela cabeça, e ela sabia disso —, mas ele percebia uma sensação de insegurança nela e o mesmo tipo de barreira que encontrava nas pessoas que eram enviadas a ele para interrogatório. Talvez nem ela mesma soubesse o que estava fazendo.

Conversar com um detetive a intrigava, e ela queria saber tudo sobre o trabalho dele, os crimes e como ele pegava os criminosos. Erlendur lhe contou que, na maior parte do tempo, era um trabalho administrativo.

"Mas os crimes tornaram-se mais cruéis", disse ela. "A gente lê isso nos jornais. Crimes mais sórdidos."

"Não sei", disse Erlendur. "Crimes são sempre desagradáveis."

"A gente está sempre ouvindo histórias sobre o mundo das drogas, cobradores de dívidas que agridem garotos que devem dinheiro de drogas a eles, e, se os garotos não pagam, suas famílias é que são agredidas no lugar deles."

"É verdade", disse Erlendur, que às vezes se preocupava com Eva Lind exatamente por isso. "O mundo mudou muito. Está mais brutal."

Eles ficaram em silêncio.

Erlendur tentou encontrar um tema de conversa, mas não fazia ideia de como abordar as mulheres. Aquelas com quem ele havia se relacionado não poderiam prepará-lo para o que poderia ser chamado de uma noite romântica como aquela. Ele e Elínborg eram bons amigos e colegas de trabalho, e uma afeição se formara entre os dois pelos anos de colaboração e experiências compartilhadas. Eva Lind era sua filha e uma fonte constante de preocupação. Halldóra era a mulher com quem ele tinha se casado uma geração antes, de quem havia se divorciado e cujo ódio ele conquistara por fazer isso. Essas eram as únicas mulheres de sua vida, além dos eventuais casos de uma noite que nunca lhe trouxeram nada mais que desapontamento e constrangimento.

"E você?", perguntou Erlendur. "Por que mudou de ideia?"

"Não sei", disse ela. "Fazia muito tempo que eu não recebia um convite assim. O que levou você a me convidar para jantar?"

"Não faço ideia. Acho que foi por causa do bufê. Eu também não faço isso há muito tempo."

Os dois sorriram.

Ele contou a ela sobre Eva Lind e seu filho, Sindri Snaer, e ela lhe disse que tinha dois filhos, ambos também crescidos. Ele teve a sensação de que ela não queria falar muito de si mesma nem entrar em detalhes sobre sua situação, e Erlendur gostou disso. Ele não queria meter o nariz na vida dela.

"Vocês estão fazendo algum progresso com o homem assassinado?"

"Não, na verdade não. O homem com quem eu estava conversando no saguão..."

"Eu o interrompi? Eu não sabia que ele tinha ligação com a investigação."

"Não faz mal", disse Erlendur. "Ele coleciona discos de vinil, e parece que o homem no porão foi uma estrela infantil. Há muitos anos."

"Estrela infantil?"

"Ele gravou discos."

"Dá para imaginar como deve ser difícil ser uma estrela infantil", disse Valgerdur. "Ser apenas uma criança e com todo tipo de sonhos e expectativas que raramente levam a alguma coisa. O que você acha que acontece depois?"

"Você se fecha em um quarto de porão e torce para que ninguém se lembre de você."

"Você acha que foi assim?"

"Eu não sei. Talvez alguém se lembrasse dele."

"Você acha que tem ligação com o assassinato?"

"O quê?"

"Ele ter sido uma estrela infantil."

Erlendur tentou dizer o mínimo possível sobre a investigação sem parecer indelicado. Ele não tivera tempo de refletir sobre essa questão e não sabia se fazia alguma diferença.

"Nós ainda não sabemos", disse ele. "Mas vamos descobrir."

Eles pararam de falar.

"Então você não foi uma estrela infantil", Valgerdur disse.

"Não", disse Erlendur. "Desprovido de talento em qualquer área."

"O mesmo digo eu", disse Valgerdur. "Ainda desenho como uma criança de três anos."

"O que você faz quando não está trabalhando?", ela perguntou depois de um breve silêncio.

Despreparado para essa pergunta, Erlendur ficou confuso, até que ela começou a sorrir.

"Eu não tive a intenção de invadir sua privacidade", disse ela ao ver que ele não respondia.

"Não, é que... Eu não estou acostumado a falar de mim", disse Erlendur.

Ele não podia dizer que jogava golfe ou praticava algum esporte. Em certo momento, se interessou por boxe, mas depois não mais. Nunca ia ao cinema e raramente assistia à tevê. Viajava sozinho pela Islândia no verão, mas nos últimos anos já não muito. O que ele fazia quando não estava trabalhando? Ele mesmo não sabia dizer. Na maioria das vezes apenas ficava sozinho.

"Eu leio muito", disse de repente.

"E o que você lê?", perguntou ela.

Mais uma vez ele hesitou, e ela sorriu de novo.

"É tão difícil assim?", perguntou ela.

"Sobre mortes e provações", disse ele. "Morte nas montanhas. Pessoas que congelam até a morte nos campos. Há uma série de livros sobre isso. Eram populares antigamente."

"As mortes e as provações?", ela perguntou.

"E muitas outras coisas, claro. Eu leio muito. História. História local. Crônicas."

"Tudo que é velho e passado."

Ele confirmou com a cabeça.

"Mas por que as mortes? Pessoas que congelam até a morte? Não é terrível ler sobre isso?"

Erlendur sorriu para si mesmo.

"Você deveria estar na polícia", observou.

Naquele pouco tempo que estavam juntos, ela havia penetrado em um lugar da mente de Erlendur cuidadosamente protegido até mesmo dele. Ele não queria falar sobre isso. Eva Lind sabia pouco desse assunto, mas não o associava especialmente ao interesse dele por relatos de mortes. Ele ficou em silêncio por um longo tempo.

"Acho que vem com a idade", disse por fim, se arrependendo na hora da mentira. "E você? O que você faz quando termina de enfiar cotonetes na boca das pessoas?"

Ele tentou voltar a fita e brincar um pouco, mas a ligação entre os dois tinha se ofuscado, e por culpa dele.

"Eu realmente não tenho tido tempo para qualquer outra coisa que não seja trabalhar", disse ela, percebendo que tinha, inadvertidamente, pego um nervo. Ela ficou estranha e ele percebeu.

"Acho que devemos fazer isso de novo em breve", disse Erlendur para encerrar a conversa. A mentira fora demais para ele.

"Sem dúvida", ela concordou. "Para falar a verdade, eu hesitei muito, mas não me arrependo. Quero que você saiba disso."

"Nem eu", disse ele.

"Bom. Obrigada por tudo. E pelo Drambuie", ela acrescentou assim que terminou o licor. Ele também havia pedido um Drambuie, para acompanhá-la, mas nem tocara no cálice.

Deitado na cama de seu quarto no hotel, Erlendur tinha os olhos fixos no teto. Ainda estava frio no quarto, e ele ainda não havia trocado de roupa. Lá fora nevava. Era uma neve fofa e bonita que caía suavemente no chão e derretia no mesmo instante. Não era fria, intensa e impiedosa como a neve que causava morte e destruição.

"Que manchas são essas?", Elínborg perguntou ao pai.
"Manchas? Que manchas?"

"No tapete", disse Erlendur. Ele e Elínborg tinham acabado de voltar da visita ao menino no hospital. O sol de inverno iluminava o tapete da escada que levava ao andar onde ficava o quarto do menino.

"Não estou vendo mancha nenhuma", disse o pai, curvando-se para examinar o tapete.

"Elas estão bem nítidas com essa luminosidade", disse Elínborg, olhando para a luz do sol que entrava pela janela. O sol estava baixo e incomodava os olhos. Para ela, o piso de mármore cor de creme parecia em chamas. Perto da escada havia um belo armário de bebidas. Continha diversas bebidas alcoólicas, licores caros, garrafas de vinhos tintos e brancos com o gargalo levemente inclinado sobre um suporte. O armário tinha duas portas de vidro, e Erlendur notou uma mancha em uma delas. No lado do armário que ficava de frente para a escada, havia uma pequena gota de cerca de um centímetro e meio. Elínborg colocou o dedo nela e sentiu-a pegajosa.

"Aconteceu alguma coisa perto deste armário?", perguntou Erlendur.

O pai olhou para ele.

"Do que você está falando?'"

"Parece que alguma coisa espirrou nele. Você o limpou recentemente."

"Não", disse o pai. "Pelo menos não nos últimos tempos."

"Estas marcas na escada", disse Elínborg. "Para mim elas parecem pegadas de criança."

"Eu não vejo nenhuma pegada na escada", disse o pai. "Agora há pouco você falou em manchas. Agora já está falando em pegadas. O que está querendo dizer?"

"Você estava em casa quando seu filho foi agredido?"

O pai não respondeu.

"O ataque aconteceu na escola", prosseguiu Elínborg. "As aulas já tinham terminado, mas ele estava jogando futebol e, quando foi para casa, eles o atacaram. Isso é o que achamos que aconteceu. Ele não conseguiu falar com você nem conosco. Eu acho que ele não quer. Não se atreve. Talvez porque os rapazes disseram que iriam matá-lo se ele contasse alguma coisa para a polícia. Talvez porque alguma outra pessoa disse que iria matá-lo se ele conversasse conosco."

"Aonde você quer chegar com tudo isso?"

"Por que você voltou para casa mais cedo naquele dia? Você chegou em casa ao meio-dia. Ele se arrastou para casa, depois até o quarto dele, e pouco depois você chegou e chamou a polícia e uma ambulância."

Elínborg já tinha pensado sobre o que o pai estaria fazendo em casa no meio de um dia da semana, mas até então não havia perguntado a ele.

"Ninguém o viu voltando da escola para casa", disse Erlendur.

"Você não está insinuando que eu agredi... que eu agredi meu próprio filho? Certamente você não está insinuando isso, está?"

"Você se importa se levarmos uma amostra do tapete?"

"Eu acho é que vocês deveriam ir embora", disse o pai.

"Eu não estou insinuando nada", disse Erlendur. "O menino vai acabar contando o que aconteceu. Talvez não agora, nem depois de uma semana, ou de um mês, talvez nem depois de um ano, mas vai acabar contando."

"Fora daqui", disse o pai, furioso e indignado. "Não se atrevam a... não se atrevam a começar... Vão embora. Saiam daqui. Fora!"

Elínborg foi direto para o hospital, para a enfermaria infantil. O menino dormia, o braço suspenso no gancho. Ela se sentou ao lado dele e esperou que ele acordasse. Já estava lá havia quinze minutos, quando o garoto acordou agitado e notou a policial de aparência cansada. Porém, o homem de olhos tristes e cardigã de lã que tinha vindo com ela mais cedo naquele dia não estava por perto. Seus olhos se encontraram e Elínborg deu seu melhor sorriso.

"Foi o seu pai?"

Ela voltou para a casa do pai já à noite com um mandado de busca e com a equipe da polícia técnica. Eles examinaram as marcas no tapete. Examinaram o piso de mármore e o armário de bebidas. Coletaram amostras. Recolheram grãos minúsculos do mármore. Examinaram a gota derramada no armário. Foram ao quarto do menino e colheram amostras da cabeceira de sua cama. Foram até a lavanderia e examinaram os panos de limpeza e as toalhas. Examinaram a roupa suja. Abriram o aspirador de pó. Recolheram amostras da vassoura. Foram até a lata de lixo e remexeram dentro dela. Encontraram um par de meias do garoto no lixo.

O pai estava em pé na cozinha. Ele ligou para um advogado, amigo seu, assim que a equipe da polícia técnica surgiu. O advogado chegou rapidamente e examinou o mandado do juiz. Ele aconselhou seu cliente a não falar com a polícia.

Erlendur e Elínborg assistiram à equipe forense trabalhar. Elínborg olhou furiosamente para o pai, que balançou a cabeça e desviou o olhar.

"Eu não entendo o que vocês estão querendo", disse. "Não entendo."

O menino não tinha dito que fora o pai. Quando Elínborg perguntou a ele, sua única resposta foi seus olhos se encherem de lágrimas.

O chefe da perícia telefonou dois dias depois.

"É sobre as manchas no carpete da escada", disse.

"E então?", perguntou Elínborg.
"Drambuie."
"Drambuie? O licor?"
"Há vestígios por toda a sala de estar e uma trilha no tapete levando até o quarto do menino."

Erlendur ainda estava olhando para o teto quando ouviu uma batida na porta. Ele se levantou, abriu a porta, e Eva Lind entrou correndo no quarto. Erlendur olhou ao longo do corredor e em seguida fechou a porta.

"Ninguém me viu", disse Eva. "As coisas seriam mais fáceis se você tirasse a bunda daí e fosse para casa. Eu não consigo sacar qual é o seu jogo."

"Eu vou para casa", disse Erlendur. "Não se preocupe. O que você está fazendo aqui? Precisa de alguma coisa?"

"Preciso de um motivo especial para querer ver você?", perguntou Eva. Ela se sentou em cima da escrivaninha e tirou um maço de cigarros. Jogou um saco plástico no chão e apontou para ele com um movimento da cabeça. "Eu trouxe algumas roupas", disse. "Se você planeja ficar mesmo nesse hotel, vai precisar trocar de roupa."

"Obrigado", disse Erlendur. Ele se sentou na cama de frente para ela e pegou um cigarro dela. Eva acendeu os dois.

"É bom ver você", disse ele, soltando a fumaça.

"Como está indo com o Papai Noel?"

"Bem devagar. E você? Alguma novidade?"

"Nenhuma."

"Você viu a sua mãe?"

"Vi. O mesmo de sempre. Nada acontece na vida dela. Trabalho, televisão e cama. Trabalho, televisão e cama. Trabalho, televisão e cama. É isso? Isso é tudo o que nos espera? Estou ficando limpa para depois virar uma escrava até empacotar? E olha você! Como um idiota aqui neste hotel em vez de ir para casa!"

Erlendur inalou a fumaça e soltou-a com força pelo nariz.

"Eu não queria..."

"Não, eu sei", Eva o interrompeu.

"Você vai desistir?", perguntou ele. "Ontem você..."

"Eu não sei se aguento."

"Aguenta o quê?"

"Esta porra de vida!"

Os dois continuaram sentados, fumando, e os minutos passaram.

"Você pensa às vezes no bebê?", perguntou Erlendur por fim. Eva estava grávida de sete meses quando abortou, e teve uma depressão profunda quando foi morar com ele depois de sair do hospital. Erlendur sabia que ela não estava nem perto de esquecer aquilo. Ela se culpava pela morte do bebê. Na noite em que aconteceu, ela lhe pediu ajuda, e ele a encontrou deitada em seu próprio sangue do lado de fora do Hospital Nacional depois de desmaiar a caminho da maternidade. Por muito pouco ela não perdeu a vida.

"Esta porra de vida!", disse ela novamente, e apagou o cigarro na escrivaninha.

O telefone na mesa de cabeceira tocou depois que Eva Lind saiu e Erlendur já estava dormindo. Era Marion Briem.

"Você sabe que horas são?", perguntou Erlendur, olhando para o relógio. Era meia-noite.

"Não", disse Marion. "Eu estava pensando na saliva."

"A saliva no preservativo?", disse Erlendur, letárgico demais para perder a paciência.

"Claro que eles vão acabar descobrindo, mas não faz mal mencionar cortisol."

"Eu ainda tenho que falar com o pessoal da polícia técnica; eles certamente vão nos dizer algo sobre o cortisol."

"Com isso você vai poder deduzir algumas coisas. Ver o que estava acontecendo no quarto do porão."

"Eu sei, Marion. Mais alguma coisa?"

"Eu só queria lembrá-lo do cortisol."

"Boa noite, Marion."

"Boa noite."

TERCEIRO DIA

9.

Erlendur, Sigurdur Óli e Elínborg fizeram uma reunião no começo da manhã seguinte. Eles se sentaram a uma pequena mesa redonda em um canto do restaurante e tomaram o café da manhã servido no bufê. Tinha nevado durante a noite, depois a temperatura subira e as ruas ficaram limpas. Os meteorologistas previam um Natal verde. Longas filas de carros formavam-se nos cruzamentos, e a cidade fervilhava de pessoas.

"Esse tal de Wapshott", disse Sigurdur Óli. "Quem é ele?"

Muito barulho por nada, Erlendur pensou enquanto bebericava seu café e olhava pela janela. Os hotéis eram lugares estranhos. Ele achou que se hospedar em um hotel tinha sido uma mudança bem-vinda, mas ela vinha acompanhada da experiência estranha de ter alguém entrando em seu quarto quando ele não estava para arrumar tudo. De manhã, ele saiu do quarto e, quando voltou, alguém tinha estado lá fazendo tudo voltar ao normal: arrumou a cama, trocou as toalhas, pôs sabonete novo na pia. Ele tinha consciência da presença da pessoa que colocara seu quarto em ordem de novo, mas não tinha visto ninguém, não sabia quem havia ajeitado sua vida.

Quando desceu as escadas de manhã, pediu à recepção que não arrumassem mais seu quarto.

Wapshott ia se encontrar de novo com ele naquela manhã, mais tarde, e lhe contar mais sobre sua coleção de discos e sobre a carreira de cantor de Gudlaugur Egilsson. Eles tinham trocado um aperto de mãos ao se despedir, quando Valgerdur interrompeu-os na noite anterior. Wapshott ficou em pé, esperando que Erlendur o apresentasse à mulher, mas quando nada parecido com isso aconteceu, ele estendeu a mão e se apresentou com uma reverência. Em seguida pediu licença: estava cansado e com fome e ia para seu quarto tratar de negócios antes de jantar e ir para a cama.

Eles não o viram descer para o restaurante onde estavam jantando, e mencionaram a possibilidade de ele haver pedido o seu jantar no quarto. Valgerdur observou que ele parecia cansado.

Erlendur tinha ido com ela até a chapelaria, ajudando-a a vestir seu casaco de couro. Depois seguiram juntos até a porta giratória, onde pararam por um instante antes de ela sair sob a neve que caía. Quando ele se deitou, depois de Eva Lind ter ido embora, o sorriso de Valgerdur lhe fez companhia até ele dormir, junto com o delicado cheiro do perfume dela que permaneceu em sua mão desde o momento em que se despediram.

"Erlendur?", disse Sigurdur Óli. "Olá! Wapshott, quem é ele?"

"Tudo que sei é que ele é um colecionador de discos britânico", respondeu Erlendur depois de contar sobre seu encontro com ele. "Ele vai deixar o hotel amanhã. Ligue para o Reino Unido e obtenha algumas informações sobre ele. Vamos nos encontrar antes do meio-dia e eu vou tirar mais alguma coisa dele."

"Um menino cantor?", disse Elínborg. "Quem poderia querer matar um menino cantor?"

"Naturalmente, ele não era mais um menino cantor", comentou Sigurdur Óli.

"Ele foi famoso", disse Erlendur. "Lançou alguns discos que sem dúvida hoje em dia são peças de colecionador. Henry Wapshott veio do Reino Unido até aqui por causa deles, por causa dele. Ele é especialista em meninos cantores e corais de meninos do mundo todo."

"Os únicos que eu conheço são os Meninos Cantores de Viena", disse Sigurdur Óli.

"Especialista em meninos cantores...", comentou Elínborg. "Que tipo de homem coleciona discos de meninos cantores? Não deveríamos pensar um pouco sobre isso? Não parece meio estranho?"

Erlendur e Sigurdur Óli olharam para ela.

"O que você quer dizer?", perguntou Erlendur.

"O quê?" A expressão de Elínborg se transformou em espanto. "Você acha que há algo de estranho em colecionar discos?"

"Discos, não, mas meninos cantores", disse Elínborg. "Gravações de meninos cantores. Acho que há uma enorme diferença. Vocês não veem nada de pervertido nisso?" Ela olhou para um, depois para outro.

"Eu não tenho uma mente suja como a sua", disse Sigurdur Óli olhando para Erlendur.

"Mente suja! E foi imaginação minha ter visto um Papai Noel de calça arriada em um quartinho de porão com uma camisinha na piroca? Será que eu precisei ter uma mente suja para isso? Depois, um homem que adorava o Papai Noel, mas apenas quando ele tinha doze anos ou algo assim, vem lá do Reino Unido e se hospeda no mesmo hotel que ele para conhecê-lo. Vocês estão ligados nisso?"

"Você está dando uma conotação sexual ao caso?", perguntou Erlendur.

Elínborg revirou os olhos.

"Vocês parecem dois monges!"

"Ele é apenas um colecionador de discos", disse Sigurdur Óli. "Como Erlendur falou, algumas pessoas colecionam saquinhos de vômito de companhias aéreas. Qual é a vida sexual delas, segundo suas teorias?"

"Eu não acredito como vocês dois são cegos! Ou frustrados. Por que os homens são sempre tão frustrados?"

"Ah, não começa", disse Sigurdur Óli. "Por que as mulheres sempre falam que os homens são frustrados? Como se as mulheres não fossem frustradas com todas as bugigangas delas, 'Ai, não consigo encontrar o meu batom'..."

"Monges velhos, frustrados e cegos", disse Elínborg.

"O que significa ser um colecionador?", perguntou Erlendur. "Por que as pessoas colecionam determinados objetos para ter perto de si e por que eles veem uma peça como mais valiosa do que outra?"

"Algumas peças são mais valiosas do que outras", disse Sigurdur Óli.

"Eles devem estar à procura de algo único", disse Erlendur.

"Uma coisa que ninguém tem. Isso não é o maior dos objetivos? Possuir um tesouro que ninguém no mundo tem?"

"Essas pessoas não costumam ser estranhas?", perguntou Elínborg.

"Estranhas?"

"Solitárias. Não é? Esquisitas?"

"Você encontrou alguns discos no armário de Gudlaugur", disse Erlendur para ela. "O que fez com eles? Você chegou a examiná-los?"

"Eu só os vi no armário", disse Elínborg. "Não mexi neles e ainda estão lá, se você quiser dar uma olhada."

"Como é que um colecionador como Wapshott faz contato com um homem como Gudlaugur?", prosseguiu Elínborg. "Como ouviu falar dele? Será que houve intermediários? O que ele sabe sobre as gravações dos meninos cantores islandeses nos anos sessenta? Um garoto solista que cantava aqui na Islândia mais de trinta anos atrás?"

"Revistas?", sugeriu Sigurdur Óli. "Internet? Telefone? Através de outros colecionadores?"

"Não sabemos mais nada sobre Gudlaugur?", perguntou Erlendur.

"Ele tinha uma irmã", disse Sigurdur Óli. "E um pai, que ainda está vivo. Eles já foram avisados de sua morte, claro. A irmã o identificou."

"Nós devíamos pegar uma amostra de saliva de Wapshott", comentou Elínborg.

"Pode deixar, eu cuido disso", disse Erlendur.

Sigurdur Óli começou a reunir informações sobre Henry Wapshott; Elínborg se comprometeu a marcar uma reunião com o pai e a irmã de Gudlaugur; e Erlendur foi até o quarto do porteiro no porão. Ao passar pela recepção, lembrou que ainda precisava conversar com o gerente sobre sua ausência do trabalho. Decidiu fazê-lo mais tarde.

Encontrou os discos no armário do Gudlaugur. Dois compactos. A capa de um deles dizia: *Gudlaugur canta a "Ave Maria" de Schubert*. O mesmo disco que Henry Wapshott havia lhe mostrado. No outro, o menino estava em pé na frente de um pequeno coral. O maestro, um homem jovem, estava ao lado deles. *Gudlaugur Egilsson canta solo* estava impresso na capa em letras grandes.

Na parte de trás, um breve relato do menino prodígio.

Gudlaugur Egilsson recebeu merecida atenção com o Coral Infantil de Hafnarfjördur, e definitivamente esse cantor de doze anos tem um futuro brilhante pela frente. Em sua segunda gravação, ele canta com um timbre único em seu lindo soprano de menino, sob a regência do maestro Gabríel Hermannsson, do Coral Infantil de Hafnarfjördur. Este é um disco obrigatório para todos os amantes da boa música. Gudlaugur Egilsson prova, sem sombra de dúvida, que é um cantor único. Atualmente ele se prepara para uma turnê pela Escandinávia.

Uma estrela infantil, pensou Erlendur enquanto olhava para o cartaz do filme *A Pequena Princesa*, com Shirley Temple. O que você está fazendo aqui?, ele perguntou ao cartaz. Por que ele tinha você na parede?

Ele pegou o celular.

"Marion", disse, quando a chamada foi atendida.

"É você, Erlendur?"

"Alguma coisa nova?"

"Você sabia que Gudlaugur gravou discos quando era criança?"

"Acabei de descobrir", respondeu Erlendur.

"A gravadora faliu há cerca de vinte anos e não sobrou nada dela. Um homem chamado Gunnar Hansson era o dono e administrador. O nome era GH Records. Ele lançou um pouco de coisas hippies, mas foi tudo para o buraco."

"E você sabe o que aconteceu com o estoque?"

"O estoque?", disse Marion Briem.

"Os discos."

"Eles devem ter servido para pagar as dívidas. Não é isso o que geralmente acontece? Falei com a família dele, dois filhos. A empresa nunca lançou muita coisa e, quando perguntei sobre ela, a resposta, a princípio, foi um branco total. Fazia anos que os filhos não ouviam falar dela. Gunnar morreu em meados dos anos oitenta e tudo o que deixou foi um rastro de dívidas."

"Há um homem hospedado aqui no hotel que coleciona música de coral e de meninos cantores. Ele planejava se encontrar com Gudlaugur, mas não deu em nada. Eu estava me perguntando se os discos dele valeriam alguma coisa. Como posso saber?"

"Converse com alguns colecionadores", disse Marion. "Quer que eu faça isso?"

"E tem outra coisa. Você poderia localizar um homem chamado Gabríel Hermannsson, que foi maestro em Hafnarfjördur nos anos sessenta? Talvez você o encontre na lista telefônica, se ele ainda estiver vivo. Talvez ele tenha sido professor de Gudlaugur. Eu tenho a capa de um disco aqui em que há uma foto dele e ele dá a impressão de que tinha uns vinte e poucos anos na época. É claro que, se ele estiver morto, então a coisa para aqui."

"Essa é a regra."

"O quê?"

"Se você está morto, acaba."

"De fato." Erlendur hesitou. "Por que você está falando sobre morte?"

"Por nada."

"Está tudo bem?"

"Obrigada por jogar algumas migalhas para mim", disse Marion.

"Não era isso que você queria? Passar a velhice infeliz, investigando coisas obscuras?"

"Ganhei totalmente o meu dia", disse Marion. "Você já verificou o cortisol na saliva?"

"Vou ver isso", disse Erlendur e desligou.

O chefe da recepção tinha um pequeno escritório no saguão ao lado da recepção e estava mexendo em alguma papelada quando Erlendur entrou e fechou a porta atrás de si. O homem se levantou e começou a protestar, dizendo que não podia conversar, pois estava a caminho de uma reunião, mas Erlendur sentou-se e cruzou os braços.

"Do que você está fugindo?", perguntou.

"Como assim?"

"Você não veio trabalhar ontem, com todo esse movimento no hotel. Agiu como um fugitivo quando falei com você na noite em que o porteiro foi assassinado. E agora está todo nervoso. Na minha cabeça, você está no topo da lista de suspeitos. Fiquei sabendo que você conhecia Gudlaugur melhor do que ninguém neste hotel. No entanto você nega, diz que não sabia nada sobre ele. Eu acho que está mentindo. Você era chefe dele. Devia ser um pouco mais cooperativo. Não é brincadeira passar o Natal na cadeia."

O homem olhou para Erlendur sem saber o que fazer, então lentamente voltou a se sentar na cadeira.

"Você não pode ter nada contra mim", disse. "É um absurdo pensar que eu fiz aquilo com Gudlaugur. Que eu estava no quarto dele e... Quero dizer, com o preservativo e tudo mais."

Erlendur se preocupava com a forma como os detalhes do caso pareciam ter vazado e como os funcionários estavam chafurdando neles. Na cozinha, o chefe sabia exatamente por que eles andavam coletando amostras de saliva. O chefe da recepção soube descrever a cena no quarto do porteiro. Talvez o gerente do hotel tivesse espalhado tudo, talvez a garota que encontrou o corpo, os policiais talvez.

"Onde você estava ontem?", perguntou Erlendur.

"Doente", disse o chefe da recepção. "Fiquei em casa a manhã toda."

"Você não contou isso a ninguém. Foi ao médico? Ele lhe deu um atestado? Posso falar com ele? Qual é o nome dele?"

"Eu não fui ao médico. Fiquei na cama. Estou melhor agora." Ele forçou uma tosse. Erlendur sorriu. Esse homem era o pior mentiroso que ele já havia encontrado.

"Por que essas mentiras?"

"Você não tem nada contra mim", disse o gerente. "Tudo que pode fazer é me ameaçar. Quero que você me deixe em paz."

"Eu poderia falar com a sua mulher também", disse Erlendur. "Perguntar se ela levou uma xícara de chá para você na cama ontem."

"Deixa ela fora disso", disse o gerente, e de repente um tom mais grave e duro apareceu em sua voz. O rosto dele ficou vermelho.

"Eu não vou deixá-la fora disso."

O gerente olhou para Erlendur.

"Não fale com ela", disse.

"Por que não? O que você está escondendo? Você se tornou misterioso demais para agora querer se livrar de mim."

O homem olhou para o vazio e depois soltou um suspiro.

"Deixe-me em paz. Não tem nada a ver com Gudlaugur. Eu me meti em alguns problemas pessoais e agora estou tentando resolvê-los."

"Que problemas?"

"Eu não tenho que lhe dizer nada sobre eles."

"Deixe que eu julgue isso."

"Você não pode me forçar."

"Como eu disse, posso pedir sua prisão ou simplesmente ir falar com a sua mulher."

O homem gemeu. Ele olhou para Erlendur.

"Isso não vai sair daqui?"

"Não se não tiver a ver com Gudlaugur."

"Não tem nada a ver com ele."

"Então tudo bem."

"Minha mulher recebeu um telefonema anteontem", disse o chefe da recepção. "No mesmo dia em que vocês encontraram Gudlaugur."

No telefone, uma mulher cuja voz a esposa do chefe da recepção não reconheceu perguntou por ele. Isso foi num dia normal de trabalho, mas não era incomum ele receber telefonemas em casa durante a semana. Seus conhecidos sabiam que ele trabalhava em horários irregulares. Sua mulher, que era médica, trabalhava em turnos, e o telefonema a acordou: ela estivera de plantão na noite anterior. A mulher ao telefone agiu como se conhecesse o chefe da recepção, mas imediatamente se ofendeu quando a esposa quis saber quem ela era.

"Quem é você?", ela perguntou. "Por que está ligando para cá?"

"Ele me deve dinheiro", disse a voz ao telefone.

"Ela tinha ameaçado ligar para a minha casa", o chefe da recepção contou a Erlendur.

"E quem era?"

Dez dias antes ele tinha saído para tomar uns drinques. Sua mulher estava em um congresso médico na Suécia, e ele saiu para jantar com três velhos amigos. Eles se divertiram muito, depois do restaurante fizeram uma ronda pelos pubs e acabaram em uma boate popular da cidade. Ele perdeu de vista seus amigos, foi para o bar, encontrou alguns conhecidos ligados ao ramo hoteleiro e ficou parado ao lado de uma pequena pista de dança, assistindo. Embora levemente embriagado, não estava bêbado demais a ponto de tomar decisões insensatas. Foi por isso que não conseguia entender. Ele nunca tinha feito nada parecido com aquilo.

Ela se aproximou dele e, como numa cena de cinema, lhe pediu fogo com um cigarro entre os dedos. Embora não fumasse, por causa de seu trabalho, ele sempre levava um isqueiro no bolso. Um hábito dos dias em que as pessoas podiam fumar onde quisessem. Ela começou a falar com ele sobre alguma coisa de que ele não se lembrava e perguntou se ele não ia lhe pagar uma bebida. Ele olhou para ela. Mas é claro. Eles ficaram no bar enquanto ele comprava as bebidas, depois foram para uma mesinha que vagou. Ela era excepcionalmente atraente e flertou de leve com ele. Sem saber bem o que estava acontecendo, ele colaborou. Via de regra, as mulheres não o tratavam assim. Ela se sentou perto dele, e era atirada e autoconfiante. Quando ele se levantou para buscar uma segunda bebida, ela acariciou a coxa dele. O chefe da recepção olhou para ela e ela sorriu. Uma mulher encantadora e linda que sabia o que queria. Ela devia ter uns dez anos menos que ele.

Mais tarde, naquela noite, ela pediu que ele a levasse para casa. Ela morava ali perto. Ele ainda estava inseguro e hesitante, mas excitado também. Aquilo tudo era tão estranho para ele quanto se estivesse caminhando na Lua. Em vinte e três anos de casamento, ele sempre fora fiel à sua mulher. Duas ou três vezes em todos aqueles anos ele talvez tivesse tido a oportunidade de beijar outra mulher, mas algo como aquilo jamais tinha acontecido.

"Eu fiquei completamente maluco", disse a Erlendur. "Uma parte de mim queria voltar correndo para casa e esquecer aquilo tudo, outra parte queria ir com a mulher."

"Aposto que sei qual parte ganhou", disse Erlendur.

Eles pararam na frente da porta do apartamento dela, na escadaria de um prédio moderno, e ela enfiou a chave na fechadura. De alguma forma, até esse gesto se tornava voluptuoso nas mãos dela. A porta abriu e ela se aproximou dele. "Entra comigo", disse, acariciando-lhe a virilha.

Ele entrou com ela. Primeiro, ela preparou bebidas para os dois. Ele se sentou no sofá. Ela pôs uma música, se aproximou dele com um copo na mão e sorriu, os belos dentes brancos brilhando atrás do batom vermelho. Então ela se sentou ao lado dele, colocou o copo em cima de uma mesinha, agarrou o cinto da calça dele e lentamente abriu o zíper.

"Eu nunca... Foi... Ela fazia coisas incríveis", disse o chefe da recepção.

Erlendur observou-o sem dizer uma palavra.

"Eu pretendia sair de fininho de manhã, mas ela estava um passo à minha frente. Minha consciência não me deixava em paz, eu me sentia um merda por ter traído minha mulher e meus filhos. Nós temos três filhos. Eu ia embora e esquecer aquilo. Nunca mais queria ver aquela mulher. Ela estava completamente acordada quando eu comecei a me movimentar no quarto escuro."

Ela se sentou e acendeu o abajur ao lado. "Você já vai?", perguntou. Ele disse que sim. Alegou que já era tarde. Tinha uma reunião importante. Algo desse tipo.

"Você gostou da noite passada?", perguntou ela.

Segurando a calça nas mãos, ele olhou para ela.

"Foi incrível", disse. "Mas eu simplesmente não posso continuar com isso. Não posso. Desculpe."

"São oitenta mil coroas", disse ela com toda a calma, como se aquilo fosse quase óbvio demais para mencionar.

Ele olhou para ela como se não tivesse ouvido.

"Oitenta mil", ela repetiu.

"O que você quer dizer?"

"Pela noite", disse ela.

"A noite? O que...? Você está se vendendo?"

"O que você acha?"

Ele não entendia do que ela estava falando.

"Você acha que você pode conseguir uma mulher como eu de graça?", ela disse.

Aos poucos ficou claro para ele o que ela queria dizer.

"Mas você não me falou nada sobre isso!"

"Será que é preciso dizer alguma coisa? Me pague oitenta mil e quem sabe eu deixo você voltar para casa comigo em outra ocasião."

"Eu me recusei a pagar", disse o chefe da recepção a Erlendur. "Comecei a me preparar para ir embora. Ela ficou louca. Disse que aquilo era trabalho e ameaçou telefonar para a minha mulher se eu não pagasse."

"Como é que elas se chamam mesmo?", disse Erlendur. "Uma... prostituta? Ela era uma dessas? É o que você está dizendo?"

"Eu não sei o que ela era, mas ela sabia muito bem o que estava fazendo e, no final, acabou ligando para a minha casa e contou à minha mulher o que aconteceu."

"Por que você simplesmente não pagou? Aí você podia ter se livrado dela."

"Não sei se eu teria me livrado dela mesmo que eu tivesse pago", disse o chefe da recepção. "Minha esposa e eu conversamos sobre tudo isso ontem. Eu contei a ela o que aconteceu, exatamente como contei a você. Estamos juntos há vinte e três anos e, embora eu não tenha nenhuma desculpa, foi uma armadilha, do meu ponto de vista. Se essa mulher não estivesse atrás de dinheiro, isso nunca teria acontecido."

"Então foi culpa dela?"

"Não, claro que não, mas... ainda assim foi uma armadilha."

Os dois ficaram em silêncio por algum tempo.

"Esse tipo de coisa acontece aqui no hotel?", perguntou Erlendur. "Prostituição?"

"Não", disse o chefe da recepção.

"Não é alguma coisa que você deixaria passar?"

"Disseram-me que você andou perguntando sobre isso. Nada disso acontece aqui."

"Sei", disse Erlendur.

"Você vai manter segredo disso?"

"Eu só preciso do nome da mulher, se você tiver. E o endereço. Não vai passar disso."

O chefe hesitou.

"Puta desgraçada", disse, saindo por um momento de seu papel de hoteleiro educado.

"Você vai pagar?"

"Isso foi uma coisa com que nós concordamos, minha mulher e eu. Ela não vai ver um centavo."

"Você acha que pode ter sido uma brincadeira?"

"Uma brincadeira?", exclamou o gerente. "Não entendi. Como assim?"

"Alguém que quisesse prejudicá-lo tanto a ponto de armar essa para você? Alguém com quem você tenha discutido?"

"Essa ideia nem me passou pela cabeça. Você está sugerindo que eu tenho inimigos que poderiam fazer alguma coisa desse tipo contra mim?"

"Não precisam ser inimigos. Seus amigos podem ser desses que gostam de pregar peças."

"Não, meus amigos não são assim. Além disso, como brincadeira, isso teria ido um pouco longe demais — muito além de engraçado."

"Foi você quem despediu o Papai Noel?"
"Como assim?"
"Foi você quem lhe deu a notícia da demissão? Ou ele recebeu uma carta, ou...?"
"Eu contei a ele."
"E como ele recebeu a notícia?"
"Não muito bem. Dá para entender. Fazia muito tempo que ele trabalhava aqui. Muito mais do que eu."
"Você acha que ele poderia estar por trás disso, se é que foi alguém?"
"Gudlaugur? Não, eu não consigo imaginar isso. Gudlaugur? Fazendo esse tipo de coisa? Acho que não. Ele não era o tipo que faz brincadeiras. Sem dúvida que não."
"Você sabia que Gudlaugur foi uma estrela quando criança?"
"Estrela quando criança? Como?"
"Ele gravou discos. Era um menino cantor."
"Eu não sabia", disse o chefe da recepção.
"Só uma última coisa", disse Erlendur, levantando-se.
"Pois não."
"Você poderia arrumar um toca-discos e mandar para o meu quarto?", Erlendur perguntou, e viu que o chefe da recepção não fazia a menor ideia do que ele estava falando.

Quando Erlendur voltou ao saguão, viu o chefe da polícia técnica subindo as escadas que vinham do porão.
"Como está indo com a saliva que vocês encontraram no preservativo?", perguntou Erlendur. "Já verificaram o cortisol?"
"Estamos trabalhando nisso. O que você sabe sobre o cortisol?"
"Eu sei que uma quantidade excessiva dele na saliva pode ser perigosa."

"Sigurdur Óli esteve perguntando sobre a arma do crime", disse o chefe da polícia técnica. "O patologista não acha que seja uma faca particularmente notável. Não é muito longa e tem uma borda fina e serrilhada."

"Portanto não é nenhuma faca de caça ou de trinchar?"

"Não, para mim parece um instrumento bastante banal", disse o chefe. "Uma faca muito sem graça."

10.

Erlendur levou para o seu quarto os dois discos que pegou do quarto de Gudlaugur e em seguida ligou para o hospital e perguntou por Valgerdur. A ligação foi transferida para o departamento dela. Outra mulher atendeu. Ele perguntou por Valgerdur de novo. A mulher disse: "Um momento, por favor", e finalmente Valgerdur atendeu.

"Você ainda tem algum daqueles cotonetes sobrando?", perguntou ele.

"É o senhor Mortes e Provações falando?", disse ela.

Erlendur sorriu.

"Precisamos fazer um teste com um turista aqui do hotel."

"É urgente?

"Tem que ser feito hoje."

"Você vai estar aí?"

"Vou."

"Estou indo."

Erlendur desligou. Sr. Mortes e Provações, ele riu consigo mesmo. Ia se encontrar com Henry Wapshott no bar do hotel.

Ele desceu, sentou-se perto do bar e esperou. O garçom perguntou se ele queria alguma coisa, mas ele recusou. Mudou de ideia e pediu um copo d'água. Ele correu os olhos pelas prateleiras de bebidas atrás do bar, filas de garrafas de todas as cores do arco-íris, filas de licores.

Também tinham encontrado pó de vidro, minúsculo demais para ser visto, no piso de mármore do salão. Traços de Drambuie no armário de bebidas, Drambuie nas meias do menino e na escadaria. Eles descobriram fragmentos de vidro na vassoura e no aspirador de pó. Todos os indícios eram de que uma garrafa de licor tinha caído no chão de mármore. O menino provavelmente pisou na poça que o líquido deixou e em seguida correu direto para seu quarto. As marcas na escada indicavam que ele correu, em vez de andar. Pezinhos assustados. Concluíram que o menino quebrou a garrafa, seu pai perdeu a paciência e o atacou de forma tão brutal que ele foi parar no hospital.

Elínborg levou-o para ser interrogado na delegacia de polícia de Hverfisgata, onde lhe contou sobre os resultados dos testes da polícia técnica, a reação do menino quando lhe perguntaram se seu pai tinha batido nele e sua convicção pessoal de que ele era o culpado. Erlendur assistiu ao interrogatório. Ela informou ao pai que ele estava na posição jurídica de suspeito e tinha o direito de ter um advogado presente. Ele deveria ter um. O pai protestou inocência e repetiu que estava surpreso de ser considerado um suspeito simplesmente porque uma garrafa de licor tinha caído no chão de sua casa.

Erlendur ligou o gravador na sala de interrogatório.

"Nós acreditamos que aconteceu o seguinte", disse Elínborg, como se estivesse lendo um relatório em voz alta; ela tentou deixar a emoção de lado. "O menino chegou da escola. Passava um pouco das três da tarde. Você chegou um pouco depois. Entendemos que você saiu do trabalho mais cedo naquele dia. Talvez estivesse em casa quando aconteceu. Por alguma razão, o menino deixou cair uma garrafa grande de Drambuie no chão. Em pânico, ele correu para o quarto. Você ficou furioso, e mais que isso: perdeu totalmente o controle e foi até o quarto do menino para puni-lo. A situação saiu de controle e você bateu tanto no seu filho que depois precisou chamar uma ambulância."

O pai olhou para Elínborg sem dizer uma palavra.

"Você usou uma arma que não conseguimos identificar, um instrumento contundente, talvez arredondado; possivelmente jogou o menino contra a cabeceira da cama. Você o chutou várias vezes. Antes de chamar a ambulância, arrumou o salão. Usou três toalhas para limpar o licor e depois as jogou no lixo fora da casa. Passou o aspirador de pó para recolher os fragmentos menores de vidro. Também varreu o piso de mármore e o esfregou um pouco. Lavou o armário de bebidas com cuidado. Tirou as meias do garoto e jogou-as no lixo. Limpou as manchas da escada com detergente, mas não conseguiu removê-las completamente."

"Você não pode provar nada, já que, de qualquer maneira, é tudo uma bobagem. O menino não falou nada. Ele não disse uma palavra sobre quem o agrediu. Por que vocês não tentam encontrar os colegas dele?"

"Por que você não nos contou sobre o licor?"

"Porque ele não tem nada a ver com isso."

"E as meias na lata de lixo? As pequenas marcas de pé na escada?"

"Uma garrafa de licor realmente quebrou, mas fui eu que quebrei. Aconteceu dois dias antes do meu menino ser agredido. Eu estava pegando uma bebida para mim, quando deixei a garrafa cair no chão, e ela quebrou. Addi viu isso e se assustou. Eu disse para ele ter cuidado por onde andava, mas ele já tinha pisado no líquido derramado e subiu a escada correndo até quarto. Isso não tem nada a ver com o fato de ele ter sido agredido e devo dizer que esse enredo me surpreende. Vocês não têm uma evidência sequer! Ele disse que eu bati nele? Duvido. E ele nunca vai dizer porque não fui eu. Eu nunca faria uma coisa assim com ele. Nunca."

"Por que você não nos contou isso na hora?"

"Na hora?"

"Quando descobrimos as manchas. Você não disse nada sobre isso."

"Foi exatamente o que pensei que ia acontecer. Eu sabia que vocês iriam associar esse acidente com o espancamento de Addi. Eu não quis complicar as coisas. Foram os meninos na escola que fizeram isso com ele."

"Sua empresa está a caminho da falência", disse Elínborg. "Você demitiu vinte funcionários e pretende fazer mais cortes. Eu acho que você está sob muita tensão. Está perdendo sua casa..."

"São apenas negócios", disse ele.

"Temos razões para acreditar que você usou de violência antes."

"Ei, espera aí..."

"Nós vimos os relatórios médicos. Ele quebrou o dedo duas vezes nos últimos quatro anos."

"Você tem filhos? Crianças estão sempre se acidentando. Isso é um absurdo."

"A pediatra fez uma observação sobre o dedo quebrado pela segunda vez e informou ao departamento de bem-estar infantil. Foi o mesmo dedo. O departamento enviou um pessoal para sua casa. Examinaram as condições. Não encontraram nada digno de nota. O pediatra veio e achou marcas de agulha nas costas da mão do garoto."

O pai não disse nada.

Elínborg não conseguiu se controlar.

"Seu desgraçado", sussurrou.

"Eu quero falar com meu advogado", ele disse, desviando o olhar.

"Eu disse bom-dia!"

Erlendur voltou a si e viu Henry Wapshott em pé à sua frente no bar. Absorto em seus pensamentos sobre o menino, ele não tinha notado Wapshott entrar nem ouvido seu cumprimento.

Ele se levantou rapidamente e apertou a mão do outro. Wapshott vestia as mesmas roupas do dia anterior. Seu cabelo estava mais desalinhado e ele parecia cansado. Pediu café, e Erlendur também.

"Estávamos falando sobre colecionadores", disse Erlendur.

"É?", disse Wapshott, um sorriso trêmulo formando-se em seu rosto. "Um bando de solitários, como eu."

"Como é que você, um colecionador do Reino Unido, descobre que quarenta anos atrás houve um menino cantor com uma bela voz em Hafnarfjördur na Islândia?"

"Ah, muito mais do que uma bela voz", disse Wapshott. "Muito, muito mais do que isso. Ele tinha uma voz sem igual, aquele menino."

"Como você ficou sabendo sobre Gudlaugur Egilsson?"

"Por meio de pessoas com o mesmo interesse que eu. Os colecionadores se especializam, como creio ter lhe dito ontem. Se pegarmos a música de corais, por exemplo: os colecionadores podem ser divididos entre aqueles que buscam apenas certas músicas ou determinados arranjos e aqueles que colecionam determinados corais. Outros ainda, como eu, buscam meninos cantores. Alguns colecionam apenas meninos cantores que gravaram discos em 78 RPM, que deixaram de ser fabricados nos anos sessenta.

Outros vão atrás de compactos em 45 RPM, mas só de determinada gravadora. Existem inúmeros tipos de especialização. Alguns procuram todas as versões de uma única música, digamos "Stormy weather", que tenho certeza que você conhece. Só para você entender como funciona. Eu ouvi falar de Gudlaugur num grupo ou associação de colecionadores japoneses que têm um site de trocas. Ninguém coleciona música ocidental como os japoneses. Eles se espalham pelo mundo como aspiradores de pó, comprando tudo o que já foi lançado e que eles possam carregar nos braços. Especialmente Beatles e música hippie. Eles são conhecidos no mercado fonográfico, e o melhor de tudo é que eles têm dinheiro."

Erlendur se perguntou se seria permitido fumar no bar e decidiu fazer uma tentativa. Vendo que ele estava prestes a pegar os cigarros, Wapshott tirou um maço amarrotado de Chesterfields e Erlendur lhe deu fogo.

"Será que é permitido fumar aqui?", perguntou Wapshott.

"Já vamos descobrir", disse Erlendur.

"Os japoneses tinham uma cópia do primeiro compacto de Gudlaugur", continuou Wapshott. "Aquele que mostrei a você na noite passada. Comprei deles. Custou uma fortuna, mas não me arrependo. Quando perguntei sobre a origem do disco, eles disseram que tinham comprado de um colecionador de Bergen, na Noruega, em uma feira de discos de Liverpool. Entrei em contato com o colecionador norueguês e descobri que ele tinha comprado alguns discos do espólio de um editor de música em Trondheim. Talvez alguém tenha lhe mandado a cópia da Islândia, possivelmente até mesmo querendo promover o menino no exterior."

"Tanta pesquisa por um disco velho", comentou Erlendur.

"Colecionadores são como genealogistas. Parte da diversão deles é rastrear a origem. Desde então, tenho tentado adquirir mais cópias dos discos dele, mas é muito difícil. Ele só gravou dois discos."

"Você disse que os japoneses lhe venderam a sua cópia por uma fortuna. Esses discos valem alguma coisa?"

"Só para colecionadores", disse Wapshott. "Também não estamos falando de somas enormes."

"Mas grandes o suficiente para você vir até a Islândia comprar mais. Por isso você queria conhecer Gudlaugur. Para saber se ele tinha mais cópias."

"Tenho estado em contato com dois ou três colecionadores islandeses já há algum tempo. Isso muito antes de eu me interessar por Gudlaugur. Infelizmente, nenhum disco dele está disponível por aí. Os colecionadores islandeses não conseguiram localizar nenhum. Talvez eu receba uma cópia vinda da Alemanha, pela internet. Eu vim aqui para encontrar os colecionadores, para conhecer Gudlaugur porque adoro seu canto, e para ir às lojas de discos daqui e dar uma olhada no mercado."

"Você ganha a vida com isso?"

"De jeito nenhum", disse Wapshott, tragando seu Chesterfield, os dedos amarelados depois de anos fumando. "Recebi uma herança. Imóveis em Liverpool. Eu os administro, mas gasto a maioria do meu tempo com a coleção de discos. Pode chamar isso de paixão."

"E você coleciona meninos cantores."

"Coleciono."

"Já encontrou alguma coisa interessante nesta viagem?"

"Não. Nada. Parece que por aqui não há muito interesse pela preservação de nada. Tudo tem que ser moderno. As coisas antigas são bobagem. Não vale a pena guardar nada. As pessoas parecem tratar mal os discos aqui. Eles são simplesmente jogados fora. Nos espólios de pessoas falecidas, por exemplo. Ninguém é chamado para examiná-los. Eles são simplesmente levados para o lixo. Por muito tempo pensei que uma empresa em Reykjavík chamada Sorpa fosse uma sociedade de colecionadores. Ela era sempre mencionada nas correspondências. Mas acabei descobrindo que é uma usina de reciclagem com uma loja de produtos usados ao lado. Os colecionadores daqui encontram todo tipo de peças valiosas entre o lixo e as vendem pela internet por um bom dinheiro."

"A Islândia desperta um interesse especial nos colecionadores?", perguntou Erlendur.

"A grande vantagem da Islândia para os colecionadores é a dimensão reduzida do mercado. Apenas algumas cópias de cada disco são lançadas e não demora muito para que elas desapareçam e se percam. Como aconteceu com os discos de Gudlaugur."

"Deve ser emocionante ser um colecionador em um mundo onde as pessoas odeiam tudo que é velho e inútil. Você deve ficar feliz em pensar que está resgatando objetos de valor cultural."

"Nós somos uns malucos que resistem à destruição", disse Wapshott.

"E que lucram com isso."

"É possível."

"O que aconteceu com Gudlaugur Egilsson? O que aconteceu com a estrela infantil?"

"O que acontece com todas as estrelas infantis", disse Wapshott. "Ele cresceu. Não sei exatamente o que aconteceu com ele, mas ele nunca cantou quando adolescente ou adulto. Sua carreira foi curta mas bela, então ele desapareceu no meio da multidão e deixou de ser único. Ninguém mais o elogiou e, com certeza, ele sentiu falta disso. Você precisa ter nervos fortes para resistir à admiração e à fama numa idade tão jovem, e nervos ainda mais fortes quando as pessoas viram as costas para você."

Wapshott olhou para o relógio pendurado no alto do bar, em seguida para o seu, e limpou a garganta.

"Eu vou pegar o voo da noite para Londres e preciso fazer algumas coisas antes de ir embora. Há algo mais que você queira saber?"

Erlendur olhou para ele.

"Não, acho que é tudo. Eu pensei que você fosse embora amanhã."

"Se não há mais nada em que eu possa ajudá-lo, aqui está meu cartão", disse Wapshott, tirando um cartão do bolso e entregando a Erlendur.

"Mudou", disse Erlendur. "O seu voo."

"Porque não encontrei Gudlaugur. Já fiz a maioria das coisas que planejava fazer nesta viagem e agora vou economizar uma noite de hotel."

"Há apenas mais uma coisa", disse Erlendur.

"Certo."

"Uma biotécnica está vindo aqui colher uma amostra de sua saliva, se não houver problema."

"Amostra de saliva?"

"Para a investigação de assassinato."

"Por que saliva?"

"No momento, não posso lhe dizer."

"Eu sou um suspeito?"

"Estamos recolhendo amostras de todos que conheceram Gudlaugur. Para a investigação. Não é nada específico com você."

"Entendo", disse Wapshott. "Saliva! Que estranho."

Ele sorriu, e Erlendur olhou para os dentes de sua mandíbula inferior, manchados de preto pela nicotina.

11.

Eles entraram no hotel pela porta giratória: ele, velho e frágil, estava em uma cadeira de rodas; ela vinha logo atrás, baixa e magra, com um nariz fino e curvo, e olhos penetrantes que vasculharam o saguão. A mulher, na casa dos cinquenta, vestindo um espesso casaco marrom de inverno e botas de couro de cano alto, empurrava-o à sua frente. O homem parecia ter uns oitenta anos, tufos de cabelo branco apareciam sob a aba do chapéu, e seu rosto magro era lugubremente pálido. Sentava-se encurvado para a frente, as mãos ossudas e brancas saindo das mangas de um paletó preto. Usava um cachecol no pescoço e óculos grossos com armação preta de chifre que ampliavam seus olhos, fazendo-os parecer os de um peixe.

A mulher empurrou-o até o balcão do *check-in*. O chefe da recepção, que estava saindo do escritório, observou-os se aproximar.

"Em que posso ajudá-los?", perguntou quando chegaram ao balcão.

O homem na cadeira de rodas ignorou-o, mas a mulher perguntou por um detetive chamado Erlendur, que, segundo lhe disseram, estava trabalhando no hotel. Quando saía do bar com Wapshott, Erlendur vira-os entrar. Eles atraíram sua atenção imediatamente. Algo nos dois lembrava morte.

Ele se perguntou se devia impedir Wapshott de voltar para o Reino Unido por enquanto, mas não conseguiu encontrar uma razão suficientemente boa para detê-lo. Erlendur pensava em quem poderiam ser aquelas pessoas, o homem com olhos de hadoque e a mulher com bico de águia, quando o chefe da recepção o viu e acenou para ele. Erlendur ia se despedir de Wapshott, quando se deu conta de que ele havia desaparecido.

"Eles estão procurando você", disse o chefe da recepção quando Erlendur se aproximou do balcão.

Erlendur foi para trás do balcão. Os olhos de hadoque fixaram-se nele por baixo do chapéu.

"Você é Erlendur?", perguntou o homem na cadeira de rodas com um tom de voz envelhecido e indistinto.

"Vocês querem falar comigo?", perguntou Erlendur.

O bico de águia apontou para cima.

"Você é o encarregado da investigação da morte de Gudlaugur Egilsson neste hotel?", perguntou a mulher.

Erlendur disse que sim.

"Eu sou a irmã dele", disse ela. "E este é o nosso pai. Podemos conversar em algum lugar tranquilo?"

"Quer que eu a ajude com ele?", ofereceu Erlendur. Ela pareceu insultada e empurrou a cadeira de rodas. Eles seguiram Erlendur até o bar e até a mesa onde ele estivera sentado com Wapshott. Eles eram as únicas pessoas lá dentro. Mesmo o garçom tinha desaparecido. Erlendur não sabia se o bar abria antes do meio-dia. Como a porta estava destrancada, ele supôs que sim, mas poucas pessoas pareciam saber disso.

A mulher conduziu a cadeira até a mesa e travou as rodas. Então se sentou de frente para Erlendur.

"Eu estava indo falar com vocês", mentiu Erlendur; ele pretendia deixar que Sigurdur Óli e Elínborg falassem com a família de Gudlaugur. Mas não conseguia lembrar tinha pedido que eles fizessem isso.

"Nós preferimos não receber a polícia em casa", disse a mulher. "Isso nunca aconteceu. Uma mulher ligou para nós, provavelmente uma colega sua, acho que ela disse que se chamava Elínborg. Perguntei quem era o encarregado da investigação e ela me disse que você era um deles. Eu estava esperando que pudéssemos acabar logo com isso e que você nos deixasse em paz."

Não havia nenhum sinal de tristeza em seu comportamento. Nada de luto por um ente querido. Apenas uma absoluta insensibilidade. Eles achavam que tinham certos deveres a cumprir, sentiam-se obrigados a prestar uma declaração à polícia, mas é evidente que tinham aversão em fazê-lo e não se importavam em demonstrar isso. Não parecia que o cadáver encontrado no porão do hotel tivesse alguma coisa a ver com eles. Como se estivessem acima disso.

"Vocês conhecem as circunstâncias em que Gudlaugur foi encontrado", disse Erlendur.

"Sabemos que ele foi morto", disse o velho. "Sabemos que foi apunhalado."

"Sabem quem poderia ter feito isso?"

"Não temos a menor ideia", disse a mulher. "Não tínhamos nenhum contato com ele. Não sabemos com quem ele andava. Não conhecemos seus amigos nem seus inimigos, se é que ele tinha algum."

"Quando foi a última vez que vocês o viram?"

Elínborg entrou no bar. Ela se aproximou e sentou-se ao lado de Erlendur. Ele a apresentou, mas eles não tiveram nenhuma reação, ambos igualmente determinados a não permitir que aquilo os abalasse.

"Acho que ele devia ter uns vinte anos na época", disse a mulher. "A última vez em que o vimos."

"Vinte?" Erlendur pensou ter ouvido mal.

"Como eu disse, não tínhamos contato."

"Por que não?", perguntou Elínborg.

A mulher nem sequer olhou para ela.

"Não é o suficiente falarmos com você?", ela perguntou a Erlendur. "Essa mulher tem que estar aqui também?"

Erlendur olhou para Elínborg. Ele pareceu se divertir um pouco.

"Vocês não parecem estar lamentando muito a perda dele", comentou Erlendur, sem responder a ela. "Gudlaugur. Seu irmão", disse ele, olhando para a mulher novamente. "Seu filho", disse ele, olhando então para o velho. "Por quê? Por que fazia trinta anos que vocês não o viam? E, como eu lhes disse, o nome dela é Elínborg", acrescentou Erlendur. "Se vocês têm mais observações a fazer, nós os levaremos até a delegacia de polícia e continuaremos lá, e então vocês podem apresentar uma queixa formal. Temos um carro da polícia lá fora."

O bico de águia levantou-se, ofendido. Os olhos de hadoque se estreitaram. "Ele vivia sua própria vida", disse ela. "Nós vivíamos a nossa. Não há muito mais a dizer sobre isso. Não tínhamos contato. É assim que era. Estávamos felizes com isso. E ele também."

"Você está me dizendo que o viram pela última vez em meados dos anos setenta?", perguntou Erlendur.

"Não tínhamos contato", ela repetiu.

"Nem uma única vez em todo esse tempo? Nem um telefonema? Nada?"

"Não", disse ela.

"Por que não?"

"Isso é um assunto de família", disse o velho. "Não tem nada a ver com isso. Nem um pouco. Um assunto passado e resolvido. O que mais você quer saber?"

"Vocês sabiam que ele trabalhava aqui no hotel?"

"Tínhamos notícia dele de vez em quando", disse a mulher. "Sabíamos que ele era porteiro aqui. Colocava algum uniforme idiota e segurava a porta para os hóspedes do hotel. E, pelo que eu soube, se vestia de Papai Noel nas festas de Natal."

Os olhos de Erlendur estavam cravados nela. Ela disse isso como se Gudlaugur não pudesse ter humilhado mais a família, exceto por ter se deixado encontrar assassinado seminu em um porão de hotel.

"Não sabemos muito sobre ele", disse Erlendur. "Parece que ele não tinha muitos amigos. Morava em um quartinho no hotel. Parece que gostavam dele. As pessoas achavam que era bom com as crianças. Como você diz, ele se vestia de Papai Noel nas festas de Natal do hotel. No entanto, acabamos de ficar sabendo que ele foi um cantor promissor. Um menino que gravou discos, dois discos, acho, mas é claro que vocês sabem mais sobre isso. Na capa de um deles, vi que ele estava indo para uma turnê na Escandinávia, e era como se ele tivesse o mundo a seus pés. Então, de alguma forma, isso parece que chegou ao fim. Ninguém conhece esse menino hoje em dia, a não ser alguns colecionadores malucos de discos antigos. O que aconteceu?"

Enquanto Erlendur estava falando, o bico de águia tinha abaixado e os olhos de hadoque ficaram baços. O velho desviou o olhar de Erlendur para a mesa, e a mulher, que ainda tentava manter o ar autoritário e orgulhoso, já não parecia tão segura de si.

"O que aconteceu?", repetiu Erlendur, de repente lembrando de que ele tinha os compactos de Gudlaugur no quarto.

"Nada aconteceu", disse o velho. "Ele perdeu a voz. Amadureceu cedo e perdeu a voz com doze anos, e isso foi o fim de tudo."

"Ele não conseguiu cantar depois?", perguntou Elínborg.

"A voz dele ficou ruim", disse o velho, irritado. "Não dava para ensinar nada a ele. E não dava para fazer nada por ele. Ele não quis mais cantar. Rebeldia e raiva tomaram conta dele e ele se opôs a tudo. Se opôs a mim. Se opôs a sua irmã, que deu o melhor de si para ele. Ele me atacou e me culpou por tudo isso."

"Se não houver mais nada", disse a mulher lançando um olhar para Erlendur. "Já não dissemos o suficiente? Você não tem o suficiente?"

"Não encontramos muita coisa no quarto de Gudlaugur", disse Erlendur, fingindo não tê-la ouvido. "Encontramos alguns de seus discos e duas chaves."

Ele tinha pedido que a perícia devolvesse as chaves depois de examiná-las. Tirou-as do bolso e as deixou em cima da mesa. Elas pendiam de um chaveiro com um canivete em miniatura. O cabo era de plástico rosa e de um lado havia um desenho de um pirata com uma perna de madeira, um cutelo e um tapa-olho, com a palavra PIRATA escrita em inglês sob o desenho.

Depois de um rápido olhar para as chaves, a mulher disse que não as reconhecia. O velho ajeitou os óculos no nariz, olhou para as chaves e em seguida balançou a cabeça.

"Uma delas, provavelmente, é a chave de uma porta de entrada", disse Erlendur. "A outra parece de algum tipo de armário." Ele os observou, mas não recebeu resposta. Então recolocou as chaves no bolso.

"Você achou os discos dele?", perguntou a mulher.

"Dois", disse Erlendur. "Ele gravou mais?"

"Não, não havia mais nenhum", disse o velho, olhando para Erlendur por um instante, mas rapidamente evitando seu olhar.

"Poderíamos ficar com os discos?", perguntou a mulher.

"Suponho que vocês vão herdar tudo o que ele deixou", respondeu Erlendur. "Quando considerarmos a investigação encerrada, vocês ficarão com tudo que ele possuía. Ele não tinha outra família, não é? Sem filhos? Nós não conseguimos obter nenhuma informação desse tipo."

"Pelo que sei, ele era solteiro", disse a mulher. "Podemos ajudá-lo em mais alguma coisa?", ela perguntou a seguir, como se os dois tivessem sido de uma grande contribuição para a investigação, só por terem se dado ao trabalho de ir até o hotel.

"Não foi culpa dele ter amadurecido e perdido a voz", disse Erlendur. Ele não aguentava mais a indiferença e a arrogância dos dois. Um filho tinha perdido a vida. Um irmão tinha sido assassinado. No entanto, era como se nada tivesse acontecido. Como se não tivesse nada a ver com eles. Como se a vida de Gudlaugur tivesse deixado de ser parte da vida deles havia muito tempo, por causa de alguma coisa que estavam escondendo de Erlendur.

A mulher olhou para Erlendur.

"Se não houver mais nada...", disse ela outra vez, soltando a trava da cadeira de rodas.

"Vamos ver", disse Erlendur.

"Você está achando que não demonstramos compaixão suficiente, não é?", ela afirmou de repente.

"Eu acho que vocês não demonstram nenhuma simpatia", disse Erlendur. "Mas não é da minha conta."

"Não", disse a mulher. "Não é da sua conta."

"Mesmo assim, o que eu quero saber é se vocês tiveram algum sentimento pelo homem. Ele era seu irmão." Erlendur virou-se para o velho na cadeira de rodas. "E seu filho."

"Ele era um estranho para nós", disse a mulher, e se levantou. O velho fez uma careta.

"Porque ele não fez jus às suas expectativas?" Erlendur também ficou de pé. "Porque ele falhou com vocês quando tinha doze anos. Quando era uma criança. O que vocês fizeram? Livraram-se dele? Será que o jogaram na rua?"

"Como se atreve a falar com meu pai e comigo nesse tom?", disse a mulher, com os dentes cerrados. "Como se atreve? Quem o nomeou a consciência do mundo?"

"E quem roubou a sua consciência?", Erlendur rosnou de volta.

Ela olhou para ele furiosa. E então pareceu desistir. Puxou a cadeira de rodas, desviou-a da mesa e empurrou-a para a frente, saindo do bar e atravessando o saguão em direção à porta giratória. No sistema de som uma soprano islandesa cantava melancolicamente... *Toque minha harpa, deusa nascida nos céus...* Erlendur e Elínborg foram atrás deles e os viram sair do hotel, a mulher mantendo a cabeça erguida, mas o velho afundado ainda mais em sua cadeira de rodas, nada dele visível além de sua cabeça balançando acima do encosto.

... E outras criancinhas a seguirão...

12.

Quando Erlendur voltou para seu quarto pouco depois do meio-dia, o chefe da recepção tinha lhe arranjado um toca-discos e dois alto-falantes. O hotel possuía alguns toca-discos antigos que não estavam sendo usados fazia algum tempo. O próprio Erlendur tinha um desses aparelhos e rapidamente descobriu como aquele funcionava. Ele nunca teve um CD player e não comprava um disco havia anos. Não escutava música moderna. Durante muito tempo, quando ouvia as pessoas no trabalho falando sobre hip-hop, pensou que fosse alguma brincadeira infantil.

Elínborg estava a caminho de Hafnarfjördur. Erlendur lhe dissera para ir até lá descobrir que escola Gudlaugur frequentara. Ele pretendia perguntar ao pai e à irmã, mas não teve chance, depois de a reunião terminar de maneira tão abrupta. Mais tarde ele conversaria com eles novamente. Nesse meio-tempo, queria que Elínborg localizasse as pessoas que Gudlaugur conheceu quando era uma estrela infantil e conversasse com os colegas de escola dele. Queria saber que efeito a fama teve em um menino de tão pouca idade. Também o que seus colegas de escola pensavam a respeito, e desejava saber ainda se algum deles se lembrava do que aconteceu quando ele perdeu a voz, e o que aconteceu com ele nos primeiros anos depois disso. Também estava se perguntando se alguém poderia saber sobre possíveis inimigos de Gudlaugur naquela época.

Ao descrever tudo isso a Elínborg no saguão de entrada do hotel, ele percebeu como ela ficou irritada por ele ter detalhado tantas coisas. Ela sabia das implicações do caso e era perfeitamente capaz de traçar objetivos para si própria.

"E pode comprar um sorvete para você no caminho", acrescentou ele, para provocá-la um pouco mais. Com algumas imprecações sussurradas sobre porcos chauvinistas, ela foi embora.

"Como posso reconhecer esse turista?", disse uma voz atrás dele, e quando ele se virou viu Valgerdur ali, com seu kit de amostras na mão.

"Wapshott? Você o viu ontem à noite. É o inglês com jeito de cansado e dentes manchados que coleciona discos de meninos cantores", disse Erlendur.

Ela sorriu.

"Dentes manchados?", disse ela. "E coleciona discos de meninos cantores?"

"É uma história muito comprida, algum dia eu lhe conto. Alguma novidade sobre todas aquelas amostras?"

Ele estava estranhamente contente por vê-la de novo. Seu coração quase acelerou quando a ouviu atrás de si. A melancolia abandonou-o por um momento e sua voz tornou-se animada. Ele se sentiu um pouco sem fôlego.

"Eu não sei", disse ela. "Há uma quantidade incrível de amostras."

"Eu, é..." Erlendur tateou em busca de uma desculpa para o que tinha acontecido na noite anterior. "Eu travei mesmo ontem à noite. Mortes e fatalidades. De fato não lhe contei a verdade quando você quis saber sobre meu interesse por pessoas que morrem em regiões ermas."

"Você não precisa me contar nada"

"Preciso, sim, definitivamente eu preciso lhe contar", insistiu Erlendur. "Existe alguma chance de fazermos aquilo de novo?"

"Não..." Ela fez uma pausa. "Não transforme isso num problema. Foi ótimo. Vamos esquecer, está bem?"

"Está certo, se é o que você quer", disse Erlendur, muito a contragosto.

"Onde está esse tal de Wapshott?"

Erlendur acompanhou-a até a recepção, onde lhe deram o número do quarto de Wapshott. Os dois trocaram um aperto de mãos e ela foi para o elevador. Ele a observou. Ela esperou o elevador sem olhar para trás. Erlendur ficou pensando se deveria insistir com ela e estava prestes a fazer isso quando a porta se abriu e ela entrou. Valgerdur olhou para ele no momento em que a porta se fechava, sorrindo de maneira quase imperceptível.

Erlendur ficou ali por um instante, olhando os números dos andares, até eles pararem no de Wapshott. Então apertou o botão e chamou o elevador de volta. Ele pôde sentir o perfume de Valgerdur até chegar ao andar de seu quarto.

Colocou uma gravação do menino cantor Gudlaugur Egilsson no toca-discos e ajustou a velocidade para 45 RPM. Depois se estendeu na cama. O disco era novo em folha. Soou como se nunca tivesse sido tocado. Nem um arranhão, nem uma sujeira sequer sobre ele. Depois de um ligeiro crepitar inicial, veio o prelúdio e, por fim, um menino com uma voz de soprano pura e celestial começou a cantar "Ave Maria".

Ele estava sozinho no corredor e cuidadosamente abriu a porta do quarto de seu pai e o viu sentado na beira da cama, olhando para o nada, em uma angústia silenciosa. Seu pai não tomou parte nas buscas. Ele tinha lutado para voltar para a fazenda depois de perder de vista seus dois filhos no pântano no meio da tempestade que começou de maneira inesperada. Tinha vagado pela nevasca chamando-os, incapaz de enxergar qualquer coisa, os uivos da tempestade sufocando seus gritos. Seu desespero foi além de qualquer descrição. Ele tinha levado os meninos junto, para ajudarem a cercar as ovelhas e trazê-las de volta para o curral. O inverno tinha chegado, mas quando eles partiram parecia que ia fazer um belo dia. No entanto, era apenas uma previsão e apenas uma possibilidade. A tempestade veio sem avisar.

Erlendur se aproximou do pai e parou a seu lado. Não entendia por que ele estava sentado na cama em vez de se juntar ao grupo de buscas no pântano. Seu irmão ainda não tinha sido encontrado. Ele poderia estar vivo, embora fosse improvável. Erlendur percebia a desesperança no rosto dos homens exaustos que voltavam para casa a fim de descansar e comer antes de sair novamente. Eles tinham vindo de aldeias e fazendas dos arredores, todos que estavam à altura da tarefa, trazendo cães e varões que mergulhavam na neve. Foi assim que encontraram Erlendur. Era assim que iam encontrar seu irmão.

Eles foram até o pântano em grupos de oito a dez pessoas, perfurando a neve com os varões, gritando o nome de seu irmão. Tinham se passado dois dias desde que haviam encontrado Erlendur e três dias depois que a tempestade separara os três caminhantes. Os irmãos permaneceram juntos por um longo tempo. Eles gritaram na nevasca e ouviram a voz do pai. Dois anos mais velho, Erlendur segurava na mão do irmão, mas, como as mãos deles estavam entorpecidas pela geada, Erlendur não sentiu quando suas mãos se soltaram. Ele pensou que ainda estivesse segurando a mão do irmão quando se virou e não o viu mais.

Bem mais tarde, pensou ter se lembrado da mão escapando, mas aquilo era uma invenção. Ele nunca realmente sentiu isso acontecer.

Estava convencido de que iria morrer com dez anos em uma nevasca aparentemente incessante. Ela o atacava de todas as direções, rasgava-o e cortava-o, e lhe cegava os olhos, fria, dura, impiedosa. No fim, ele caiu na neve e tentou se enterrar. Ficou ali, pensando no irmão que também ia morrer no pântano.

Uma pancada forte no ombro o acordou e de repente um rosto que ele não reconhecia apareceu. Não conseguia ouvir o que o homem dizia. Ele queria continuar dormindo. Foi tirado da neve, e os homens revezaram-se para levá-lo para fora do pântano, embora ele se lembrasse de pouca coisa da viagem de volta. Ouviu vozes. Ouviu sua mãe cuidando dele. Um médico o examinou. As pernas e os pés tinham congelado, mas não era muito grave. Ele olhou dentro do quarto do pai. Viu-o sentado sozinho na beira da cama como se nada que havia acontecido o tivesse afetado.

Dois dias depois, Erlendur estava recuperado. Ele permaneceu ao lado do pai, impotente e com medo. Estranhas dores de consciência passaram a assombrá-lo quando começou a se recuperar e a recuperar suas forças. Por que ele? Por que ele e não seu irmão? Se eles não o tivessem encontrado, será que teriam encontrado seu irmão em vez dele? Queria perguntar isso ao pai e queria perguntar por que ele não estava participando das buscas. Mas não perguntou nada. Apenas olhava para ele, linhas profundas gravadas em seu rosto, a barba, os olhos baços de tristeza.

Muito tempo se passou, e seu pai o ignorou. Erlendur colocou a mão sobre a do pai e perguntou se era culpa dele. De seu irmão ter desaparecido. Porque ele não tinha segurado com força suficiente, deveria ter cuidado melhor dele, devia tê-lo a seu lado quando ele próprio foi encontrado. Perguntou tudo isso com uma voz suave e hesitante, mas se descontrolou e começou a choramingar. Seu pai curvou a cabeça. Lágrimas brotaram de seus olhos, ele abraçou Erlendur e começou a chorar também, até que seu corpo enorme desabou e tremeu nos braços do filho.

Tudo isso passou pela cabeça de Erlendur, até que o disco voltou a chiar. Fazia muito tempo que ele não se entregava a essas lembranças, mas de repente elas se abriram dentro dele, e mais uma vez Erlendur sentiu a tristeza pesada que, ele sabia, jamais seria plenamente enterrada ou esquecida.

Tal fora o poder do menino cantor.

13.

O telefone na mesa de cabeceira tocou. Ele se sentou, levantou a agulha do disco e desligou o aparelho. Era Valgerdur. Ela lhe disse que Henry Wapshott não estava em seu quarto. Quando ela pediu que o funcionário do hotel ligasse para o quarto dele, não o encontraram lá nem em lugar nenhum.

"Ele ia esperar a coleta da amostra", disse Erlendur. "Ele fechou a conta no hotel? Pelo que sei, o voo dele estava marcado para hoje à noite."

"Eu não perguntei sobre isso", disse Valgerdur. "Não posso esperar aqui muito tempo e..."

"Não, claro que não, desculpe", disse Erlendur. "Eu o levo até você quando o encontrar. Desculpe por isso."

"O.k., então vou embora."

Erlendur hesitou. Embora não soubesse o que dizer, ele não queria deixá-la ir imediatamente. O silêncio tornou-se prolongado e de repente houve uma batida em sua porta. Ele pensou que Eva Lind tinha vindo visitá-lo.

"Eu queria muito me encontrar com você de novo", disse ele, "mas vou entender se você não quiser ser incomodada."
Mais uma vez uma batida na porta, agora mais forte.
"Eu queria lhe contar a verdade sobre aquela história de mortes e provações", disse Erlendur. "Se você estiver disposta a ouvir."
"O que você quer dizer?"
"Você gostaria?"
Ele mesmo não sabia exatamente o que queria dizer. Por que queria contar àquela mulher algo que nunca tinha contado a ninguém a não ser sua filha. Por que não dava o assunto por encerrado, seguia em frente com sua vida e não deixava nada perturbá-lo nem agora nem nunca?

Valgerdur não respondeu de imediato, e houve uma terceira batida na porta. Erlendur largou o telefone e abriu a porta sem nem olhar para ver quem estava lá; deduziu que só podia ser Eva. Quando pegou o telefone outra vez, Valgerdur já havia desligado.

"Alô?", disse ele. "Alô?" Não houve resposta.

Depois de pôr o telefone no gancho, ele se virou. Em seu quarto estava um homem que ele nunca tinha visto. Baixo, vestia um casaco grosso de inverno azul-escuro, cachecol e boné azul na cabeça. Gotas de água brilhavam no boné e no casaco, onde a neve havia derretido. Ele tinha o rosto bastante gordo, lábios grossos e enormes bolsas escuras sob olhos pequenos e cansados. Sua aparência fez Erlendur se lembrar de algumas fotografias do poeta W. H. Auden. Uma gota de água estava pendurada na ponta de seu nariz.

"Você é Erlendur?", perguntou.
"Sou."
"Disseram-me para vir até este hotel falar com você." O homem tirou o boné, bateu-o contra o casaco e limpou o gotejamento do nariz.

"Quem lhe disse isso?", perguntou Erlendur.

"Uma pessoa chamada Marion Briem. Eu não sei quem ela é. É sobre a investigação de Gudlaugur Egilsson e todos que o conheceram no passado. Eu o conheci, e essa Marion me disse para vir falar com você."

"E quem é você?", perguntou Erlendur, tentando se lembrar de onde já tinha visto aquele rosto.

"Meu nome é Gabríel Hermannsson, fui regente do Coral Infantil de Hafnarfjördur", disse o homem. "Posso sentar na cama? Esses corredores longos..."

"Gabríel? Fique à vontade. Sente-se." O homem desabotoou o casaco e afrouxou o cachecol. Erlendur pegou a capa de um dos discos de Gudlaugur e olhou para a fotografia do Coral Infantil de Hafnarfjördur. O maestro olhava alegremente para a câmera. "Este é você?", perguntou Erlendur, entregando-lhe a capa.

Gabríel olhou para a capa do disco e assentiu.

"Onde você conseguiu isso?", perguntou. "Esses discos estão fora de catálogo há anos. Eu perdi o meu de alguma maneira, por burrice minha. Emprestei para alguém. A gente não deve emprestar nada."

"Este era de Gudlaugur", disse Erlendur.

"Aí eu estou com... deixa eu pensar... uns vinte e oito anos", disse Gabríel. "Quando a foto foi tirada. Incrível como o tempo passa rápido."

"O que Marion disse a você?"

"Não muito. Eu contei o que sabia sobre Gudlaugur e ela me disse para vir falar com você. Como eu tinha mesmo que vir a Reykjavík, pensei que seria ideal aproveitar a oportunidade."

Gabríel hesitou.

"Eu não consegui distinguir pela voz", disse, "fiquei pensando se era um homem ou uma mulher. Marion. Achei grosseiro perguntar, mas não consegui perceber. Normalmente você consegue saber pela voz. Nome engraçado. Marion Briem."

Erlendur percebeu o interesse na voz dele, uma quase ansiedade, como se fosse importante saber disso.

"Eu nunca pensei nisso", disse Erlendur. "No nome. Marion Briem. Eu estava ouvindo este disco", prosseguiu, apontando para a capa. "A voz dele causa uma impressão muito forte, não há como negar. Considerando-se como ele era jovem."

"Gudlaugur foi provavelmente o melhor cantor que já tivemos", disse Gabríel, olhando para a capa do disco. "Na época não percebemos o que tínhamos nas mãos. Só fomos nos dar conta disso depois de muito tempo, talvez mesmo há apenas alguns anos."

"Quando você o conheceu?"

"O pai dele o levou a mim. Na época a família morava em Hafnarfjördur, e ainda mora, acho. A mãe morreu pouco tempo depois e ele criou as crianças totalmente sozinho: Gudlaugur e uma menina alguns anos mais velha. O pai sabia que eu tinha acabado de voltar do exterior, onde fora estudar música. Eu ensinei música, dei aulas particulares e outras coisas. Fui nomeado regente quando consegui reunir um número suficiente de crianças para formar um coral. Como sempre, eram principalmente meninas, mas publicamos anúncios à procura de meninos, e um dia o pai de Gudlaugur levou-o até a minha casa. Ele tinha dez anos na época e uma voz maravilhosa. Que maravilha de voz. E ele sabia cantar. Percebi na hora que o pai dele era muito exigente e muito rígido com o menino. Disse que tinha lhe ensinado tudo o que o garoto sabia sobre canto. Mais tarde, descobri que ele era duro com o filho, que o punia, que o mantinha dentro de casa quando ele queria sair para brincar. Não acho que se possa chamar isso de uma boa educação, uma vez que se esperava muito dele e ele não podia passar muito tempo com seus amigos.

Foi um exemplo clássico de pais que assumem o controle dos filhos e tentam transformá-los no que eles querem. Não acho que Gudlaugur tenha tido uma infância feliz."

Gabríel parou de falar.

"Você já pensou bastante sobre isso, não é mesmo?", comentou Erlendur.

"Eu vi acontecer."

"O quê?"

"Disciplina rigorosa e exigências inflexíveis podem ter um efeito terrível sobre as crianças. Não estou falando da disciplina com crianças impertinentes, que precisam de limites ou orientação; isso é completamente diferente. Claro que as crianças precisam de disciplina. Estou falando de não permitir que crianças sejam crianças. De não permitir que elas gostem de ser o que são e o que querem ser, estou falando de crianças moldadas e até mesmo oprimidas para se tornarem uma coisa diferente. Gudlaugur tinha uma linda voz de soprano, e seu pai planejava um grande papel na vida para ele. Não estou dizendo que o tratou mal de forma consciente, calculada; só o privou de sua vida. Roubou a infância dele."

Erlendur pensou em seu próprio pai, que nada fez além de lhe ensinar bons modos e lhe mostrar afeição. A única exigência que fazia era que Erlendur se comportasse bem e fosse gentil com as outras pessoas. Seu pai nunca tentou transformá-lo em alguma coisa que ele não fosse. Erlendur pensou no pai que estava à espera de uma sentença, acusado de agredir brutalmente o filho, e imaginou Gudlaugur tentando constantemente viver de acordo com as expectativas do pai.

"'Talvez possamos ver isso mais claramente na religião", continuou Gabríel. "As crianças de algumas religiões são levadas a adotar a fé de seus pais e, de fato, a viver vidas que são muito mais as dos pais que as suas. Elas não têm a oportunidade de ser livres, de deixar o mundo onde nasceram, de tomar decisões independentes sobre sua vida. É claro que só vão perceber isso muito mais tarde, e algumas nunca o fazem. Mas muitas vezes, quando adolescentes ou adultas, elas dizem: 'Eu não quero mais isto', e os conflitos podem surgir. De repente, a criança não quer mais viver a vida dos pais, e isso pode levar a uma grande tragédia. Você vê isso em toda parte: o médico que quer que seu filho seja médico. O advogado. O diretor de empresa. O piloto. Em todos os lugares há pessoas fazendo exigências impossíveis a seus filhos."

"Isso aconteceu com Gudlaugur? Será que um dia ele disse: 'Aqui é o meu limite'? Ele se rebelou?"

Gabríel esperou um pouco antes de responder.

"Você conheceu o pai de Gudlaugur?", perguntou.

"Falei com ele hoje de manhã. Com ele e com a filha. Eles estão cheios de algum tipo de raiva e antipatia, e claramente não têm nenhum sentimento acolhedor em relação a Gudlaugur. Não derramaram uma lágrima por ele."

"Ele estava numa cadeira de rodas? O pai?"

"Estava."

"Isso aconteceu alguns anos depois", disse Gabríel.

"Depois do quê?"

"Vários anos depois da apresentação. Daquela apresentação terrível pouco antes de o menino sair em turnê pela Escandinávia. Nunca tinha acontecido de um menino islandês sair do país para ir cantar solo com corais da Escandinávia. O pai dele enviou seu primeiro disco para a Noruega, uma gravadora de lá se interessou e organizou uma turnê com o objetivo de lançar os discos dele na Escandinávia. Seu pai me disse uma vez que o sonho dele, *nota bene*, o sonho *dele*, não necessariamente o de Gudlaugur, era que o garoto cantasse com os Meninos Cantores de Viena. E ele poderia ter cantado, não há dúvida disso."

"E o que aconteceu?"

"O que mais cedo ou mais tarde sempre acontece com meninos sopranos: a natureza interveio", disse Gabríel. "Mas no pior momento da vida do menino que se possa imaginar. Poderia ter acontecido num ensaio, poderia ter acontecido quando ele estivesse sozinho em casa. Mas aconteceu lá, e a pobre criança..."

Gabríel olhou para Erlendur.

"Eu estava com ele nos bastidores. O coral infantil deveria cantar algumas músicas, e uma multidão de crianças da região estava lá, músicos importantes de Reykjavík, até mesmo alguns críticos de jornais. O concerto foi muito divulgado, e o pai dele, é claro, estava sentado bem no meio da primeira fila. O menino me procurou tempos depois, muito depois, quando ele já tinha saído de casa, e me contou como se sentiu naquela noite fatídica. E desde então tenho pensado muitas vezes em como um incidente desses pode marcar uma pessoa para o resto da vida."

Todos os lugares do cinema de Hafnarfjördur estavam ocupados e o público mostrava-se inquieto. Ele já estivera naquele prédio encantador duas vezes para assistir a alguns filmes, e ficou encantado com o que viu: a bela iluminação no auditório e o palco elevado, onde as peças eram encenadas. Sua mãe o levou para ver ...*E o vento levou*, e ele tinha ido com o pai e a irmã ver um desenho de Walt Disney.

Mas aquelas pessoas não estavam lá para acompanhar os heróis do cinema, e sim para ouvi-lo. Ele cantando com aquela voz que já tinha sido gravada em dois discos. Em vez de timidez, ele agora estava tomado de dúvidas. Já se apresentara em público antes, na igreja de Hafnarfjördur e na escola, diante de grandes plateias. Com frequência ficava retraído e bastante assustado. Mais tarde, começou a perceber que depois era muito procurado pelas pessoas, o que o ajudou a superar sua relutância. Havia uma razão pela qual as pessoas iam ouvi-lo cantar, uma razão para querer ouvi-lo, e não era nada com que ele precisasse se assustar. A razão era sua voz e seu canto. Nada mais. Ele era a estrela.

Seu pai havia lhe mostrado o anúncio no jornal: o melhor soprano infantil da Islândia se apresentará hoje à noite. Não havia ninguém melhor. Seu pai estava fora de si de tanta alegria e mais animado que o próprio menino. Falou sobre isso muitos dias. Ah, se sua mãe estivesse viva para poder vê-lo cantar naquele lugar, disse o pai. Aquilo teria lhe proporcionado uma alegria indescritível.

Pessoas de outros países ficaram impressionadas com seu canto e queriam que ele se apresentasse lá também. Queriam lançar seus discos lá. Eu sabia, dizia várias vezes o pai. Eu sabia. Ele tinha trabalhado duro na preparação da viagem. O concerto em Hafnarfjördur era o toque final desse trabalho.

O diretor de palco mostrou-lhe como ele podia espiar o público ocupando seus lugares. Ele ouviu os murmúrios e viu pessoas que sabia que nunca iria conhecer. Viu a esposa do maestro sentar com os três filhos no final da terceira fila. Viu vários colegas seus de classe com os pais, até mesmo alguns que já o tinham provocado, e viu o pai ocupar seu lugar no centro da primeira fila, com a irmã mais velha ao lado dele, olhando para o teto. A família de sua mãe também estava lá, tias que ele mal conhecia, homens segurando seus chapéus nas mãos, esperando a cortina se abrir.

Ele queria deixar seu pai orgulhoso. Sabia quanto o pai tinha se sacrificado para fazer dele um cantor de sucesso, e agora os frutos desse esforço iam ser vistos. Aquilo exigira um treinamento muito rigoroso. Reclamar era inútil. Ele havia tentado fazer isso e seu pai ficara muito zangado.

Ele confiava cegamente no pai. Sempre fora assim. Mesmo quando cantava em público contra sua vontade. Seu pai o levava, encorajava e, no final, as coisas saíam como ele queria. Foi uma tortura para o menino cantar pela primeira vez para estranhos: medo do palco, timidez na frente de todas aquelas pessoas. Mas seu pai não cedeu um milímetro, nem mesmo quando o menino era importunado. Quanto mais ele se apresentava em público, na escola, na igreja, pior os meninos, e também algumas meninas, o tratavam, xingando-o e até mesmo zombando de sua voz. Não conseguia entender por que faziam aquilo.

Ele não queria provocar a ira do pai. Ficou arrasado depois que a mãe morreu. Ela teve leucemia, que a matou em poucos meses. Seu pai ficou ao lado dela dia e noite, acompanhou-a ao hospital e dormiu lá enquanto a vida dela se esvaía. As últimas palavras que ele disse antes de sair de casa para o concerto foram: Pense na sua mãe. Como ela teria ficado orgulhosa de você.

O coral tinha se posicionado no palco. Todas as meninas com túnicas idênticas pagas pela Câmara Municipal. Os meninos de camisa branca e calça preta, exatamente como ele. Eles sussurravam, animados com toda a atenção que o coral estava recebendo, determinados a dar o melhor de si. Gabríel, o regente, conversava com o diretor de palco. O mestre de cerimônias apagou um cigarro no chão. Tudo pronto. Logo a cortina se abriria.

Gabríel o chamou.

"Tudo bem?", perguntou.

"Tudo. A casa está cheia."

"E todos vieram para ver você. Lembre-se disso. Todos vieram para vê-lo e ouvi-lo cantar, e a mais ninguém, e você deve se orgulhar disso, deve ficar satisfeito consigo mesmo, e não tímido. Talvez você esteja um pouco nervoso agora, mas isso vai passar assim que começar a cantar. Você sabe disso."

"Sei."

"Vamos começar então?"

Ele assentiu com a cabeça.

Gabríel colocou a mão no ombro do garoto.

"É difícil para você olhar todas essas pessoas no olho, mas você só precisa cantar que tudo vai ficar bem."

"Certo."

"O mestre de cerimônias só vai aparecer depois da primeira música. Nós já ensaiamos tudo isso. Você começa a cantar que tudo vai ficar bem."

Gabríel fez um sinal para o diretor de palco. Este gesticulou para o coral, que imediatamente ficou em silêncio e posicionado. Tudo estava no lugar. Todos estavam prontos.

As luzes no auditório diminuíram. O murmúrio cessou. A cortina se abriu.

Pense na sua mãe.

O último pensamento que cruzou sua mente antes de o auditório se abrir à sua frente foi o de sua mãe no leito de morte na última vez em que ele a viu, e por um segundo ele se desconcentrou. Ele estava com o pai, os dois sentados juntos em um lado da cama, e ela estava tão fraca que mal conseguia manter os olhos abertos. Fechou-os e parecia ter adormecido, depois abriu-os lentamente, olhou para ele e tentou sorrir. Eles não puderam mais conversar. Quando chegou a hora de dizer adeus, eles se levantaram, e ele sempre lamentou não ter lhe dado um beijo de despedida, porque aquela foi a última vez em que estiveram juntos. Ele simplesmente se levantou e deixou a ala do hospital com o pai, e a porta se fechou atrás deles.

A cortina se abriu e ele deu com o olhar de seu pai. O auditório desapareceu de sua vista e tudo que ele via eram os olhos brilhantes do pai.

Alguém no auditório começou a rir.

Ele voltou a si. O coral havia começado a cantar e o regente já tinha dado um sinal, mas ele não notou. Tentando contornar o incidente, o regente conduziu o coral a uma repetição do verso, e agora ele entrou na hora certa, porém mal tinha começado a canção quando algo aconteceu.

Algo aconteceu com sua voz.

"Era um lobo", disse Gabríel, sentado no quarto gelado de Erlendur. "Havia um lobo na voz dele. Bem na primeira música, e depois tudo acabou."

14.

Gabríel permaneceu sentado imóvel na cama, olhando para a frente, transportado de volta ao palco do cinema de Hafnarfjördur, enquanto o coral aos poucos ficava em silêncio. Gudlaugur, que não conseguia entender o que estava acontecendo com sua voz, pigarreou várias vezes e continuou tentando cantar. Seu pai se levantou e sua irmã correu até o palco para fazer o irmão parar. As pessoas cochicharam entre si no início, mas logo risos meio abafados começaram, tornando-se cada vez mais altos, e algumas pessoas assobiaram. Gabríel aproximou-se de Gudlaugur para tirá-lo do palco, mas o menino estava como que pregado ao chão. O diretor de palco tentou fechar a cortina. O mestre de cerimônias foi para o palco com um cigarro na mão, mas não sabia o que fazer. Por fim, Gabríel conseguiu tirar Gudlaugur de lá. Sua irmã estava com ele e gritava para o público parar de rir. Seu pai permanecia de pé no mesmo lugar na primeira fila, atordoado.

Gabríel voltou de suas divagações e olhou para Erlendur.

"Eu ainda tremo só de pensar", disse.

"Um lobo em sua voz?", perguntou Erlendur. "Não entendi bem..."

"É uma expressão que se usa quando a voz muda. O que acontece é que na puberdade as cordas vocais se estiram, mas você continua usando a voz da mesma forma, apenas uma oitava abaixo. O resultado não é muito bonito, você passa a ter mudanças abruptas entre o falsete e a voz normal. Isso é o que acaba com todos os corais infantis. Ele ainda poderia ter tido mais dois ou três anos, porém Gudlaugur amadureceu cedo. Seus hormônios começaram a trabalhar prematuramente e produziram a noite mais trágica de sua vida."

"Você deve ter sido um bom amigo dele, se foi a primeira pessoa a quem ele procurou mais tarde para discutir o que aconteceu."

"Acho que se pode dizer isso. Ele me tinha como confidente. Depois isso gradualmente terminou, como sempre acontece. Tentei ajudá-lo da melhor forma que pude e ele continuou a cantar comigo. O pai dele não queria desistir. Ia fazer do filho um cantor. Falou em mandá-lo para a Itália ou a Alemanha. Até mesmo para a Grã-Bretanha. Eles desenvolveram muitos meninos sopranos e têm centenas de estrelas de coral decadentes. Nada é tão efêmero quanto uma estrela infantil."

"Mas ele nunca se tornou cantor?"

"Não. Tudo se acabou. Ele tinha uma voz adulta razoável, na verdade nada de especial, mas seu interesse desapareceu. Todo o empenho despendido em fazê-lo cantar, toda sua infância, na verdade, viraram pó naquela noite. O pai o levou a outro professor, mas nada aconteceu. A centelha se apagou. Ele só fazia aquilo por causa do pai, e então desistiu de vez. Ele me disse que nunca realmente quis nada daquilo. Ser cantor, fazer parte de um coral, se apresentar em público — tudo foi um desejo de seu pai."

"Você mencionou alguma coisa que aconteceu alguns anos depois", lembrou Erlendur. "Alguns anos depois desse concerto no cinema. Me pareceu que tinha ligação com o fato de o pai dele estar em uma cadeira de rodas. Eu estava enganado?"

"Uma fenda foi se abrindo aos poucos entre os dois. Entre Gudlaugur e o pai. Você descreveu como o velho se comportou quando veio vê-lo com a filha. Eu não sei toda a história. Apenas um fragmento dela."

"Você me deu a impressão de que Gudlaugur e sua irmã eram próximos."

"Sem dúvida", disse Gabríel. "Ela ia com frequência ao ensaio do coral com ele e estava sempre lá quando Gudlaugur cantava na escola e na igreja. Era gentil com ele, mas também muito dedicada ao pai. Ele tinha uma personalidade incrivelmente forte. Era inflexível e firme quando queria as coisas à sua maneira, mas sabia ser carinhoso em outros momentos. No final, ela ficou ao lado do pai. O menino estava em pleno processo de rebeldia. Não sei explicar o que foi, mas ele acabou odiando o pai e culpando-o pelo que aconteceu. Não apenas lá em cima, no palco, mas por tudo."

Gabríel fez uma pausa.

"Uma das últimas vezes em que falei com Gudlaugur, ele disse que seu pai tinha roubado sua infância, que o transformou em uma aberração."

"Uma aberração?"

"Foi a palavra que ele usou, mas, como você, eu nunca soube o que ele quis dizer com isso. Isso foi pouco depois do acidente."

"Acidente?"

"É."

"O que aconteceu?"

"Acho que Gudlaugur era jovem. Ele se mudou de Hafnarfjördur depois. Não tínhamos contato na época, mas foi possível imaginar muito bem que o acidente tenha sido causado por sua rebeldia. Pela raiva acumulada dentro dele."

"Ele saiu de casa depois desse acidente?"

"Pelo que entendi, sim."

"O que aconteceu?"

"Havia uma escada, alta e íngreme, em sua casa. Fui lá uma vez. Ela ia do saguão de entrada até o andar de cima. Degraus de madeira, um poço estreito. Ao que parece, tudo começou com uma discussão entre Gudlaugur e o pai, que tinha um escritório no andar de cima. Eles estavam no topo da escada e me contaram que Gudlaugur o empurrou e ele rolou da escada. Foi uma senhora queda. Ele nunca mais andou. Quebrou as costas. Ficou paralisado da cintura para baixo."

"Foi um acidente? Você sabe?"

"Só Gudlaugur podia saber. E seu pai. Eles o isolaram completamente depois disso, o pai e a filha. Cortaram todo contato e recusaram-se a ter qualquer tipo de relacionamento com ele. Isso poderia sugerir que ele atacou o pai. Que não foi um simples acidente."

"Como você sabe disso, se não tinha mais contato com essas pessoas?"

"O que se falava na cidade era que ele havia empurrado o pai escada abaixo. A polícia investigou o assunto."

Erlendur olhou para o homem.

"Quando foi a última vez que você viu Gudlaugur?"

"Aqui mesmo, neste hotel, por pura coincidência. Eu não sabia onde ele estava. Eu tinha saído para jantar e o vi de longe com uniforme de porteiro. Na hora não o reconheci. Tanto tempo havia se passado... Isso foi há cinco ou seis anos. Fui até ele, perguntei se ele se lembrava de mim, e nós conversamos um pouco."

"Sobre o quê?"

"Nada de especial. Perguntei como ele estava, e assim por diante. Ele se mostrou muito discreto sobre seus assuntos — não parecia à vontade conversando comigo. Era como se eu o lembrasse de um passado que ele não queria rever. Tive a sensação de que sentiu vergonha de estar com o uniforme de porteiro. Ou talvez fosse outra coisa. Não sei. Perguntei sobre sua família, e ele me disse que haviam perdido contato. Então a conversa foi minguando e nós nos despedimos."

"Você faz alguma ideia de quem poderia ter querido matar Gudlaugur?", perguntou Erlendur.

"Não faço a mínima ideia", disse Gabríel. "Como ele foi atacado? Como ele morreu?"

Ele fez a pergunta com certa cautela, o olhar triste. Não havia nenhum sinal de que iria exultar com aquilo depois; simplesmente queria saber como a vida de um garoto promissor que tinha sido seu aluno chegara ao fim.

"Eu não posso lhe contar isso", disse Erlendur. "Estamos tentando manter a informação em segredo por causa da investigação."

"Ah, claro", disse Gabríel. "Eu entendo. Uma investigação criminal... vocês estão fazendo progressos? Claro, você não pode falar sobre isso também, que bobagem a minha. Não imagino quem poderia querer matá-lo, mas perdi o contato com ele há muito tempo. Eu só sabia que ele trabalhava no hotel."

"Ele trabalhava aqui havia anos como porteiro e uma espécie de faz-tudo. Por exemplo, vestindo-se de Papai Noel."

Gabríel suspirou. "Que destino."

"A única coisa que encontramos em seu quarto além destes discos foi o cartaz de um filme na parede. Um filme da Shirley Temple, de 1939, chamado *A Pequena Princesa*. Você faz alguma ideia de por que ele o tinha lá ou gostava dele? Não havia quase mais nada no quarto."

"Shirley Temple?"

"A estrela infantil."

"A ligação é óbvia', disse Gabríel. "Gudlaugur via-se como uma estrela infantil, e assim pensavam todos ao redor dele. Fora isso, não consigo ver outro significado."

Gabríel se levantou, colocou seu boné, abotoou o casaco e enrolou o cachecol no pescoço. Nenhum dos dois disse nada. Erlendur abriu a porta e foi até o corredor com ele.

"Obrigado por ter vindo falar comigo", disse, estendendo a mão.

"Não foi nada. Era o mínimo que eu podia fazer por vocês. E por aquele menino querido."

Ele vacilou, como se fosse acrescentar mais alguma coisa que não soubesse bem como expressar.

"Ele era extremamente inocente", disse por fim. "Um menino inofensivo. Foi convencido de que era especial, que se tornaria famoso e que poderia ter o mundo a seus pés. Os Meninos Cantores de Viena. Aqui na Islândia se faz um barulho enorme por pouca coisa, até mais agora do que antes; é a característica nacional de um país de subempreendedores. Ele foi intimidado na escola por ser diferente, sofreu por causa disso. Depois acabou sendo considerado apenas um garoto normal, e seu mundo desmoronou numa única noite. Ele precisava ser muito forte para suportar isso."

Eles se despediram, Gabríel se virou e foi caminhando pelo corredor. Erlendur o observou ir embora com a sensação de que contar a história de Gudlaugur Egilsson havia sugado completamente as forças do velho regente de coral.

Erlendur fechou a porta. Sentou-se na cama e ficou pensando no menino cantor e em como o tinha encontrado vestido de Papai Noel e com a calça arriada até os tornozelos. Ele se perguntou como a trajetória de vida dele o teria conduzido até aquele quartinho e até a morte, a uma vida cheia de decepções no final. Pensou no pai de Gudlaugur preso a uma cadeira de rodas, com seus óculos de tartaruga espessos, e na irmã dele com seu nariz de águia e sua antipatia pelo irmão. Pensou no gerente gordo do hotel que o tinha demitido e no homem da recepção que fingia não conhecê-lo. Pensou nos funcionários do hotel, que não sabiam quem era Gudlaugur. Pensou em Henry Wapshott, que tinha viajado de tão longe para encontrar o menino cantor, porque o Gudlaugur menino, com sua linda voz, ainda existia e sempre existiria.

Sem se dar conta, ele tinha começado a pensar em seu irmão.

Erlendur colocou o mesmo disco no aparelho, estendeu-se na cama, fechou os olhos e deixou a música levá-lo de volta para casa.

Talvez fosse sua canção também.

15.

Quando voltou de Hafnarfjördur perto do anoitecer, Elínborg foi direto ao hotel para encontrar Erlendur.

Ela subiu até o andar dele, bateu na porta, e mais uma vez quando não obteve resposta, e ainda uma terceira vez. Já estava indo embora quando a porta por fim se abriu e Erlendur deixou-a entrar. Ele estava deitado, pensando, havia cochilado, e foi bastante vago quando Elínborg começou a lhe contar o que tinha descoberto em Hafnarfjördur. Ela havia conversado com o ex-diretor da escola primária, um homem muito velho que se lembrava bem de Gudlaugur; a mulher dele, que morrera dez anos antes, também conhecia bem o menino. Com a ajuda do diretor, Elínborg localizou três colegas de Gudlaugur que ainda moravam em Hafnarfjördur. Um deles tinha estado na fatídica apresentação. Ela conversou com antigos vizinhos da família e pessoas que se relacionavam com eles naqueles dias.

"Ninguém pode se destacar neste Estado anão", disse Elínborg, sentando na cama. "Não se permite que as pessoas sejam diferentes."

Todo mundo sabia que a vida de Gudlaugur estava destinada a ser especial. Ele mesmo nunca falou sobre ela, nunca falou sobre si mesmo, mas todos sabiam. Teve aulas de piano e aprendeu a cantar primeiro com o pai, depois com o maestro que foi indicado para reger o coral de crianças e por último com um cantor bem conhecido que havia morado na Alemanha e voltado à Islândia. As pessoas o colocavam no céu, aplaudiam, e ele agradecia inclinando-se para a frente, com sua camisa branca e calça preta, cavalheiresco e sofisticado. Gudlaugur é uma criança linda, as pessoas diziam. E gravou suas canções. Logo seria famoso em outros países.

Ele não era de Hafnarfjördur. A família era do Norte e havia morado em Reykjavík por algum tempo. Diziam que o pai dele era filho de um organista e que tinha estudado canto no exterior quando jovem. Havia rumores de que comprara a casa de Hafnarfjördur com o que herdou do pai, o qual havia ganhado dinheiro fazendo negócios com os militares americanos depois da guerra. Diziam que herdou o suficiente para viver de maneira confortável. Mas nunca ostentou riqueza. Era um membro discreto da comunidade. Tirava o chapéu quando saía para passear com a mulher e cumprimentava as pessoas educadamente. Diziam que ela era filha do proprietário de uma traineira, ninguém sabia onde. Eles fizeram poucos amigos na cidade. A maioria estava em Reykjavík, se é que tinham mesmo algum amigo. Não pareciam receber muitas visitas.

Quando os meninos da vizinhança e os colegas de classe de Gudlaugur iam chamá-lo, a resposta era sempre que ele não podia sair porque precisava fazer a lição de casa da escola ou das aulas de canto e piano. Às vezes era autorizado a sair com os meninos e estes notavam que ele não era tão grosseiro quanto eles e era estranhamente sensível. Suas roupas nunca ficavam sujas, ele nunca pulava nas poças d'água, era muito ruim no futebol e falava corretamente. Às vezes falava de pessoas com nomes estrangeiros. De um fulano chamado Schubert. E quando lhe contavam da última revista em quadrinhos que estavam lendo ou do que tinham visto no cinema, ele contava que lia poemas. Talvez não porque ele realmente quisesse, mas porque seu pai dizia que era bom para ele ler poesia. Eles suspeitavam que o pai dele lhe passava lições para estudar e era muito rigoroso sobre isso. Um poema todas as noites.

Sua irmã era diferente. Mais difícil. Mais parecida com o pai. O pai não parecia exigir muito dela, como fazia com o menino. Ela estava aprendendo a tocar piano e, como o irmão, entrou para o coral infantil quando ele foi criado. Seus amigos narraram como ela, às vezes, tinha ciúme do irmão, quando o pai o elogiava; a mãe também parecia preferir o filho. As pessoas achavam que Gudlaugur e a mãe eram muito próximos. Ela era como o anjo da guarda dele.

Certa vez, um dos colegas de Gudlaugur foi levado até a sala de visitas, enquanto a família discutia se ele podia sair para brincar. O pai estava na escada com seus óculos de lentes grossas, Gudlaugur no alto da escada e a mãe na porta da sala. Ela disse que não se importava que o menino fosse brincar. Ele não tinha muitos amigos e eles não o chamavam com frequência. Ele podia estudar música mais tarde.

"Continue com os exercícios!", gritou o pai. "Você acha que isso é coisa que você pode pegar e largar quando bem entender? Você não entende o quanto isso exige dedicação, não é? Você nunca vai entender!"

"Ele é apenas uma criança", disse a mãe. "E não tem muitos amigos. Você não pode mantê-lo em casa o dia todo. Precisamos deixar que ele também seja criança."

"Tudo bem", disse Gudlaugur, caminhando até o menino que tinha ido chamá-lo. "Mais tarde eu vou poder ir. Vá para casa, depois eu vou."

Enquanto o menino saía, antes que a porta se fechasse atrás dele, ouviu o pai de Gudlaugur gritar: "Nunca faça isso de novo, discutir comigo na frente de estranhos".

Com o tempo, Gudlaugur foi ficando isolado na escola, e os meninos mais fortes e experientes começaram a provocá-lo. No início, era tudo muito inocente. Todos provocavam uns aos outros, e havia brigas e brincadeiras no playground, assim como em todas as escolas, mas aos onze anos Gudlaugur tinha claramente se tornado o alvo das piadas e brincadeiras de mau gosto. Não era uma escola grande como as de hoje, e todos sabiam que Gudlaugur era diferente. Ele tinha uma aparência doentia, de alguém fraco. Nunca saía de casa. Os meninos da vizinhança pararam de chamá-lo e começaram a provocá-lo na escola. Sua mochila desaparecia ou estava vazia quando ele a encontrava. Os meninos o empurravam. Rasgavam-lhe as roupas. Ele foi espancado. Era xingado. Ninguém o convidava para as festas de aniversário.

Gudlaugur não sabia como reagir. Ele não entendia o que estava acontecendo. Seu pai queixou-se ao diretor, que prometeu colocar um fim naquilo, mas a situação mostrou-se além de seu controle, e Gudlaugur chegava da escola coberto de hematomas e carregando sua mochila vazia. O pai pensou em tirá-lo da escola, até em mudá-lo de cidade, mas como era obstinado recusou-se a ceder, tendo participado da fundação do coral infantil. Estava satisfeito com o jovem regente e, sabendo que o coral era um lugar para Gudlaugur praticar e acabar atraindo atenções, sentiu que o *bullying* — um termo para o qual não havia nenhuma palavra em islandês naqueles dias, interrompeu Elínborg — era algo que Gudlaugur simplesmente teria que suportar.

O menino se rendeu totalmente e tornou-se um sonhador solitário. Concentrou-se no canto e no piano e parecia obter um pouco de paz de espírito dessas atividades. Nessa área, tudo lhe foi favorável. Ele podia ver do que era capaz. Mas a maior parte do tempo se sentia mal, e quando sua mãe morreu foi como se ele tivesse se transformado em nada.

Ele sempre era visto sozinho e tentava sorrir quando encontrava crianças da escola. Gravou um disco que foi comentado nos jornais. Foi como se o pai estivesse certo o tempo todo. Gudlaugur seria algo especial na vida.

E logo, por causa de um segredo bem guardado, ele ganhou um novo nome no bairro.

"Do que ele era chamado?", perguntou Erlendur.

"O diretor não sabia", disse Elínborg, "e seus colegas ou fingiram não se lembrar ou se recusaram a dizer. Mas teve um efeito profundo sobre o garoto. Todos concordaram com isso."

"Que horas são?", perguntou Erlendur de repente, parecendo em pânico.

"Acho que já passou das sete", respondeu Elínborg. "Algum problema?"

"Droga, eu dormi o dia todo", disse Erlendur, levantando de um salto. "Tenho que encontrar Henry Wapshott. Eles deviam ter colhido uma amostra dele na hora do almoço e ele não estava aqui."

Elínborg olhou para o toca-discos, as caixas acústicas e os discos.

"É bom?", perguntou.

"É brilhante", disse Erlendur. "Você devia ouvir."

"Vou para casa", disse Elínborg, levantando-se também. "Você vai ficar aqui no hotel no Natal? Não vai para casa?"

"Não sei. Vou ver."

"Será muito bem-vindo se quiser ficar conosco. Você sabe disso. Vou fazer pernil. E língua de boi."

"Não se preocupe tanto", disse Erlendur, abrindo a porta. "Vá para casa que eu vou ver o que aconteceu com Wapshott."

"Onde Sigurdur Óli esteve o dia todo?", perguntou Elínborg.

"Ele ia ver se conseguia descobrir alguma coisa sobre Wapshott com a Scotland Yard. Ele provavelmente está em casa agora."

"Por que está tão frio aqui no seu quarto?"

"O aquecedor está quebrado", respondeu Erlendur, fechando a porta atrás de si.

Quando chegaram ao saguão, ele se despediu de Elínborg e foi até o escritório do chefe da recepção. Henry Wapshott não tinha sido visto no hotel o dia todo. A chave de seu quarto não estava no escaninho e ele não fizera o *checkout*. Ainda precisava pagar a conta. Erlendur sabia que ele ia pegar o voo noturno para Londres e que nada de concreto o impedia de deixar o país. Ele não tinha notícias de Sigurdur Óli. Ficou indeciso no saguão.

"Você poderia me deixar entrar no quarto dele?", perguntou Erlendur ao chefe da recepção.

O chefe da recepção negou com a cabeça.

"Ele pode ter fugido", disse Erlendur. "Você sabe quando o avião para Londres sai esta noite? A que horas?"

"O voo da tarde estava muito atrasado", disse o homem. Saber tudo sobre os voos era parte de seu trabalho. "Eles acham que a decolagem será por volta das nove."

Erlendur deu alguns telefonemas e descobriu que Henry Wapshott de fato tinha um voo reservado para Londres. Ele ainda não havia se apresentado. Erlendur providenciou para que o pessoal de controle de passaportes o prendesse no aeroporto e o mandasse de volta a Reykjavík. Precisando encontrar um motivo para que a polícia de Keflavík o detivesse, Erlendur hesitou por um instante, perguntando-se se deveria inventar alguma coisa. Ele sabia que a imprensa iria deitar e rolar se ele dissesse a verdade, mas como não conseguia pensar em uma mentira plausível para substituí-la, acabou dizendo, o que era verdade, que Wapshott era suspeito em uma investigação de assassinato.

"Você não pode me deixar entrar no quarto dele?", Erlendur voltou a pedir ao chefe da recepção. "Não vou mexer em nada. Só preciso saber se ele fugiu. Vou levar séculos para conseguir um mandado. Eu só preciso colocar a cabeça dentro do quarto."

"Pode ser que ele ainda faça o *checkout*", disse o chefe da recepção, inflexível. "Falta muito tempo para o voo, ele ainda pode voltar aqui, fazer as malas, pagar a conta e pegar o ônibus para o aeroporto em Keflavík. Você não vai ficar por aqui mais um tempo?"

Erlendur pensou um pouco.

"Você não poderia mandar alguém arrumar o quarto dele e eu passaria pela porta quando ela estivesse aberta? Isso seria um problema?"

"Você precisa entender minha posição", disse o chefe da recepção. "Acima de tudo, nós protegemos os interesses de nossos clientes. Eles têm direito à privacidade, como se estivessem em casa. Se eu quebrar essa regra, e ficarem sabendo, ou se alguma coisa for relatada em algum documento jurídico, nossos clientes não vão confiar mais em nós. É simples assim. Você precisa entender."

"Estamos investigando um assassinato cometido neste hotel", lembrou Erlendur. "Será que a reputação de vocês já não foi pro espaço, de qualquer maneira?"

"Arranje um mandado e não haverá nenhum problema."

Erlendur se afastou da recepção soltando um suspiro. Pegou o celular e ligou para Sigurdur Óli. O telefone tocou por muito tempo antes de ele atender. Erlendur ouvia vozes ao fundo.

"Onde você está?", perguntou.

"Estou fazendo o pão", respondeu Sigurdur Óli.

"Fazendo o pão?"

"Fazendo desenhos no pão com uma faca. Para o Natal. Com a família de Bergthóra. É um costume da nossa agenda natalina. Você já voltou para casa?"

"O que você descobriu sobre Henry Wapshott com a Scotland Yard?"

"Estou aguardando. Vou saber amanhã de manhã. Aconteceu alguma coisa com ele?"

"Acho que ele está tentando escapar da coleta de saliva", disse Erlendur, notando que o chefe da recepção se aproximava com uma folha de papel na mão. "Acho que ele está tentando deixar o país sem se despedir. Falo com você amanhã. Não vá cortar os dedos."

Erlendur recolocou o celular no bolso. O chefe da recepção estava de pé na frente dele.

"Eu decidi investigar Henry Wapshott", disse, entregando a Erlendur o papel. "Para ajudá-lo um pouco. Eu não devia, mas..."

"O que é isto?", perguntou Erlendur olhando para o papel. Ele viu o nome de Henry Wapshott e algumas datas.

"Ele passou os três últimos natais aqui no hotel", disse o chefe da recepção. "Se é que isso ajuda."

Erlendur olhou as datas.

"Ele disse que nunca tinha estado na Islândia."

"Eu não sei nada sobre isso", disse o homem. "Mas ele já esteve aqui no hotel antes."

"Você se lembra dele? É um hóspede regular?"

"Eu não me lembro de já ter feito o *check-in* dele. Temos mais de duzentos quartos, e durante o Natal aqui está sempre cheio, então ele pode facilmente desaparecer na multidão, e além do mais ele só fica pouco tempo. Apenas alguns dias. Eu não o vi desta vez, mas a ficha caiu quando fui olhar nos registros dele. Ele é como você sob um aspecto. Tem as mesmas necessidades especiais."

"Como assim, 'como eu'? Que necessidades especiais?" Erlendur não conseguia imaginar o que ele podia ter em comum com Henry Wapshott.

"Parece que ele se interessa por música."

"Do que você está falando?"

"Dê uma olhada aí", disse o chefe da recepção, apontando para a folha de papel. "Nós anotamos os pedidos especiais de nossos clientes. Na maioria dos casos."

Erlendur leu a lista.

"Ele queria um aparelho de som no quarto", disse o chefe da recepção. "Não um CD player, mas um toca-discos antigo. Como você."

"Mentiroso desgraçado", disse Erlendur entre os dentes, pegando de novo o celular.

16.

Um mandado de prisão contra Henry Wapshott foi expedido naquela noite. Ele foi preso ao tentar pegar o avião para Londres. Wapshott foi levado à delegacia de polícia de Hverfisgata, e Erlendur conseguiu um mandado de busca para apresentar ao hotel. A equipe de perícia chegou ao hotel por volta da meia-noite. Eles vasculharam o quarto atrás da arma do crime, mas não encontraram nada. Tudo o que encontraram foi uma mala que Wapshott claramente pretendia deixar para trás, seu aparelho de barba no banheiro, um toca-discos antigo semelhante ao que Erlendur tinha pedido emprestado ao hotel, um aparelho de televisão e vídeo, e vários jornais e revistas britânicos, inclusive um exemplar da revista *Record Collector*.

Analisando toda a beirada da mesa e o batente da porta, especialistas em impressões digitais procuraram pistas que indicassem que Gudlaugur tinha estado naquele quarto. Erlendur permaneceu no corredor, observando o trabalho da equipe de perícia. Ele queria um cigarro, e até mesmo um copo de Chartreuse porque o Natal estava chegando, queria sua poltrona e seus livros. Ele pretendia ir para casa. Realmente não sabia por que tinha ficado naquele hotel mortal. Realmente não sabia o que fazer de si mesmo.

Pó branco polvilhado no chão para determinar impressões digitais.

Erlendur viu o gerente do hotel andando como um pato pelo corredor. Ele estava com o lenço na mão e bufava muito. Depois de dar uma espiada no interior do quarto onde a equipe de peritos estava trabalhando, ele abriu um grande sorriso.

"Fiquei sabendo que você o pegou", disse, enxugando o pescoço. "E que era um estrangeiro."

"Onde você ouviu isso?", perguntou Erlendur.

"No rádio", disse o gerente, incapaz de esconder a alegria com aquela boa notícia. O homem tinha sido encontrado, não fora um islandês quem havia cometido o crime nem um funcionário do hotel. O gerente contou, ofegante: "Disseram no noticiário que ele foi preso no aeroporto de Keflavík, a caminho de Londres. Um inglês?".

O celular de Erlendur começou a tocar.

"Ainda não sabemos se ele é quem estamos procurando", disse, tirando o aparelho do bolso.

"Você não precisa vir à delegacia", disse Sigurdur Óli quando Erlendur atendeu. "Pelo menos por enquanto."

"Você não devia estar fazendo seu pão de Natal?", perguntou Erlendur, afastando-se do gerente com o celular na mão.

"Ele está bêbado", disse Sigurdur Óli. "Henry Wapshott. Não dá para falar com ele. Vamos deixá-lo dormir e conversar com ele amanhã de manhã?"

"Ele causou algum problema?"

"Não, nenhum. Eles me disseram que ele foi com eles sem dizer uma palavra. Eles o detiveram no controle de passaportes e o mantiveram em uma sala usada para revistar as pessoas, e quando a polícia chegou ele foi levado direto para a van, e vieram para Reykjavík. Sem problemas. Parece que ele estava muito quieto e adormeceu no carro a caminho da cidade. Está dormindo na cela agora."

"Fiquei sabendo que já saiu no noticiário", disse Erlendur.

"Sobre a prisão dele." Erlendur olhou para o gerente. "As pessoas estão esperando que estejamos com o homem certo."

"Ele só levava uma mala. Uma mala grande."

"Há algo nela?"

"Discos. Discos antigos. O mesmo tipo de porcaria de vinil que encontramos no quarto no porão."

"Você está falando dos discos de Gudlaugur?"

"Parece que sim. Não são muitos. E ele tinha outros também. Você pode examinar todos amanhã."

"Ele está procurando discos de Gudlaugur."

"Talvez ele tenha conseguido aumentar sua coleção", disse Sigurdur Óli. "Vamos nos encontrar aqui na central amanhã de manhã?"

"Precisamos de uma amostra da saliva dele", lembrou Erlendur.

"Vou cuidar disso", disse Sigurdur Óli, e eles desligaram.

Erlendur recolocou o celular no bolso.

"Ele confessou?", perguntou o gerente do hotel. "Ele confessou?"

"Você se lembra de tê-lo visto no hotel antes? Henry Wapshott. De Liverpool. Parece ter uns sessenta anos. Ele me disse que esta foi a primeira vez que veio à Islândia, mas parece que ele já esteve hospedado aqui antes."

"Não me lembro de ninguém com esse nome. Você tem uma fotografia dele?"

"Preciso arranjar uma. Descubra se algum funcionário o conhece. Pode ser que alguém se lembre de alguma coisa. Até mesmo o mais ínfimo detalhe pode ser importante."

"Com sorte vocês vão resolver isso", resmungou o gerente. "Tivemos cancelamentos por causa do assassinato. Islandeses, na maioria. Os turistas não ouviram muito sobre isso. Mas o bufê não está tão movimentado, e nossas reservas estão caindo. Eu nunca deveria ter permitido que ele morasse lá embaixo, no porão. Esta maldita bondade ainda vai acabar comigo."

"Você realmente transpira bondade", disse Erlendur.

O gerente olhou para Erlendur, sem saber se o inspetor estava zombando dele. O chefe da perícia saiu para o corredor, cumprimentou o gerente e chamou Erlendur a um canto.

"Tudo aponta para um turista típico com um quarto duplo em um hotel de Reykjavík", disse. "A arma do crime não está na mesa de cabeceira, se é isso que você estava esperando, e na mala dele não há roupas manchadas de sangue — nada que possa realmente ligá-lo ao homem no porão. O quarto está forrado de impressões digitais. Mas é óbvio que ele saiu às pressas. Ele deixou o quarto como se estivesse a caminho do bar. Seu barbeador elétrico ainda está na tomada. Pares extras de sapatos no chão. E alguns chinelos que ele tinha trazido. Isso é realmente tudo que podemos dizer até aqui. O homem estava com pressa. Estava fugindo."

O chefe da perícia voltou ao quarto, e Erlendur foi até o gerente.

"Quem são os faxineiros deste andar?", perguntou. "Quem entra nos quartos? Os andares são divididos entre os funcionários?"

"Eu sei quem são as faxineiras que fazem a limpeza neste andar", disse o gerente. "Não há nenhum homem. Por algumas razões."

Ele disse isso com sarcasmo, como se limpeza não fosse, obviamente, um trabalho masculino.

"E quem são elas então?", perguntou Erlendur.

"Bem, a garota com quem você conversou, por exemplo."

"De que garota você está falando?"

"Aquela do porão", disse o gerente. "A que encontrou o corpo. A menina que encontrou o Papai Noel morto. Este é o andar dela."

Quando Erlendur voltou a seu quarto, dois andares acima, Eva Lind esperava por ele no corredor. Estava sentada no chão, encostada na parede, com os joelhos encolhidos até o queixo, e parecia estar dormindo. Quando ele se aproximou, ela olhou para cima e alisou as roupas.

"É fantástico vir a este hotel", disse ela. "Quando você vai voltar pra casa, porra?"

"A ideia era voltar logo", disse Erlendur. "Também estou ficando cansado deste lugar."

Ele deslizou seu cartão no leitor da porta. Eva Lind se pôs de pé e seguiu-o para dentro. Erlendur fechou a porta e Eva jogou-se na cama. Ele sentou-se à mesa.

"Estão chegando a algum lugar com esse troço?", Eva perguntou, deitada de bruços com os olhos fechados como se estivesse tentando adormecer.

"Muito devagar", respondeu Erlendur. "E pare de chamar de 'troço'. O que há de errado com 'negócio' ou mesmo 'caso'?"

"Ah, cala a boca", disse Eva Lind, os olhos ainda fechados.

Erlendur sorriu. Olhou para a filha na cama e se perguntou que tipo de pai ele teria sido. Teria exigido muito dela? Ele a teria matriculado em aulas de balé? Teria esperado que ela fosse um gênio? Teria batido nela se ela tivesse derrubado a garrafa de licor dele no chão?

"Você está aí?", ela perguntou, os olhos ainda fechados.

"Sim, estou aqui", respondeu Erlendur, cansado.

"Por que não diz nada?"

"O que eu deveria dizer? O que a gente deve dizer?"

"Bem, o que você está fazendo neste hotel, por exemplo. É sério."

"Não sei. Eu não queria voltar para o apartamento. Para mudar um pouco."

"Mudar! Que diferença faz ficar sozinho neste quarto ou ficar sozinho em casa?"

"Quer ouvir música?", perguntou Erlendur, tentando mudar de assunto. Ele começou a delinear o caso para a filha, ponto por ponto, para que ele mesmo pudesse construir algum tipo de imagem dele. Contou-lhe sobre a garota que encontrou um Papai Noel esfaqueado, que já fora um menino cantor excepcionalmente talentoso, tendo gravado dois discos muito procurados por colecionadores. Sua voz era espetacular.

Estendeu a mão para o disco que ele ainda não tinha ouvido. A gravação era de dois hinos e fora claramente pensada para o Natal. Na capa Gudlaugur usava um gorro de Papai Noel, e um largo sorriso mostrava seus dentes já de adulto. Erlendur pensou na ironia do destino. Pôs o disco para tocar e a voz do menino ressoou pelo quarto em uma canção linda, doce e triste. Eva Lind abriu os olhos e se sentou na cama.

"Você está brincando?", ela disse.

"Não é magnífico?"

"Nunca ouvi uma criança cantar assim", disse Eva. "Acho que nunca ouvi ninguém cantar tão bem." Ficaram sentados em silêncio, ouvindo a música até o fim. Erlendur estendeu a mão para o toca-discos, virou o disco e pôs o hino do outro lado para tocar. Eles ouviram e, quando acabou, Eva Lind lhe pediu que tocasse de novo.

Erlendur lhe contou sobre a família de Gudlaugur, sobre o concerto em Hafnarfjördur, sobre seu pai e sua irmã, que não tinham contato com ele havia mais de trinta anos, e sobre o colecionador britânico que tentou deixar o país e que só se interessava por meninos cantores. Disse que os discos de Gudlaugur podiam ser valiosos atualmente.

"Você acha que foi por isso que apagaram ele?", perguntou Eva Lind. "Por causa dos discos? Porque agora eles são valiosos?"

"Eu não sei."

"Ainda existe algum por aí?"

"Acho que não", respondeu Erlendur, "e provavelmente é isso que faz deles peças de colecionador. Elínborg diz que os colecionadores procuram algo único. Mas isso pode não ser importante. Talvez alguém do hotel o tenha atacado. Alguém que não sabia absolutamente nada sobre o menino cantor."

Erlendur decidiu não contar à filha sobre a maneira como Gudlaugur foi encontrado. Ele sabia que, quando estava usando drogas, Eva Lind tinha se prostituído, e que ela sabia como a prostituição funcionava em Reykjavík. Ele evitava tocar nesse assunto com a filha. Ela tocava sua vida e tinha sua própria maneira de fazer as coisas, sem que ele nunca tivesse dito nada a respeito. Mas como ele achava que havia uma possibilidade de Gudlaugur ter pagado por sexo no hotel, perguntou se ela sabia alguma coisa sobre prostituição ali.

Eva Lind olhou para o pai.

"Coitado", disse ela, sem responder. Sua mente ainda estava no menino cantor. "Havia uma garota assim na minha escola. Na escola primária. Ela gravou alguns discos. Seu nome era Vala Dögg. Você se lembra de alguma coisa dela? Ela foi muito badalada. Cantava canções de Natal. Uma loirinha bonitinha."

Erlendur fez um gesto de não com a cabeça.

"Ela era uma estrela infantil. Cantava em programas infantis da tevê, e cantava muito bem. Era uma espécie de queridinha de todo mundo. O pai dela foi um cantor de música pop obscuro, mas a mãe, que era um pouco maluca, foi quem quis fazer dela uma estrela pop. As pessoas a provocavam o tempo todo. Ela era bem simpática, não era nem um pouco exibida nem pretensiosa, mas as pessoas não paravam de perturbá-la. Os islandeses ficam com ciúme e se aborrecem com muita facilidade. Ela era maltratada, por isso deixou a escola e conseguiu um emprego. Eu a encontrava muito quando estava usando drogas; ela se transformou em alguém de dar medo. Pior do que eu. Apagada e esquecida. Ela me disse que foi a pior coisa que já aconteceu com ela."

"Ser uma estrela infantil?"

"Acabou com a vida dela. Ela nunca se livrou disso. Nunca permitiram que ela fosse ela mesma. A mãe era muito mandona. Nunca lhe perguntou se ela queria aquilo. Ela gostava de cantar, de estar no centro das atenções e tudo o mais, mas não tinha ideia do que estava acontecendo. Ela nunca ia ser nada além da bonitinha do programa infantil. Ela só podia ter uma dimensão. Ela era Vala Dögg, a bonitinha. E aí as pessoas pegaram no pé dela por causa disso, e ela só foi entender por que quando ficou mais velha e se deu conta de que nunca seria nada além da linda bonequinha que cantava de vestidinho. De que nunca seria a estrela pop mundialmente famosa que sua mãe dizia."

Eva Lind parou de falar e olhou para o pai.

"Ela se desintegrou. Ela disse que o *bullying* foi uma coisa horrível, que a transformou em merda. A pessoa acaba tendo de si própria exatamente a mesma opinião que os idiotas que a perseguem."

"Gudlaugur deve ter passado pela mesma coisa", disse Erlendur. "Ele saiu de casa muito cedo. Deve ser um peso para as crianças terem de passar por tudo isso."

Os dois ficaram em silêncio.

"É claro que há putas neste hotel", disse Eva Lind de repente, atirando-se de volta na cama. "É óbvio."

"O que você sabe sobre isso? Você poderia me ajudar com alguma coisa?"

"Em todos os lugares tem putas. Você disca um número e elas te esperam no hotel. Putas elegantes. Elas não se chamam de putas; dizem que oferecem 'serviços de acompanhantes'."

"Você conhece alguma que trabalha neste hotel? Meninas ou mulheres que fazem isso?"

"Elas não precisam ser islandesas. Tem as importadas também. Elas podem vir como turistas por algumas semanas, assim não precisam de nenhuma documentação. Depois de alguns meses elas voltam."

Eva Lind olhou para o pai.

"Você podia conversar com Stina. Amiga minha. Ela conhece todo o esquema. Você acha que foi uma puta que o matou?"

"Não faço ideia."

Eles ficaram em silêncio. Lá fora, na escuridão, flocos de neve brilhavam enquanto caíam no chão. Erlendur se lembrou vagamente de uma referência a neve na Bíblia, pecados e neve... Apesar de seus pecados serem como um tecido de cor escarlate, eles se tornarão brancos como a neve.

"Eu estou surtando", disse Eva Lind. Não havia emoção em sua voz. Nenhuma ansiedade.

"Talvez você não possa lidar com isso sozinha", disse Erlendur; ele tinha insistido para que a filha procurasse aconselhamento. "Talvez você precise de outra pessoa além de mim para ajudá-la."

"Nem vem com essa babaquice de psicologia", disse Eva.

"Você ainda não superou o que aconteceu, e não parece bem. Logo você vai afastar a dor do jeito antigo e voltar à mesma confusão de antes."

Erlendur estava à beira de dizer a frase que ainda não tinha ousado dizer em voz alta para a filha.

"Você sempre passando sermão", disse Eva Lind, se irritando na hora e se levantando.

Então ele decidiu falar.

"Você iria falhar com o bebê que morreu."

Eva Lind olhou para o pai, os olhos negros de raiva.

"A outra opção que você tem é entrar num acordo com esta porra de vida, como você diz, e aguentar o sofrimento que ela envolve. O sofrimento que todos nós temos de suportar, sempre, passar por ele e encontrar e aproveitar a felicidade e o prazer que ele também nos traz, apesar de estarmos vivos."

"Fale por você! Você nem consegue ir para casa no Natal, porque não tem nada lá! Não tem porra nenhuma, e você não pode ir lá porque sabe que aquilo é só um buraco sem nada para onde você nem se dá mais ao trabalho de voltar."

"Eu estou sempre em casa no Natal", disse Erlendur.

Eva Lind pareceu confusa.

"Do que você está falando?"

"Essa é a pior coisa do Natal", disse Erlendur. "Eu sempre vou para casa."

"Eu não te entendo", disse Eva Lind, abrindo a porta. "Eu nunca vou te entender."

Ela saiu e bateu a porta. Erlendur levantou-se para correr atrás dela, mas parou. Ele sabia que ela voltaria. Foi até a janela e ficou vendo seu próprio reflexo no vidro até conseguir enxergar através dele a escuridão e os flocos de neve brilhantes.

Ele tinha esquecido sua decisão de ir para casa, para aquele buraco sem nada nele, como Eva Lind dissera. Afastou-se da janela e colocou os hinos de Gudlaugur para tocar de novo. Estendido na cama, escutou o menino que, muitos anos depois, seria encontrado morto em um quartinho de hotel, e pensou sobre pecados brancos como a neve.

QUARTO DIA

17.

Ele acordou bem cedo, ainda de roupa e deitado em cima do acolchoado. Levou algum tempo para espantar o sono. Um sonho sobre seu pai o acompanhou até a manhã escura e ele se esforçou para se lembrar de tudo, mas conseguiu apenas trechos: o pai, de alguma maneira mais jovem, em melhor forma, sorria para ele em uma floresta abandonada.

Seu quarto no hotel estava escuro e frio. O sol não iria aparecer ainda por algumas horas. Erlendur ficou deitado pensando no sonho, em seu pai e na perda do irmão. Em como essa perda insuportável tinha feito um buraco em seu mundo. E em como esse buraco foi crescendo sem parar e na beira do buraco ele recuou e olhou para baixo, para o vazio que estava pronto para engoli-lo quando ele finalmente se entregasse.

Sacudiu a cabeça para afastar aquele devaneio e pensou em suas tarefas do dia. O que será que Henry Wapshott estava escondendo? Por que contou mentiras e fez uma tentativa desesperada de fugir, bêbado e sem bagagem? O comportamento dele intrigava Erlendur. E em pouco tempo seus pensamentos voltaram ao menino na cama do hospital e seu pai: o caso de Elínborg, que ela havia lhe explicado com detalhes.

Elínborg suspeitava que o menino já tinha sido maltratado antes, e havia fortes indícios de que isso ocorrera em casa. O pai estava sob suspeita. Ela insistiu para que ele fosse posto em prisão preventiva durante a investigação. A prisão foi decretada para o período de uma semana, contra protestos tanto do pai quanto de seu advogado. Quando o mandado foi expedido, Elínborg foi buscar o pai com quatro policiais uniformizados e acompanhou-o até Hverfisgata. Levou-o pelo corredor da prisão, e ela mesma trancou a porta da cela. Em seguida, abriu o postigo na porta e olhou para o homem lá dentro, que estava parado no mesmo lugar, de costas para ela, encurvado e um tanto desamparado, como qualquer um que é removido da sociedade humana e posto como um animal em uma jaula.

Ele se virou lentamente e olhou nos olhos dela do outro lado da porta de aço, e ela fechou o postigo.

Na manhã seguinte bem cedo, ela começou a interrogá-lo. Erlendur participou, mas Elínborg é que estava encarregada do interrogatório. Os dois se sentaram de frente para ele na sala de interrogatório. Sobre a mesa, entre eles, havia um cinzeiro aparafusado à mesa. O pai estava com a barba por fazer e vestia um terno amassado e uma camisa branca abotoada no pescoço e amassada, com uma gravata com um nó impecável, como se aquilo representasse o último vestígio de seu respeito próprio.

Elínborg ligou o gravador e gravou a entrevista, os nomes dos presentes e o número do caso. Ela havia se preparado bem. Conheceu o supervisor do menino na escola, que falou de dislexia, transtorno do déficit de atenção e desempenho escolar deficiente; conversou com uma psicóloga, sua amiga, que falou de estresse, decepção e negação; e conversou com amigos do menino, vizinhos, parentes, todos a quem lhe ocorreu perguntar sobre o menino e seu pai.

O homem não cedeu. Ele os acusou de perseguição, avisou que iria processá-los e se recusou a responder às perguntas. Elínborg olhou para Erlendur. Um carcereiro apareceu e levou o homem de volta à cela.

Dois dias depois, ele foi conduzido a um novo interrogatório. Seu advogado havia lhe trazido roupas mais confortáveis de casa, e agora ele vestia calça jeans e uma camiseta com a grife estampada em um bolso do lado esquerdo do peito, que ele usava como se fosse uma medalha a premiá-lo pela compra absurdamente cara. Seu estado de espírito estava diferente. Três dias de prisão, como geralmente acontece, tinham acabado com sua arrogância, e ele percebeu que dependia apenas dele continuar ou não preso.

Elínborg providenciou para que ele entrasse descalço na sala de interrogatório. Seus sapatos e meias foram retirados sem nenhuma explicação. Quando ele se sentou na frente deles, tentou colocar os pés embaixo da cadeira.

Elínborg e Erlendur sentaram-se de frente para ele, ambos com jeito de poucos amigos. O gravador zumbia suavemente.

"Eu conversei com a professora do seu filho", disse Elínborg. "E embora o que acontece e se passa entre pais e professores seja confidencial e ela tenha sido muito firme em relação a isso, ela queria ajudar o menino, ajudar no caso criminal. Ela me contou que você o agrediu uma vez na frente dela."

"Agredi? Eu lhe dei um peteleco no queixo. Isso dificilmente pode ser chamado de agressão. Ele estava se comportando mal, só isso. Estava mexendo em tudo, não parava. Ele é difícil. Você não sabe como é isso. A pressão."

"E por isso é certo puni-lo?"

"Somos bons amigos, meu filho e eu. Eu o amo. Só eu sou responsável por ele. A mãe dele..."

"Eu sei sobre a mãe dele", disse Elínborg. "E é claro que pode ser difícil educar uma criança sozinho. Mas o que você fez para ele e faz com ele é... é indescritível."

O pai continuou sentado sem dizer nada.

"Eu não fiz nada", disse por fim.

Elínborg, ao cruzar as pernas, roçou o pé na canela do pai.

"Desculpe", disse Elínborg.

Ele se retraiu, sem saber se ela tinha feito de propósito.

"A professora disse que você faz exigências irrealistas a seu filho", disse ela, serena. "É verdade?"

"O que é irrealista? Eu quero que ele tenha uma educação e seja alguém na vida."

"Claro que sim", disse Elínborg. "Mas ele tem oito anos, é disléxico e quase hiperativo. Você mesmo não terminou a escola."

"Eu sou dono e administrador do meu próprio negócio."

"Que está falido. Você está perdendo sua casa, seu carro de luxo, a riqueza que lhe trouxe algum status social. As pessoas procuram você. Quando seus velhos colegas de escola se reúnem, com certeza você é o grande personagem. Essas viagens de golfe com seus companheiros... Você está perdendo tudo. Deve ser desesperador, especialmente quando você pensa que sua mulher está num hospital psiquiátrico e seu filho está atrasado na escola. Tudo vai se somando, e no fim você explode quando Addi, que certamente derrubou leite e pratos no chão a vida toda, derruba sem querer uma garrafa de Drambuie no piso de mármore do salão."

O pai olhou para ela. A expressão de seu rosto não mudou.

Elínborg tinha ido ver a mulher dele no hospital psiquiátrico de Kleppur. Ela tinha esquizofrenia e às vezes precisava ser internada quando começava a ter alucinações e as vozes a atormentavam. Quando Elínborg a viu, ela estava tomando uma medicação tão forte que mal conseguia falar. Ficava balançando para a frente e para trás e pediu um cigarro a Elínborg. Não fazia ideia de por que Elínborg fora vê-la.

"Eu estou tentando criá-lo da melhor forma possível", disse o pai na sala de interrogatório.

"Espetando agulhas na mão dele."

"Cala a boca."

Elínborg havia conversado com a irmã do sujeito, e ela contou que às vezes achava a criação do garoto bastante rígida. Ela citou como exemplo uma visita que fez à casa deles. O menino tinha quatro anos na época e se queixou que não se sentia bem, chorou um pouco, e ela pensou que ele poderia até estar gripado. Seu irmão perdeu a paciência, porque o menino já vinha choramingando para ele havia algum tempo, o pegou e o segurou no alto.

"Alguma coisa errada?", perguntou ao filho abruptamente.

"Não", disse Addi, com a voz baixa e nervosa, como se rendido.

"Você não devia chorar."

"É", disse o garoto.

"Se não há nada de errado, então pare de chorar."

"Tá bom."

"Então, há alguma coisa errada?"

"Não."

"Então está tudo bem."

"Está."

"Ótimo. Você não deve chorar sem motivo."

Elínborg contou essa história ao pai, mas a expressão dele permaneceu inalterada.

"Minha irmã e eu não nos damos bem", disse. "Eu não me lembro disso."

"Você agrediu seu filho, por isso ele foi parar no hospital?", perguntou Elínborg.

O pai olhou para ela.

Elínborg repetiu a pergunta.

"Não", disse ele. "Eu não o agredi. Você acha que um pai faria isso? Ele foi espancado na escola."

O garoto saiu do hospital. A assistência pública ao menor havia encontrado um lar adotivo para ele, e Elínborg foi vê-lo depois do interrogatório. Ela se sentou ao lado dele e perguntou como ele estava. Ele não tinha dito uma só palavra para ela desde a primeira vez em que se encontraram, mas agora a olhou como se quisesse dizer alguma coisa.

Ele limpou a garganta, vacilante.

"Eu sinto falta do meu pai", disse, sufocando os soluços.

Erlendur estava sentado à mesa do café, quando viu Sigurdur Óli entrar acompanhado de Henry Wapshott. Dois detetives sentaram-se em outra mesa atrás deles. O colecionador de discos britânico estava mais desarrumado do que antes, os cabelos desalinhados e espetados em todas as direções e um olhar de sofrimento que expressava absoluta humilhação e uma batalha perdida contra a ressaca e a prisão.

"O que está acontecendo?", Erlendur perguntou a Sigurdur Óli, levantando-se. "Por que o trouxe aqui? E por que ele não está de pulseira?"

"Pulseira?"

"De algemas."

"Você acha isso necessário?"

Erlendur olhou para Wapshott.

"Eu não podia ficar esperando você", disse Sigurdur Óli. "A detenção dele vai apenas até esta noite, então você precisa tomar uma decisão sobre a acusação o mais rápido possível. E ele queria encontrá-lo aqui. Recusou-se a falar comigo. Só quer falar com você. Como se vocês fossem velhos amigos. Ele não insistiu em pagar fiança, não pediu apoio jurídico nem ajuda de sua embaixada. Nós dissemos que ele pode entrar em contato com a embaixada, mas ele se recusa."

"Você descobriu alguma coisa sobre ele na Scotland Yard?", perguntou Erlendur, olhando para Wapshott, que estava em pé atrás de Sigurdur Óli, de cabeça baixa.

"Vou verificar isso enquanto você estiver cuidando dele", disse Sigurdur Óli, que não tinha feito nada ainda. "Eu informo o que eles têm sobre ele, se é que têm alguma coisa."

Sigurdur Óli se despediu de Wapshott, parou rapidamente na mesa dos dois detetives e depois foi embora. Erlendur ofereceu uma cadeira ao britânico. Wapshott sentou-se, olhando para o chão.

"Eu não o matei", disse em voz baixa. "Eu nunca poderia tê-lo matado. Eu nunca fui capaz de matar nada, nem mesmo moscas. Muito menos aquele menino cantor maravilhoso."

Erlendur olhou Wapshott.

"Você está falando de Gudlaugur?"

"Estou", disse Wapshott. "Claro."

"Ele estava longe de ser um menino cantor", disse Erlendur. "Gudlaugur tinha quase cinquenta anos e se vestia de Papai Noel em festas de Natal."

"Você não entende", disse Wapshott.

"Não, não entendo", admitiu Erlendur. "Talvez você possa me explicar."

"Eu não estava no hotel quando ele foi atacado", disse Wapshott.

"Onde você estava?"

"Eu estava procurando discos." Wapshott olhou para cima e um sorriso triste passou por seu rosto. "Eu estava olhando as coisas que vocês, islandeses, jogam fora. Estava vendo o que sai dessa usina de reciclagem. Disseram-me que o espólio de uma pessoa tinha chegado. E que havia discos."

"Quem?"

"Quem o quê?"

"Quem lhe disse isso?"

"Os funcionários. Eu dou uma gorjeta para eles quando me avisam. Eles têm o meu cartão. Já lhe contei isso. Vou às lojas dos colecionadores, conheço outros colecionadores, vou aos mercados. Kolaportid, não é esse o nome? Eu faço o que todos os colecionadores fazem: tento encontrar algo que valha a pena ter."

"Havia alguém com você na hora que mataram Gudlaugur? Alguém com quem possamos falar?"

"Não", disse Wapshott.

"Mas eles devem se lembrar de você nesses lugares."

"Claro."

"E você encontrou alguma coisa que valesse a pena? Algum menino cantor?"

"Nada. Não encontrei nada nesta viagem."

"Por que estava fugindo de nós?", perguntou Erlendur.

"Eu queria voltar para casa."

"E deixou todas as suas coisas no hotel?"

"Deixei."

"A não ser alguns discos de Gudlaugur."

"Isso."

"Por que você disse que nunca tinha vindo à Islândia?"

"Eu não sei. Não queria atrair atenção à toa. O assassinato não tem nada a ver comigo."

"É muito fácil provar o contrário. Você deveria saber, quando estava mentindo, que eu iria descobrir. Que eu iria descobrir que você já tinha estado neste hotel antes."

"O assassinato não tem nada a ver comigo."

"Mas agora você me convenceu de que tem alguma coisa a ver com você. Você não poderia ter atraído mais atenção para si mesmo."

"Eu não o matei."

"Que tipo de relacionamento você teve com Gudlaugur?"

"Eu já lhe contei essa história, e não estava mentindo. Fiquei interessado no canto dele, nos discos antigos que ele gravou como menino cantor, e quando soube que ele ainda estava vivo, entrei em contato com ele."

"Por que você mentiu? Você já esteve na Islândia antes, você já se hospedou neste hotel antes e você, definitivamente, já tinha se encontrado com Gudlaugur antes."

"Não tem nada a ver comigo. O assassinato. Quando fiquei sabendo o que aconteceu, fiquei com medo que você descobrisse que eu o conhecia. Fui ficando mais e mais paranoico e precisei ter uma incrível autodisciplina para não sair correndo na mesma hora, o que teria feito dedos apontarem para mim. Deixei passar alguns dias, mas então não aguentei mais e fugi. Meus nervos estavam por um fio. Mas eu não o matei."

"O que você sabe sobre o passado de Gudlaugur?"

"Não muito."

"Mas não é importante que um colecionador de discos vasculhe tudo, vá atrás de informações sobre o que ele coleciona? Você não fez isso?"

"Eu não sei muita coisa", disse Wapshott. "Eu sei que ele perdeu a voz em um concerto, que apenas duas gravações de suas canções foram lançadas, que ele rompeu com o pai..."

"Espere um pouco... Como você ficou sabendo de que forma ele morreu?"

"Como assim?"

"Os hóspedes do hotel não sabem que foi um assassinato; pensam que foi um acidente ou um ataque cardíaco. Como você ficou sabendo que ele foi assassinado?"

"Como é que eu descobri? Você me contou."

"Sim, eu contei a você e você se mostrou muito surpreso, mas agora você diz que, quando ouviu falar no assassinato, ficou com medo que o ligássemos a você. Em outras palavras, isso foi antes de nos conhecermos. Antes de ligarmos você a ele."

Wapshott olhou para ele. Erlendur sabia quando as pessoas estavam tentando ganhar tempo, e deixou Wapshott ter todo o tempo de que precisava. Os dois detetives continuavam calmamente sentados a uma distância adequada. Erlendur tinha se atrasado para o café da manhã e havia poucas pessoas no restaurante. Ao longe, viu rapidamente o chefe de cozinha que tinha ficado furioso quando foram colher uma amostra da saliva dele. Os pensamentos de Erlendur se voltaram para Valgerdur. A biotécnica. O que ela estaria fazendo? Espetando agulhas em crianças que lutavam para esconder suas lágrimas ou tentavam dar chutes nela?

"Eu não queria me envolver nisso", disse Wapshott.

"O que você está escondendo? Por que não quer falar com a embaixada britânica? Por que não quer um advogado?"

"Eu ouvi algumas pessoas comentando sobre isso aqui. Os hóspedes do hotel. Eles estavam dizendo que alguém tinha sido assassinado. Alguns americanos. Foi assim que fiquei sabendo. E fiquei preocupado que você fizesse alguma ligação entre nós e eu acabasse exatamente na situação em que estou agora. Foi por isso que eu fugi. Simples assim."

Erlendur se lembrou do americano Henry Bartlet e de sua mulher. "Cindy", ela tinha dito a Sigurdur Óli com um sorriso.

"Quanto valem os discos de Gudlaugur?"

"Como assim?"

"Eles devem valer muito para fazer você vir para cá atrás deles, neste frio do norte, em pleno inverno. Quanto eles valem? Um disco. Quanto custa?"

"Se você quiser vendê-lo, você leva a leilão, até mesmo no E-bay, e não há como prever o quanto ele vai valer no final."

"Mas dê um palpite. Por quanto você acha que ele seria vendido?"

"Eu não sei dizer."

"Você encontrou Gudlaugur antes de ele morrer?"

Henry Wapshott hesitou.

"Encontrei", respondeu por fim.

"O bilhete que achamos lá, 18h30, era o horário do encontro de vocês?"

"Isso foi um dia antes de ele ser encontrado morto. Nós nos sentamos no quarto dele e tivemos uma pequena reunião."

"Sobre o quê?"

"Sobre os discos dele."

"O que exatamente sobre os discos dele?"

"Eu queria saber, queria saber há muito tempo, se ele não tinha mais nada. Se os poucos que eu conheço, da minha própria coleção e da coleção de alguns outros, são as únicas cópias no mundo. Por algum motivo, ele não respondeu. A primeira vez que lhe perguntei isso foi em uma carta que lhe escrevi há muitos anos, e agora também foi uma das primeiras coisas que lhe perguntei, quando o encontrei."

"E ele tinha algum disco para você?"

"Ele se recusou a dizer."

"Ele sabia do valor dos discos?"

"Eu lhe dei um quadro bastante claro a respeito."

"E quanto esses discos realmente valem?"

Wapshott não respondeu de imediato.

"Quando o encontrei nesta última vez, ele cedeu", disse Wapshott. "Ele queria falar sobre os seus discos. Eu..."

Wapshott hesitou de novo. Olhou para trás e viu os dois detetives que o acompanhavam.

"Eu dei a ele meio milhão."

"Meio milhão?"

"De coroas. Como entrada."

"Você me disse que não estávamos falando de grandes somas."

Wapshott deu de ombros, e Erlendur pensou ter captado um sorriso nele.

"Então essa é outra mentira", concluiu Erlendur.

"É."

"Entrada de quê?"

"Dos discos que ele tinha. Se é que tinha mesmo algum."

"E você deu o dinheiro a ele na última vez em que se encontraram sem saber se ele tinha algum disco?"

"Dei."

"E o que aconteceu?"

"Ele foi assassinado."

"Nós não encontramos nenhum dinheiro com ele."

"Sobre isso eu não sei nada. Só sei que lhe dei meio milhão um dia antes de ele morrer."

Erlendur se lembrou de ter pedido a Sigurdur Óli que verificasse a conta bancária de Gudlaugur. Precisava se lembrar de lhe perguntar o que ele tinha descoberto.

"Você viu os discos no quarto dele?"

"Não."

"Por que eu deveria acreditar nisso? Você já mentiu sobre tanta coisa. Por que eu deveria acreditar no que você me diz?"

Wapshott deu de ombros.

"Então ele tinha meio milhão quando foi atacado?"

"Eu não sei. Tudo o que sei é que eu lhe dei o dinheiro e depois ele foi morto."

"Por que você não me contou sobre esse dinheiro?"

"Eu queria que me deixassem em paz", disse Wapshott. "Eu não queria que você pensasse que eu o matei por causa do dinheiro."

"E matou?"

"Não."

Eles ficaram em silêncio por algum tempo.

"Você vai me acusar?", perguntou Wapshott.

"Eu acho que você ainda está escondendo alguma coisa", disse Erlendur. "Eu posso segurar você aqui até a noite. Então vamos ver."

"Eu nunca mataria o menino cantor. Eu o adorava, e ainda adoro. Nunca ouvi uma voz tão linda de menino."

Erlendur olhou para Henry Wapshott.

"Estranho como você está sozinho nisso tudo", disse, antes mesmo de perceber que o fizera.

"O que você quer dizer?"

"Que você está muito sozinho no mundo."

"Eu não o matei", reafirmou Wapshott. "Eu não o matei."

18.

Wapshott deixou o hotel acompanhado por dois policiais, enquanto Erlendur descobriu queÖsp, a garota que tinha achado o corpo, estava trabalhando naquele momento no quarto andar. Ele pegou o elevador e, quando chegou lá, viu-a enchendo um carrinho com roupas sujas do lado de fora de um dos quartos. Ela não o notou até ele se aproximar e chamá-la pelo nome. Ela olhou para cima e o reconheceu imediatamente.

"Ah, você de novo?", disse com indiferença.

Ela parecia ainda mais cansada e deprimida do que quando ele a conheceu na copa dos funcionários, e Erlendur pensou consigo que o Natal provavelmente também não era uma época alegre na vida dela. Antes de perceber, ele já tinha perguntado.

"O Natal deixa você deprimida?"

Em vez de responder, ela empurrou o carrinho até a porta seguinte, bateu e esperou um momento antes de pegar a chave mestra para abri-la. Ela anunciou que estava entrando, caso alguém estivesse lá dentro e não a tivesse ouvido bater, em seguida entrou e começou a limpeza. Arrumou a cama, pegou a toalha do chão do banheiro, esguichou um produto de limpeza no espelho. Erlendur entrou no quarto atrás dela e ficou observando-a trabalhar, e só depois de algum tempo ela pareceu notar que ele ainda estava lá.

"Você não deve entrar no quarto", disse. "É particular."

"Você arruma o quarto 312, no andar de baixo", disse Erlendur. "Havia um inglês estranho hospedado lá. Henry Wapshott. Você notou algo de anormal no quarto dele?"

Ela olhou para ele sem entender bem o que ele queria dizer.

"Como uma faca manchada de sangue, por exemplo", disse Erlendur, tentando sorrir.

"Não", disse Ösp. Ela parou para pensar. Então perguntou: "Que faca? Ele matou o Papai Noel?".

"Eu não lembro bem que palavras você usou na última vez que conversamos, mas você disse que alguns hóspedes apalpam você. Me pareceu que você estava falando de assédio sexual. Ele foi um deles?"

"Não, eu só o vi uma vez."

"E não viu nada que..."

"Ele alucinou", disse ela. "Quando entrei no quarto."

"Alucinou?"

"Eu o perturbei, por ter entrado no quarto, e ele me mandou embora. Fui ver o que estava acontecendo e descobri que ele tinha feito um pedido especial na recepção para que não arrumassem seu quarto. Ninguém me disse nada. Esses funcionários idiotas nunca dizem uma palavra para nós. Então, quando ele me viu entrando no quarto, ficou maluco. Veio para cima de mim, o velho doido. Como se eu mandasse alguma coisa neste hotel. Ele devia ter ido falar com o gerente."

"Ele é um pouco misterioso."

"Ele é um cretino."

"Estou falando de Wapshott."

"É, os dois são."

"Então você não notou nada de anormal no quarto dele?"

"Estava uma verdadeira bagunça, mas isso é muito comum."

Ösp parou de trabalhar, ficou em pé, olhando pensativa para Erlendur.

"Vocês estão descobrindo alguma coisa? Sobre o Papai Noel?"

"Um pouco", disse Erlendur. "Por quê?"

"Este hotel é estranho", disse Ösp, baixando a voz e olhando para o corredor lá fora.

"Estranho?" Erlendur teve a súbita sensação de que ela não era tão autoconfiante. "Você tem medo de alguma coisa? Alguma coisa aqui no hotel?"

Ösp não respondeu.

"Você tem medo de perder o emprego?"

Ela olhou para Erlendur.

"Ah, claro, este é o tipo de trabalho que ninguém quer perder mesmo..."

"Então o que é?"

Ösp hesitou, depois pareceu tomar uma decisão. Como se ela não se preocupasse mais com o que queria dizer.

"Eles roubam da cozinha", disse ela. "Tudo o que puderem. Acho que eles não fazem compras há anos."

"Roubam?"

"Tudo o que não estiver parafusado no chão."

"Quem são eles?"

"Não diga que eu lhe contei. O chefe de cozinha. Ele, pra começar."

"Como você sabe?"

"Gulli me disse. Ele sabia de tudo que se passava neste hotel."

Erlendur se lembrou de quando ele roubou a língua de boi do bufê e o chefe de cozinha o repreendeu. Lembrou-se do tom de indignação dele.

"Quando ele disse isso?"

"Faz alguns meses."

"E daí? Isso o preocupava? Ele pretendia contar para alguém? Por que ele contou para você? Pensei que você não o conhecia."

"Eu não o conhecia." Ösp fez uma pausa. "Eles estavam dando em cima de mim na cozinha", continuou ela. "Falando sacanagens. 'Como é que está a peludinha hoje?', esse tipo de coisa. Toda aquela porcaria patética que idiotas como eles inventam. Gulli ouviu e falou comigo. Disse para eu não me preocupar. Ele disse que eles eram todos ladrões e que ele poderia fazer com que fossem presos, se quisesse."

"Ele ameaçou fazer com que eles fossem presos?"

"Ele não ameaçou coisa nenhuma", disse Ösp. "Só disse aquilo para me animar."

"O que eles roubam?", perguntou Erlendur. "Ele mencionou alguma coisa em especial?"

"Ele disse que o gerente sabia, mas não fazia nada, porque também levava uma parte. Ele compra coisas no mercado negro. Para os bares. Gulli me contou isso também. O chefe dos garçons está nessa com o gerente."

"Gudlaugur contou isso a você?"

"Depois eles embolsam a diferença."

"Por que você não me contou isso na primeira vez que falei com você?"

"É importante?"

"Pode ser."

Ösp deu de ombros.

"Eu não imaginei, e também eu não estava muito bem depois que o encontrei. Gudlaugur. Com o preservativo. E os ferimentos de faca."

"Você viu algum dinheiro no quarto dele?"

"Dinheiro?"

"Ele tinha recebido um dinheiro recentemente, mas não sei se estava com ele quando foi atacado."

"Eu não vi um centavo."

"Você não pegou o dinheiro?", perguntou Erlendur. "Quando encontrou Gudlaugur?"

Ösp parou de trabalhar e deixou as mãos caírem ao lado do corpo.

"Você está querendo saber se eu o roubei?"

"Essas coisas acontecem."

"Você acha que eu..."

"Você pegou o dinheiro?"

"Não."

"Você teve a chance."

"Assim como a pessoa que o matou."

"É verdade", disse Erlendur.

"Eu não vi um centavo."

"Tudo bem."

Ösp voltou para sua limpeza. Jogou desinfetante no aparelho sanitário e esfregou-o com uma escova, agindo como se Erlendur não estivesse ali. Ele ficou vendo-a trabalhar e então lhe agradeceu.

"Por que você disse que o perturbou?", perguntou Erlendur, parando na porta. "Henry Wapshott. Você não deve ter avançado muito no quarto dele, se o chamou logo na entrada. Como fez aqui."

"Ele não me ouviu."

"O que ele estava fazendo?"

"Eu não sei se posso..."

"Fica só entre nós."

"Ele estava assistindo tevê", disse Ösp.

"Ele não ia querer que isso se espalhasse", sussurrou Erlendur em um tom conspiratório.

"Bom, você sabe, era um vídeo. Pornografia. Repugnante."

"Eles exibem filmes pornôs no hotel?"

"Não é esse tipo de filme; esses de que estou falando são proibidos em todo lugar."

"Que tipo de filme?"

"Era pornografia infantil. Eu contei ao gerente."

"Pornografia infantil? Que tipo de pornografia infantil?"

"Que tipo? Você quer que eu descreva?"

"Que dia foi isso?"

"Pervertido do cacete."

"Quando foi isso?"

"No dia em que eu encontrei Gulli."

"O que o gerente fez?"

"Nada", disse Ösp. "Me mandou ficar de boca fechada."

"Você sabe quem foi Gudlaugur?"

"Como assim? O porteiro? Ele era o porteiro. Ele era alguma outra coisa?"

"Era, quando criança. Ele era um menino cantor e tinha uma voz muito boa. Eu ouvi os discos dele."

"Um menino cantor?"

"Uma estrela infantil de verdade. Então, de alguma forma, deu tudo errado na vida dele. Ele cresceu e tudo acabou."

"Eu não sabia."

"Ninguém sabia nada sobre Gudlaugur", disse Erlendur.

Eles ficaram em silêncio, mergulhados em seus pensamentos. Alguns minutos se passaram.

"O Natal deprime você?", perguntou Erlendur novamente. Era como se tivesse encontrado uma alma gêmea.

Ela se virou para ele.

"O Natal é para as pessoas felizes."

Erlendur olhou para Ösp e uma ponta de sorriso irônico imprimiu-se em seu rosto.

"Você se daria bem com a minha filha", disse, pegando o celular.

Sigurdur Óli se surpreendeu quando Erlendur lhe contou sobre o dinheiro que provavelmente tinha estado no quarto de Gudlaugur. Eles discutiram a necessidade de verificar o álibi de Wapshott, de que estava perambulando pelos mercados de discos no momento do assassinato. Sigurdur Óli encontrava-se em pé diante da cela de Wapshott quando Erlendur telefonou, e ele descreveu as condições em que a amostra de saliva foi colhida.

A cela em que ele estava abrigava muitos pobres infelizes, todo o espectro que ia de vagabundos miseráveis até bandidos e assassinos, que haviam coberto as paredes e riscado a pintura com observações sobre sua miserável estada na prisão.

Na cela havia um vaso sanitário e uma cama, presa ao chão. Em cima dela, um colchão fino e um travesseiro duro. Não havia janelas, e bem acima do prisioneiro havia uma lâmpada fluorescente muito forte que nunca era desligada, o que tornava difícil para os ocupantes saber se era dia ou noite.

Henry Wapshott ficou rígido, encostado na parede, de frente para a pesada porta de aço. Dois guardas o seguraram. Elínborg e Sigurdur Óli também estavam na cela com um mandado ordenando a realização do teste, e Valgerdur também estava lá, de cotonete em punho, pronta para colher a amostra.

Wapshott olhou para ela como se Valgerdur fosse o diabo em pessoa, que tinha ido arrastá-lo para o fogo eterno do inferno. Seus olhos estavam muito arregalados, ele arqueava, afastando-se dela o mais que podia, e, não importa o quanto tentassem, eles não conseguiam fazê-lo abrir a boca.

Por fim, o colocaram no chão e apertaram seu nariz até que ele foi obrigado a ceder e a abrir a boca para respirar. Valgerdur aproveitou a chance e enfiou o cotonete em sua boca, revirou-o até ele ter ânsia de vômito, recolheu-o bruscamente e saiu correndo da cela.

19.

Quando Erlendur voltou ao saguão do hotel, a caminho da cozinha ele viu Marion Briem em pé junto à recepção, com um casaco surrado e de chapéu, inquieta. Ele notou o quanto sua ex-chefe tinha envelhecido desde que haviam se encontrado pela última vez, mas ela ainda tinha os mesmos olhos vigilantes e curiosos, e nunca perdia tempo com formalidades.

"Sua aparência está péssima", disse Marion, sentando-se. "Qual é o problema?" Uma cigarrilha apareceu de algum lugar no casaco, junto com uma caixa de fósforos.

"Parece que é proibido fumar aqui", disse Erlendur.

"Não dá mais para fumar em lugar nenhum", disse Marion, acendendo a cigarrilha. Marion tinha uma expressão aflita, a pele envelhecida, murcha e enrugada. Lábios pálidos contraíram-se em torno da cigarrilha. Unhas frágeis se destacavam em dedos ossudos que traziam a cigarrilha à boca assim que os pulmões liberavam a fumaça.

No decorrer da longa e agitada história do relacionamento deles, Marion e Erlendur nunca se deram muito bem. Marion tinha sido chefe de Erlendur por muitos anos e tentou ensinar-lhe a profissão. Erlendur era rabugento e não aceitava a orientação de boa vontade; ele não suportava seus superiores naquela época e continuou não suportando. Marion se ofendia com aquilo e muitas vezes eles entraram em choque, mas Marion sabia como era difícil encontrar detetives bons, ainda mais porque Erlendur não tinha laços de família e os compromissos desgastantes que esses laços implicavam. Erlendur não fazia nada além de trabalhar. Marion também fora assim, uma reclusa ao longo de toda a sua vida.

"O que há com você?", perguntou Marion, exalando a fumaça da cigarrilha.

"Nada", disse Erlendur.

"O Natal o irrita?"

"Eu nunca entendi esse negócio de Natal", disse Erlendur vagamente enquanto dava uma espiada na cozinha, à procura do chapéu do chefe de cozinha.

"É alegria demais, imagino. Por que você não arranja uma namorada? Você não está tão velho. Muitas mulheres iriam gostar de um velhote como você."

"Eu bem que tentei", disse Erlendur. "O que você descobriu sobre..."

"Você está se referindo à sua mulher?"

Erlendur não pretendia passar o tempo discutindo sua vida particular.

"Para com isso, pode ser?"

"Ouvi dizer que..."

"Eu falei para você parar com isso", repetiu Erlendur com raiva.

"Tudo bem. Não é da minha conta como você vive sua vida. Tudo que sei é que a solidão é uma morte lenta e dolorosa."

Marion fez uma pausa. "Mas, é claro, você tem os seus filhos, não é?"

"Não podemos simplesmente pular isso? Você está..." Erlendur não continuou a frase.

"Estou o quê?"

"O que você está fazendo aqui? Você não poderia ter telefonado?"

Marion olhou para Erlendur, e o leve sinal de um sorriso apareceu em seu rosto envelhecido.

"Disseram que você está dormindo no hotel. Que não vai voltar para casa no Natal. O que está acontecendo com você? Por que você não vai para casa?"

Erlendur não respondeu.

"Você está aborrecido consigo mesmo?"

"Não podemos falar de outra coisa?"

"Eu conheço esse sentimento. De estar aborrecido consigo mesmo. Com o desgraçado que você é e com a impossibilidade de tirá-lo de sua própria cabeça. Você até pode se livrar disso por algum tempo, mas o sentimento acaba voltando e toda a merda recomeça. Você pode tentar beber para esquecer. Mudar de cenário, se hospedar em hotéis quando a coisa fica muito ruim."

"Marion", implorou Erlendur, "dá um tempo."

"Qualquer pessoa que possua discos de Gudlaugur Egilsson", disse Marion de repente, indo ao ponto, "está sentado numa mina de ouro."

"Por que está dizendo isso?"

"Eles são um verdadeiro tesouro hoje em dia. É verdade que não são muitas pessoas que os possuem, ou mesmo que sabem de sua existência, mas os que conhecem o assunto não hesitariam em pagar valores altíssimos por eles. Os discos de Gudlaugur são uma raridade no mundo dos colecionadores, e muito procurados."

"Que tipo de valores altíssimos? Dezenas de milhares?"

"Poderia chegar a centenas de milhares", disse Marion. "Por uma única cópia."

"Centenas de milhares? Você deve estar brincando." Erlendur sentou-se. Ele pensou em Henry Wapshott. Agora sabia por que ele tinha vindo à Islândia procurar Gudlaugur. Atrás de seus discos. Não era só a admiração por meninos cantores que acendia seu interesse, como Wapshott quis fazê-lo acreditar. Erlendur entendeu por que ele tivera o desprendimento de dar a Gudlaugur meio milhão.

"Até onde consegui descobrir, o menino gravou apenas dois discos", disse Marion Briem. "E o que os torna valiosos, além do fato de o garoto cantar incrivelmente bem, é que pouquíssimas cópias foram lançadas, e elas mal foram vendidas. Poucas pessoas possuem esses discos hoje."

"O canto, em si, tem algum valor?"

"Parece que sim, mas a regra ainda é que a qualidade da música, a qualidade do que está no disco, é menos importante do que a sua condição. A música pode ser ruim, mas se é o artista certo, com a música certa, e a gravadora certa no momento certo, o valor pode ser incalculável. Ninguém se interessa apenas pelo valor artístico."

"O que aconteceu com as cópias? Você sabe?"

"Elas desapareceram. Perderam-se com o tempo ou simplesmente foram jogadas fora. Isso acontece. Para começar, provavelmente havia apenas umas duzentas cópias. A principal razão de esses discos serem tão valiosos é que parece haver apenas um punhado deles no mundo. A curta carreira também ajuda. Pelo que sei, ele perdeu a voz e nunca mais voltou a cantar."

"Aconteceu em um concerto, pobre menino", disse Erlendur. "Apareceu um lobo na voz dele, como eles dizem. Quando a voz quebra."

"Então, anos depois, ele é assassinado."

"Se esses discos valem centenas de milhares..."

"O que é que tem?"

"Isso não seria motivo suficiente para matá-lo? Encontramos um exemplar de cada disco no quarto dele. Não havia realmente mais nada lá."

"Então quem o esfaqueou talvez não soubesse o quanto eles são valiosos", disse Marion Briem.

"Porque, do contrário, essa pessoa teria roubado os discos."

"Em que estado estão as cópias?"

"Impecáveis", disse Erlendur. "Sem uma mancha ou um amassado nas capas. Acho que eles nunca foram tocados..."

Ele olhou para Marion Briem.

"Será que Gudlaugur adquiriu todas as cópias?", perguntou.

"Por que não?", respondeu Marion.

"Nós encontramos algumas chaves em seu quarto que não sabemos de onde são. Onde ele poderia ter guardado os outros?"

"Não precisaria ser o lote todo", disse Marion. "Talvez apenas alguns. Quem mais os teria se não o próprio menino cantor?"

"Não sei", disse Erlendur. "Já prendemos um colecionador que veio do Reino Unido para se encontrar com Gudlaugur. Um sujeito misterioso que tentou fugir de nós e adora o ex-menino cantor. Ele parece ser a única pessoa por aqui que percebe o quanto os discos de Gudlaugur são valiosos."

"Ele é um maníaco?", perguntou Marion Briem.

"Sigurdur Óli está investigando isso. Gudlaugur era o Papai Noel aqui do hotel", acrescentou Erlendur, como se Papai Noel fosse uma função no hotel.

Um sorriso passou pelo rosto envelhecido de Marion.

"Encontramos um bilhete no quarto de Gudlaugur com o nome 'Henry' e o horário 18h30, como se ele tivesse ido a uma reunião ou devesse ir a uma naquele horário. Henry Wapshott diz que encontrou Gudlaugur às seis e meia do dia anterior ao assassinato."

Erlendur calou-se, imerso em pensamentos.

"O que você está remoendo aí?", perguntou Marion.

"Wapshott me disse que pagou meio milhão de coroas a Gudlaugur, para provar que ele estava falando sério, ou algo assim. Sobre comprar os discos. Esse dinheiro poderia estar no quarto quando ele foi atacado."

"Você quer dizer que alguém sabia sobre Wapshott e suas negociações com Gudlaugur?"

"Possivelmente."

"Outro colecionador?"

"Talvez. Não sei. Wapshott é estranho. Eu sei que ele está escondendo alguma coisa. Se é sobre ele ou sobre Gudlaugur, não sei."

"E é claro que o dinheiro tinha desaparecido quando vocês encontraram Gudlaugur."

"Isso mesmo."

"Eu preciso ir", disse Marion, levantando-se. Erlendur também se levantou. "Eu mal aguento metade do dia", disse Marion. "Estou morrendo de cansaço. Como está a sua filha?"

"Eva? Não sei. Acho que ela não anda muito bem."

"Talvez você deva passar o Natal com ela."

"É, talvez."

"E a sua vida amorosa?"

"Pare de falar da minha vida amorosa", disse Erlendur, e seus pensamentos se voltaram para Valgerdur. Ele queria telefonar para ela, mas lhe faltava coragem. O que deveria dizer? O que ela tinha a ver com o passado dele? O que as pessoas tinham a ver com sua vida? Ridículo tê-la convidado para sair daquele jeito. Ele não sabia o que dera nele.

"Me contaram que você jantou aqui com uma mulher", disse Marion. "Pelo que sei, fazia uns bons anos que isso não acontecia."

"Quem lhe contou?", perguntou Erlendur, espantado.

"Quem era a mulher?", perguntou Marion, sem responder. "Ouvi dizer que ela é atraente."

"Não há nenhuma mulher", rosnou Erlendur, virando as costas e se afastando com passos duros. Marion Briem ficou olhando para ele e, em seguida, foi caminhando devagar para fora do hotel, rindo.

A caminho do saguão, Erlendur estava se perguntando como poderia, educadamente, acusar o chefe de cozinha de roubo, mas Marion tinha acabado com sua paciência. Depois de levar o homem para um canto da cozinha, ele não fez questão de ser nada discreto.

"Você é um ladrão?", perguntou sem rodeios. "E todos vocês aqui da cozinha? Vocês roubam tudo o que não estiver aparafusado no chão, é?"

"Do que você está falando?"

"Estou falando de que o Papai Noel talvez tenha sido esfaqueado até a morte por ter conhecimento de um esquema maciço de furtos neste hotel. Talvez ele tenha sido esfaqueado por saber quem comandava esse golpe. Talvez você tenha rastejado até aquele buraco no porão onde ele morava e enfiado a faca nele até matá-lo, para que ele não entregasse todo mundo. O que acha dessa teoria? E, ainda por cima, aproveitou para roubá-lo."

O chefe encarou Erlendur. "Você está louco!", grunhiu.

"Você rouba a cozinha?"

"Com quem você andou falando?", perguntou o chefe com um tom de voz sério. "Quem andou enchendo a sua cabeça com mentiras? Alguém aqui do hotel?"

"Eles coletaram uma amostra da sua saliva?"

"Quem lhe contou?"

"Por que você não quer deixar que tirem uma amostra sua?"

"No fim eles tiraram. Você é um retardado. Coletando amostras dos funcionários do hotel! Para quê? Para fazer com que todo mundo aqui pareça um bando de babacas! E aí você vem e me chama de ladrão. Eu nunca roubei sequer um tomate desta cozinha. Nunca! Quem andou lhe contando essas mentiras?"

"Se o Papai Noel sabia de alguma sujeira de vocês, ligada a roubo, será que ele não o estava chantageando em troca de favores? Como..."

"Cala a boca!", gritou o chefe de cozinha. "Foi o cafetão? Quem te disse essas mentiras?"

Erlendur pensou que o chefe estava prestes a pular em cima dele. Ele se aproximou tanto que seus rostos quase se tocaram. Seu chapéu de chefe curvou-se para a frente.

"Foi aquele porra do cafetão?", perguntou o chefe, enfurecido.

"Quem é o cafetão?"

"Esse gordo filho da puta do gerente", disse o chefe, os dentes cerrados.

O celular de Erlendur começou a tocar no bolso. Eles se entreolhavam, nenhum dos dois disposto a ceder. Por fim, Erlendur pegou o celular. O chefe afastou-se, muito nervoso.

Era o chefe da perícia.

"É sobre a saliva no preservativo", disse a Erlendur.

"Certo", disse Erlendur, "vocês já descobriram de quem ela é?"

"Não, ainda estamos longe disso", disse o chefe da perícia. "Mas analisamos mais de perto, a composição, quero dizer, e encontramos vestígios de tabaco."

"Tabaco? Você quer dizer tabaco de cachimbo?"

"Bem, é mais como fumo de mascar", disse a voz ao telefone.

"Fumo de mascar? Como assim?"

"A composição química. Antigamente dava para comprar fumo de mascar nas tabacarias, mas não tenho certeza se ainda vendem. Talvez em padarias, mas também não sei se elas ainda estão autorizadas a vendê-lo. Precisamos verificar. Você coloca sob o lábio, um pedaço pequeno ou algumas folhas, você já deve ter ouvido falar."

O chefe de cozinha chutou a porta de um armário e cuspiu xingamentos.

"Fumo de mascar", disse Erlendur. "Então há vestígios de fumo de mascar na amostra do preservativo?"

"Isso mesmo", disse a voz.

"E o que isso significa?"

"Que a pessoa que estava com Santa masca fumo."

"O que ganhamos por saber isso?"

"Nada. Ainda. Só achei que você gostaria de saber. E há outra coisa. Você estava perguntando sobre o cortisol na saliva."

"Isso."

"Não havia muito. Na verdade, o nível estava perfeitamente normal."

"E o que isso nos mostra? Estava tudo tranquilo quanto a isso?"

"Um nível alto de cortisol indica um aumento da pressão arterial devido a excitação ou estresse. A pessoa que estava com o porteiro ficou o tempo todo tão tranquila quanto um moinho d'água. Sem estresse. Sem emoção. Eles não tinham o que temer."

"Até que alguma coisa aconteceu", disse Erlendur.

"Isso mesmo", disse o chefe da perícia. "Até que alguma coisa aconteceu."

Eles terminaram a conversa e Erlendur colocou o celular de volta no bolso. O chefe de cozinha ficou olhando para ele.

"Você conhece alguém aqui que masca fumo?", perguntou Erlendur.

"Não enche o saco!", gritou o chefe.

Erlendur respirou fundo, colocou as mãos no rosto e esfregou-o, cansado, e de repente viu em sua mente a imagem de Henry Wapshott com os dentes manchados de tabaco.

20.

Erlendur perguntou pelo gerente do hotel na recepção e foi informado de que ele tinha precisado dar uma saída. O chefe de cozinha recusou-se a explicar a alcunha "cafetão", que ele acrescentara à expressão "esse gordo filho da puta do gerente". Erlendur raras vezes tinha encontrado alguém com um temperamento daqueles. O chefe deve ter percebido que, em sua agitação, tinha deixado escapar alguma coisa. Erlendur não fez progressos. Tudo que conseguiu tirar dele foram comentários maliciosos e insultos, visto que, na cozinha, o homem estava em seu território. Para nivelar o jogo e irritar ainda mais o chefe, Erlendur pensou em mandar quatro policiais uniformizados aparecer e o levar para ser interrogado na delegacia de Hverfisgata.

Depois de brincar um pouco com essa ideia, decidiu adiá-la.

Foi até o quarto de Henry Wapshott. Quebrou o lacre da polícia que havia sido colocado na porta. A equipe da perícia tinha tomado cuidado para não mexer em nada. Erlendur ficou parado por um bom tempo, olhando atentamente para todos os lados. Procurava alguma embalagem de fumo de mascar.

Era um quarto duplo, com duas camas individuais, ambas desfeitas como se Wapshott ou tivesse dormido nas duas, ou tivesse recebido um convidado à noite. Em uma mesa havia uma vitrola velha ligada a um amplificador e duas caixas acústicas pequenas; na outra, uma televisão de catorze polegadas e um videocassete. Duas fitas estavam ao lado dele. Erlendur colocou uma delas no aparelho e ligou a televisão, mas desligou-a assim que a imagem apareceu. Ösp tinha razão sobre a pornografia.

Ele abriu a gaveta da mesa de cabeceira, deu uma boa olhada no interior da mala de Wapshott, verificou o armário e entrou no banheiro, porém não encontrou fumo de mascar em lugar nenhum. Olhou no cesto de lixo, mas não havia nada nele.

"Elínborg estava certa", disse Sigurdur Óli, aparecendo de repente no quarto.

Erlendur virou-se.

"Como assim?"

"A Scotland Yard finalmente nos mandou algumas informações sobre ele", disse Sigurdur Óli, olhando o interior do quarto.

"Eu estou procurando fumo de mascar", disse Erlendur. "Eles encontraram vestígios no preservativo."

"Acho que sei por que ele não quer entrar em contato com a embaixada nem com um advogado e está apenas esperando que tudo isso acabe logo", disse Sigurdur Óli antes de passar as informações da Scotland Yard sobre o colecionador de discos.

Henry Wapshott, solteiro, sem filhos, nasceu às vésperas da Segunda Guerra Mundial, em 1938, em Liverpool. A família de seu pai possuía muitas propriedades valiosas na cidade. Algumas foram bombardeadas durante a guerra e transformadas, depois, em prédios residenciais e comerciais de qualidade, o que garantiu à família certo grau de riqueza. Wapshott nunca precisou trabalhar. Como filho único, teve a melhor educação, Eton e Oxford, porém não completou a graduação. Quando o pai morreu, ele assumiu os negócios da família, mas, ao contrário do velho, ele tinha pouco interesse em gestão de propriedades e logo estava participando apenas das reuniões mais importantes, até que parou de fazer isso também e entregou todas as operações a seus gerentes.

Ele sempre viveu na casa dos pais, e seus vizinhos consideravam-no um solitário excêntrico; gentil e educado, mas estranho e recluso. Seu único interesse era colecionar discos, e ele encheu a casa de álbuns que comprava dos herdeiros de pessoas mortas ou em mercados. Viajava muito para alimentar seu hobby, e diziam que ele possuía uma das maiores coleções particulares de discos na Grã-Bretanha.

Por duas vezes fora considerado culpado de um crime, e constava nos bancos de dados de criminosos sexuais da Scotland Yard. Na primeira ocasião, foi preso por estuprar um garoto de doze anos. O menino era um vizinho de Wapshott e eles se conheceram pelo interesse comum em colecionar discos. O incidente ocorreu na casa dos pais de Wapshott, e quando sua mãe soube do comportamento do filho teve um colapso; o assunto explodiu na mídia britânica, especialmente nos tabloides sensacionalistas, que retrataram Wapshott, nascido numa classe privilegiada, como um animal. As investigações revelaram que ele pagava generosamente a meninos e rapazes para que se relacionassem sexualmente.

Quando ele terminou de cumprir a sentença, sua mãe havia morrido. Ele vendeu a casa dos pais e se mudou para outro bairro. Vários anos depois, voltou ao noticiário, quando dois meninos no início da adolescência revelaram que Wapshott tinha lhes oferecido dinheiro para que se despissem em sua casa, e ele foi acusado de estupro novamente. Quando o assunto veio à tona, Wapshott estava em Baden Baden, na Alemanha, e foi preso no Brenner's Hotel & Spa.

A segunda acusação de estupro não pôde ser provada, e Wapshott mudou-se para o exterior, para a Tailândia, mantendo, porém, a cidadania britânica e sua coleção de discos no Reino Unido, que ele visitava com frequência em suas missões de caça a peças raras. Na época, ele usava o sobrenome da mãe, Wapshott. Seu nome verdadeiro era Henry Wilson. Ele não teve problemas com a lei depois que emigrou da Grã-Bretanha, mas pouco se sabe sobre o que fez na Tailândia.

"Não é de surpreender que ele queira ser discreto", disse Erlendur quando Sigurdur Óli terminou seu relato.

"Ele parece ser um grande pervertido", comentou Sigurdur Óli. "Dá pra imaginar por que ele escolheu a Tailândia."

"Eles não têm nada sobre ele no momento?", perguntou Erlendur. "A Scotland Yard?"

"Não, mas aposto que estão aliviados por se livrarem dele", disse Sigurdur Óli.

Eles tinham voltado ao piso térreo e entraram no pequeno bar que havia lá. A mesa do bufê estava lotada. Os turistas do hotel estavam alegres e barulhentos, dando a impressão de estarem felizes com tudo que tinham visto e feito, todos de bochechas rosadas em seus tradicionais suéteres islandeses.

"Você encontrou alguma conta bancária de Gudlaugur?", perguntou Erlendur. Ele acendeu um cigarro, olhou em volta e percebeu que era o único fumante no bar.

"Eu ainda preciso verificar isso", disse Sigurdur Óli, e tomou um gole de cerveja.

Elínborg apareceu na porta e Sigurdur Óli acenou para que ela entrasse. Ela assentiu com a cabeça, abriu caminho até chegar ao bar, comprou uma cerveja grande e foi se sentar com eles. Sigurdur Óli resumiu para Elínborg as informações da Scotland Yard sobre Wapshott, e ela se permitiu sorrir.

"Droga, eu sabia", disse.

"O quê?"

"Que o interesse dele por meninos cantores tinha motivação sexual. O interesse dele por Gudlaugur também, com certeza."

"Você está querendo dizer que ele e Gudlaugur estavam se divertindo lá embaixo?", perguntou Sigurdur Óli.

"Talvez Gudlaugur tenha sido forçado a participar", sugeriu Erlendur. "Alguém tinha uma faca."

"Que maneira de passar o Natal", suspirou Elínborg. "Tendo que resolver esse quebra-cabeça..."

"Não faz muito bem para o apetite", disse Erlendur, terminando seu Chartreuse. Ele queria outro. Olhou para o relógio. Se estivesse no escritório, teria encerrado o trabalho àquela hora. O bar estava um pouco menos movimentado, e ele acenou para o garçom.

"Deve ter havido pelo menos duas pessoas lá dentro com ele, porque não dá para ameaçar ninguém quando você está de joelhos." Sigurdur Óli olhou rapidamente para Elínborg e achou que tinha ido um pouco longe demais.

"Fica melhor a cada minuto", disse Elínborg.

"Estraga o gosto dos biscoitos de Natal", disse Erlendur.

"Certo, mas por que ele esfaqueou Gudlaugur?", perguntou Sigurdur Óli. "E não apenas uma vez, mas repetidamente? Como se tivesse perdido o controle. Se Wapshott o atacou primeiro, alguma coisa deve ter acontecido ou sido dita no quarto do porão que o fez perder a cabeça."

Erlendur ia fazer o pedido, mas os outros dois recusaram e olharam para seus relógios — o Natal estava chegando rapidamente.

"Acho que ele estava com uma mulher lá dentro", disse Sigurdur Óli.

"Eles mediram o nível de cortisol na saliva sobre o preservativo", disse Erlendur. "Estava normal. Se houve uma mulher com Gudlaugur, ela já poderia ter ido embora quando ele foi assassinado."

"Não acho provável, a julgar pela forma como o encontramos", disse Elínborg.

"Quem quer que estivesse com ele não foi forçado a nada", disse Erlendur. "Isso já está estabelecido. Se tivesse sido encontrado algum grau de cortisol, seria sinal de ter havido excitação ou tensão no corpo."

"Então foi uma prostituta", sugeriu Sigurdur Óli, "fazendo seu trabalho."

"Não podemos falar sobre algo mais agradável?", perguntou Elínborg.

"Pode ser que eles estivessem tosquiando o hotel e o Papai Noel soube disso", lembrou Erlendur.

"E por isso ele foi morto?", perguntou Sigurdur Óli.

"Não sei. Também pode estar havendo alguma prostituição mais discreta com a cumplicidade do gerente. Ainda não investiguei muito bem tudo isso, mas acho que precisamos dar uma olhada nessas coisas."

"Será que Gudlaugur tinha alguma ligação com isso?", perguntou Elínborg.

"A julgar pelo estado em que estava quando foi encontrado, não podemos descartar essa possibilidade", disse Sigurdur Óli.

"E você, como está indo com o seu homem?", perguntou Erlendur.

"Ele estava completamente indiferente no tribunal", disse Elínborg, bebericando sua cerveja.

"O menino ainda não depôs contra o pai, não é?", perguntou Sigurdur Óli, que também estava familiarizado com o caso.

"Silencioso como um túmulo, pobre criança", disse Erlendur. "E aquele desgraçado continua mantendo suas declarações.

Nega categoricamente ter batido no menino. E ele também tem bons advogados."

"Então ele vai ter o menino de volta?"

"Pode ser que sim."

"E o menino?", perguntou Erlendur. "Será que ele quer voltar?"

"Essa é a parte mais estranha de todas", respondeu Elínborg. "Ele ainda está ligado ao pai. É como se achasse que merecia o que aconteceu."

Eles ficaram em silêncio.

"Você vai passar o Natal no hotel, Erlendur?", perguntou Elínborg. Havia um tom de acusação em sua voz.

"Não, acho que vou para casa. Vou ficar um pouco com Eva. Fazer um carneiro defumado."

"Como ela está?", quis saber Elínborg.

"Mais ou menos", disse Erlendur. "Acho que está bem." Passou pela cabeça de Erlendur que eles sabiam que ele estava mentindo. Os dois sabiam muito bem dos problemas pelos quais sua filha tinha passado, mas raramente tocavam no assunto. Entendiam que ele queria falar o mínimo possível sobre isso e nunca pediam detalhes.

"Amanhã é dia de são Thorlac", lembrou Sigurdur Óli. "Está tudo pronto, Elínborg?"

"Nada." Ela suspirou.

"Estou pensando nesse negócio de colecionar discos", disse Erlendur.

"O que tem isso?", disse Elínborg.

"Não é uma coisa que começa na infância?", perguntou Erlendur. "Não que eu saiba alguma coisa sobre isso. Nunca colecionei nada. Mas não é um interesse que se desenvolve quando você é criança, quando começa a colecionar figurinhas, aviões de montar, selos, como não poderia deixar de ser, programas de teatro, discos? A maioria das pessoas cresce fazendo isso, mas algumas continuam colecionando livros e discos até morrer."

"O que você está querendo dizer?"

"Estou pensando em colecionadores de discos como Wapshott — embora, é claro, eles não sejam todos pervertidos como ele —, pensando se a mania de colecionar estaria ligada a algum tipo de anseio pela juventude perdida. Ligada à necessidade de manter algo que, de outra forma, desapareceria de suas vidas, mas que eles desejam reter o maior tempo possível. Colecionar não seria uma tentativa de preservar alguma coisa da infância? Alguma coisa que tem a ver com suas lembranças, alguma coisa que você não quer deixar passar, por isso continua cultivando e nutrindo com essa obsessão?"

"Então, o fato de Wapshott colecionar discos de meninos cantores seria uma espécie de nostalgia da juventude?", perguntou Elínborg.

"E quando a nostalgia da juventude aparece em carne e osso diante dele neste hotel, algo se quebra dentro dele?", complementou Sigurdur Óli. "O menino se transformou em um homem de meia-idade. Você quer dizer uma coisa assim?"

"Eu não sei."

Erlendur olhava distraidamente para os turistas no bar, quando reparou em um homem de meia-idade, de aparência asiática e sotaque norte-americano. Ele tinha uma câmera de vídeo nova e estava filmando os amigos. De repente, ocorreu a Erlendur que poderia haver câmeras de segurança no hotel. O gerente do hotel não havia mencionado isso, nem o chefe da recepção. Ele olhou para Sigurdur Óli e Elínborg.

"Vocês perguntaram se havia câmeras de segurança no hotel?"

Eles se entreolharam.

"Não era você que ia fazer isso?", perguntou Sigurdur Óli.

"Eu simplesmente me esqueci", respondeu Elínborg. "O Natal e tudo mais... me esqueci completamente."

O chefe da recepção olhou para Erlendur e balançou a cabeça. Ele disse que o hotel tinha uma política muito firme sobre essa questão. Não havia câmeras de segurança nas instalações do hotel: nem no saguão de entrada, nem nos elevadores, nem nos corredores, nem nos quartos. Especialmente nos quartos, é claro.

"Senão, não teríamos hóspedes", explicou o chefe da recepção, sério.

"É, isso tinha me ocorrido", disse Erlendur, desapontado. Por um instante, teve a vaga esperança de que alguma coisa pudesse ter sido gravada por câmeras, alguma coisa que não coincidisse com as histórias e declarações, algo em desacordo com o que a polícia havia descoberto.

Ele estava se virando para voltar ao bar, quando o gerente o chamou.

"Há um banco na ala sul, do outro lado do edifício. Há lojas de suvenires e um banco, e você pode entrar no hotel por ali. Poucas pessoas usam aquela entrada. O banco deve ter câmeras de segurança instaladas lá. Mas dificilmente elas vão mostrar alguém além dos clientes deles."

Erlendur tinha reparado no banco e nas lojas de suvenires e foi direto para lá, mas encontrou o banco fechado. Olhando para cima, viu o olho quase invisível de uma câmera no alto da porta. Não havia ninguém trabalhando no banco. Ele bateu na porta de vidro com tanta força que a sacudiu, mas nada aconteceu. Por fim, pegou seu celular e insistiu para localizarem o gerente do banco.

Enquanto esperava, Erlendur olhou as lembranças na loja, vendidas a preços inflacionados: pratos com imagens de Gullfoss e Geysir, uma escultura de Thor com seu martelo, chaveiros com pelo de raposa, pôsteres mostrando espécies de baleias das costas islandesas, uma jaqueta de pele de foca que custava o equivalente a um mês de salário. Ele pensou em comprar uma lembrança daquela peculiar Islândia Turística que existe apenas na mente dos estrangeiros ricos, mas não conseguiu encontrar nada barato.

A gerente do banco, uma mulher de cerca de quarenta anos, estava a caminho de uma festa de Natal e nem um pouco feliz por ter sido interrompida; no início achou que o banco tivesse sido assaltado. Quando dois policiais uniformizados bateram na porta de sua casa e pediram-lhe para acompanhá-los, eles não lhe disseram o que estava acontecendo. Ela olhou furiosa para Erlendur na frente do banco, quando ele explicou que precisava ter acesso às câmeras de segurança. Ela acendeu um cigarro com a bituca do antigo, e Erlendur pensou que ele não encontrava uma fumante como ela havia anos.

"Será que não se podia esperar até amanhã?", ela perguntou com frieza, com tanta frieza que ele quase podia ouvir o gelo caindo de suas palavras, e pensou que não gostaria de dever nenhum dinheiro para aquela mulher.

"Essa coisa vai matar você", disse Erlendur, apontando para o cigarro.

"Até agora não matou", disse ela. "Por que você me arrastou até aqui?"

"Por causa do assassinato", disse Erlendur. "No hotel."

"E?", perguntou ela, sem se impressionar.

"Estamos tentando acelerar a investigação." Ele sorriu, mas foi inútil.

"Uma bela de uma farsa, é o que é", disse ela, e mandou que Erlendur a seguisse. Os dois policiais foram embora, claramente aliviados por se livrar da mulher, que não tinha parado de se queixar deles no caminho. Ela o levou para a entrada de funcionários do banco, digitou sua senha, abriu a porta e ordenou que ele se apressasse.

Era uma agência pequena e dentro de sua sala a gerente tinha quatro monitores ligados a câmeras de segurança: um atrás de cada um dos caixas, na sala de espera e acima da entrada. Ela ligou os monitores e explicou a Erlendur que as câmeras funcionavam dia e noite, e que as fitas eram mantidas por três semanas e depois regravadas. Os gravadores estavam em um pequeno porão do banco.

Já em seu terceiro cigarro, ela levou-o para baixo e apontou as fitas, identificadas de maneira clara com as datas e os locais das câmeras. As fitas eram mantidas em um cofre.

"Um guarda do banco vem aqui todos os dias", disse ela, "e cuida de tudo. Não sei como usar o sistema e peço que você não saia por aí brincando com coisas que não são da sua conta."

"Obrigado", disse humildemente Erlendur. "Quero começar no dia em que o assassinato foi cometido."

"Fique à vontade", disse ela, deixando cair o cigarro fumado no chão, onde o apagou com força.

Erlendur descobriu a data que queria em uma fita rotulada com a palavra "Entrada" e colocou-a em um videocassete ligado a uma pequena televisão. Ele não achou que precisasse olhar as fitas das câmeras dos caixas.

A gerente do banco olhou para seu relógio de ouro.

"Cada fita cobre um período completo de vinte e quatro horas", ela disse, soltando um suspiro.

"Como você consegue?", perguntou Erlendur. "No trabalho?"

"Como eu consigo o quê?"

"Fumar. Como você faz?"

"E o que você tem a ver com isso?"

"Nada", Erlendur apressou-se a dizer.

"Você não pode simplesmente pegar as fitas?", perguntou ela. "Eu não tenho tempo para isto. Eu deveria estar em outro lugar há muito tempo, e não pretendo ficar por aqui enquanto você olha tudo isso."

"É, você tem razão", disse Erlendur. Ele olhou para as fitas no armário. "Eu vou pegar o equivalente a quinze dias antes do assassinato. São catorze fitas."

"Você sabe quem matou o homem?"

"Ainda não", disse Erlendur.

"Eu me lembro bem dele", disse ela. "O porteiro. Sou gerente aqui no banco há sete anos", acrescentou, como se precisasse dar uma explicação. "Ele me parecia um sujeito bem legal."

"Ele falou alguma coisa com você recentemente?"

"Eu nunca falei com ele. Nem uma palavra."

"Este era o banco dele?", perguntou Erlendur.

"Não, ele não tinha conta aqui. Não que eu soubesse. Eu nunca o vi nesta agência. Ele tinha dinheiro?"

Erlendur levou as catorze fitas até seu quarto e pediu que instalassem uma televisão e um videocassete. Tinha começado a assistir à primeira fita da noite quando seu celular tocou. Era Sigurdur Óli.

"Nós temos que acusá-lo ou deixá-lo ir", disse. "Na verdade, não temos nada contra ele."

"Ele está reclamando?"

"Ele não disse uma palavra."

"Ele pediu um advogado?"

"Não."

"Faça uma acusação de pornografia infantil."

"Pornografia infantil?"

"Ele tinha fitas de pornografia infantil no quarto. A posse desse tipo de coisa é ilegal. Temos uma testemunha que o viu assistindo a esse lixo. Vamos segurá-lo pela pornografia e depois vemos o que fazer. Ainda não quero deixá-lo voltar para a Tailândia. Precisamos descobrir se a história de que ele estava na cidade no dia em que Gudlaugur foi assassinado é válida. Deixe-o suar em sua cela um pouco e vamos ver o que acontece."

21.

Erlendur assistiu às gravações quase a noite inteira.

Ele logo pegou o jeito de usar o avanço rápido quando não havia ninguém andando na frente da câmera. Como era esperado, o período de maior movimento em frente ao banco ia das nove da manhã às quatro da tarde. Depois disso a circulação de pessoas diminuía bruscamente, e mais ainda depois que as lojas de suvenires fechavam às seis da tarde. A entrada do hotel ficava aberta o tempo todo e havia um caixa eletrônico, mas pouco movimento em torno dele na calada da noite.

Ele não viu nada digno de nota no dia em que Gudlaugur foi assassinado. Os rostos das pessoas que passaram pelo saguão de entrada estavam claramente visíveis, mas Erlendur não reconheceu nenhum deles. Quando ele avançava as imagens gravadas à noite, figuras avançavam correndo através da porta e paravam no caixa eletrônico antes de sair correndo de novo. Uma ou outra pessoa entrou no hotel. Ele examinou-as, mas não conseguiu ligar nenhuma delas a Gudlaugur.

Ele notou que os funcionários do hotel usavam a entrada do banco. O chefe da recepção, o gerente gordo do hotel e Ösp foram vistos passando correndo, e ele pensou como ela provavelmente devia se sentir aliviada ao sair, depois de um dia de trabalho. Em um trecho, ele viu Gudlaugur atravessar o saguão, e parou a fita. Aquilo tinha sido três dias antes do assassinato. Gudlaugur, sozinho, andava devagar de um lado para o outro na frente da câmera, olhava para o interior do banco, virava a cabeça, olhava para as lojas de suvenires e depois voltava para o hotel. Erlendur rebobinou a fita e observou Gudlaugur de novo, e de novo, e pela quarta vez. Achou estranho vê-lo vivo. Parou a fita quando Gudlaugur olhou para dentro do banco e viu seu rosto congelado na tela. Era o menino cantor crescido. O homem que teve uma voz linda, o menino que arrancava lágrimas com seu cantar de soprano. O menino que forçou Erlendur a vasculhar suas memórias mais dolorosas quando o ouviu.

Houve uma batida na porta, ele desligou o vídeo e abriu-a para Eva Lind.

"Você estava dormindo?", ela perguntou, espremendo-se para passar por ele. "Que fitas são essas?"

"Estão relacionadas com o caso", disse Erlendur.

"Vocês estão chegando a algum lugar?"

"Não. A lugar nenhum."

"Você falou com Stina?"

"Stina?"

"Aquela minha amiga de quem lhe falei. Stina! Você estava me perguntando sobre putas e hotéis."

"Não, eu não falei com ela. Me diga mais uma coisa: você conhece uma menina da sua idade chamada Ösp, que trabalha neste hotel? Você tem uma atitude diante da vida semelhante à dela."

"E isso quer dizer...?" Eva Lind ofereceu um cigarro ao pai, deu-lhe fogo e desabou na cama. Erlendur sentou-se à mesa e olhou pela janela para a noite escura como breu. Faltam dois dias para o Natal, pensou. Depois tudo voltará ao normal.

"Bem negativa", disse ele.

"Você acha que eu sou negativa?"

Erlendur não disse nada e Eva expeliu ondas de fumaça pelo nariz.

"E daí? Por acaso você é a imagem da felicidade?"

Erlendur sorriu.

"Eu não conheço nenhuma Ösp", disse Eva. "O que ela tem a ver com isso?"

"Ela não tem nada a ver com isso", respondeu Erlendur. "Pelo menos eu acho que não. Ela encontrou o corpo e parece saber algumas coisas sobre o que acontece neste lugar. Uma garota muito inteligente. Uma sobrevivente, cheia de opinião. Ela me lembra um pouco você."

"Eu não a conheço", disse Eva. Então ela se calou e olhou para o nada, e ele olhou para ela, e também não disse nada, e o tempo passou. Às vezes, eles não tinham o que dizer um ao outro. Às vezes, discutiam furiosamente. Eles nunca jogavam conversa fora. Nunca conversavam sobre o tempo ou sobre os preços nas lojas, política, esporte ou roupas, ou qualquer assunto que as pessoas passassem o tempo discutindo, que ambos considerassem conversa fiada. Apenas os dois, seu passado e seu presente, a família que nunca foi uma família, porque Erlendur a deixou, as circunstâncias trágicas de Eva e de seu irmão, Sindri, o rancor que a mãe deles tinha por Erlendur — isso era o que importava, o tema de conversa que coloria todo o contato entre eles.

"O que você quer de Natal?", Erlendur de repente quebrou o silêncio.

"De Natal?"

"É."
"Eu não quero nada."
"Você deve querer alguma coisa."
"O que você ganhava no Natal? Quando era menino?"
Erlendur pensou. Lembrou-se de umas luvas.
"Pequenas coisas", disse.
"Eu sempre achei que minha mãe dava presentes melhores para o Sindri do que para mim", contou Eva Lind. "Então ela parou de me dar presentes. Disse que eu os vendia para comprar droga. Uma vez ela me deu um anel e eu o vendi. O seu irmão ganhava presentes melhores do que os seus?"

Erlendur percebeu a maneira cautelosa como ela o sondava. Normalmente, ela ia direto ao ponto e chocava com sua franqueza. Outras vezes, com muito menos frequência, parecia querer ser delicada.

Quando Eva estava na terapia intensiva após o aborto, em coma, o médico disse a Erlendur que procurasse ficar com a filha o máximo possível e conversar com ela. Um assunto sobre o qual Erlendur conversou com Eva foi o desaparecimento de seu irmão e como ele próprio foi resgatado do pântano. Quando Eva recobrou a consciência e foi morar com ele, Erlendur perguntou se ela se lembrava do que ele tinha contado, mas ela não se lembrava de uma só palavra. Sua curiosidade foi despertada e ela o apertou até ele repetir o que dissera a ela no hospital, aquilo que nunca tinha dito a ninguém antes e que ninguém sabia. Ele jamais havia conversado com ela sobre seu passado, e Eva, que nunca se cansava de pedir explicações ao pai, sentiu que se aproximou um pouco mais dele, sentiu que passou a conhecer seu pai um pouco melhor, embora ela também soubesse que estava muito longe de compreendê-lo totalmente. Uma questão assombrava Eva, a fazia sentir raiva e desprezo dele e moldava a relação dos dois mais do que qualquer outra coisa. Divórcios eram comuns, ela via isso. Casais estavam sempre se divorciando, e alguns divórcios eram piores do que outros, quando os parceiros nunca mais se falavam. Consciente disso, ela não questionava o que havia ocorrido. Mas nunca fora capaz de entender por que Erlendur tinha se divorciado dos filhos também. Por que não se interessou por eles depois que foi embora. Por que continuamente os negligenciou até Eva procurá-lo e encontrá-lo sozinho em um bloco de apartamentos escuro. Ela havia discutido tudo isso com seu pai, que até agora não tinha respondido a suas perguntas.

"Presentes melhores?", disse ele. "Era tudo a mesma coisa. Como na antiga canção de Natal: uma vela e cartas de baralho. Às vezes a gente gostaria de ter alguma coisa mais empolgante, mas a nossa família era pobre. Todo mundo era pobre naqueles dias."

"E depois que ele morreu? O seu irmão."

Erlendur não disse nada.

"Erlendur?"

"O Natal desapareceu com ele", disse Erlendur.

O nascimento do Salvador deixou de ser comemorado depois que seu irmão morreu. Mais de um mês tinha se passado desde o desaparecimento dele, e não havia alegria na casa, nada de presentes nem de visitas. Era um costume da família da mãe de Erlendur visitá-los na véspera de Natal, quando todos cantavam músicas natalinas. Era uma casa pequena e eles se sentavam juntos, emanando luz e calor. Naquele Natal sua mãe recusou todas as visitas. O pai tinha mergulhado em uma depressão profunda e passava a maior parte do dia na cama. Ele não participou das buscas pelo filho, como se soubesse que elas eram inúteis, como se soubesse que ele havia falhado; seu filho estava morto e ele não podia fazer nada a respeito, nem ninguém nunca poderia, e aquilo era culpa dele e de mais ninguém.

Sua mãe foi incansável. Ela garantiu que Erlendur recebesse os cuidados adequados. Incentivou o grupo de busca e também participou dele. Era a última a voltar do pântano quando a escuridão caía e a busca se tornava inútil, exaustiva. E era a primeira a retornar à região quando a luz do dia seguinte despontava. Mesmo depois que se tornou evidente que seu filho estava morto, ela continuou a procurar com a mesma energia. Foi só quando o inverno chegou completamente, a neve ficou profunda e o tempo traiçoeiro que ela se viu forçada a desistir. Forçada a enfrentar o fato de que o menino tinha morrido em um lugar ermo e que ela teria de esperar até a primavera para procurar os restos mortais dele. Ela se voltava todos os dias para as montanhas, às vezes amaldiçoando: "Que os gigantes das montanhas comam você, que pegou o meu menino!".

O pensamento do corpo morto dele estendido lá em cima era insuportável para Erlendur, que começou a vê-lo em pesadelos, dos quais acordava gritando e chorando, lutando contra a tempestade, submerso na neve, suas pequenas costas viradas contra o vento uivante e a morte a seu lado.

Erlendur não entendia como seu pai podia ficar sentado imóvel em casa, enquanto os outros estavam trabalhando duro. O incidente pareceu tê-lo despedaçado, tê-lo transformado em um zumbi, e Erlendur pensou no poder da tristeza, porque seu pai era um homem forte e vigoroso. A perda do filho gradualmente drenou-lhe a vontade de viver e ele nunca se recuperou.

Mais tarde, quando tudo estava terminado, seus pais discutiram pela primeira e única vez sobre o que tinha acontecido, e Erlendur descobriu que sua mãe não queria que seu pai tivesse ido ao pântano naquele dia, mas ele não lhe deu ouvidos. "Bem", disse ela, "já que você vai de qualquer maneira, pelo menos deixe os meninos em casa." Ele a ignorou.

E o Natal nunca mais foi o mesmo. Com o passar do tempo, seus pais chegaram a algum tipo de acordo. Ela nunca mencionava que ele tinha ignorado a sua vontade. Ele nunca mencionava que se mostrara irredutível quando ela pediu que ele não fosse ou que pelo menos não levasse os meninos. Não havia nada de errado com o tempo e ele achou que ela estava se intrometendo. Os dois optaram por nunca mais falar sobre o que tinha acontecido entre eles, como se a quebra do silêncio fosse impedi-los de continuar juntos. E era em meio a esse silêncio que Erlendur lidava com a culpa que o devorava por ter sobrevivido.

"Por que faz tanto frio aqui?", perguntou Eva Lind, fechando mais o casaco.

"É o aquecedor", disse Erlendur. "Não está funcionando direito. Alguma novidade?"

"Nada. Mamãe saiu com um cara. Ela o conheceu no baile da saudade em Ölver. Você não imagina como o cara é esquisito e grosso. Acho que ele ainda usa brilhantina, ele faz um topete no cabelo e usa camisas com colarinhos enormes, e fica estalando os dedos quando ouve alguma porcaria velha no rádio. 'She loves you, yeah yeah...'"

Erlendur sorriu. Eva nunca era tão implicante quanto nas vezes em que descrevia os "caras" de sua mãe, que pareciam se tornar mais patéticos a cada ano.

Então eles ficaram em silêncio de novo.

"Estou tentando me lembrar de como eu era quando tinha oito anos", disse Eva de repente. "Eu realmente não me lembro de nada, a não ser do meu aniversário. Não me lembro da festa, só do dia do meu aniversário. Eu estava parada no estacionamento do prédio e sabia que era o meu aniversário e que eu estava fazendo oito anos, e de alguma forma essa lembrança, que é totalmente irrelevante, acabou ficando comigo desde então. Só isso. Eu sabia que era o meu aniversário e que eu tinha oito anos."

Ela olhou para Erlendur.

"Você disse que ele tinha oito anos. Quando ele morreu."

"O aniversário dele foi naquele verão."

"Por que ele nunca foi encontrado?"

"Eu não sei."

"Mas ele está lá em cima no pântano?"

"Está."

"O esqueleto dele."

"É."

"Oito anos."

"É."

"Foi culpa sua? Ele ter morrido?"

"Eu tinha dez anos."

"Eu sei, mas..."

"Não foi culpa de ninguém."

"Mas você deve ter pensado..."

"Aonde você quer chegar, Eva? O que você quer saber?"

"Por que você nunca entrou em contato comigo e Sindri depois que nos deixou?", perguntou Eva Lind. "Por que não tentou ficar mais com a gente?"

"Eva..."

"Nós não valíamos a pena, não é?"

Erlendur olhou pela janela em silêncio. Tinha recomeçado a nevar.

"Você está traçando algum paralelo?", ele perguntou por fim.

"Eu nunca recebi uma explicação. Me passou pela cabeça que..."

"Que era alguma coisa que tinha a ver com meu irmão. A maneira como ele morreu. Você quer associar as duas coisas?"

"Eu não sei", disse Eva. "Eu não conheço muito você. Faz poucos anos que te conheci, e fui eu que te localizei. Esse negócio com seu irmão é tudo que eu sei sobre você, além do fato de que você é um policial. Nunca consegui entender como você pôde deixar Sindri e eu. Seus filhos."

"Deixei sua mãe decidir isso. Talvez eu devesse ter sido mais firme sobre ver vocês, mas..."

"Você não se interessou", Eva terminou a frase para ele.

"Isso não é verdade."

"Claro que é. Por que você não cuidou dos seus filhos como deveria?"

Erlendur não disse nada e olhou para o chão. Eva apagou seu terceiro cigarro. Então ela se levantou, foi até a porta e a abriu.

"Stina vem encontrá-lo aqui no hotel amanhã", disse ela. "Na hora do almoço. Não tem como você não saber quem é, com aqueles peitos novos dela."

"Obrigado por falar com ela."

"Não foi nada."

Ela hesitou na porta.

"O que você quer?", perguntou Erlendur.

"Eu não sei."

"Não, eu quero dizer, de Natal."

Eva olhou para o pai.

"Eu gostaria de poder ter o meu bebê de volta", disse, saindo e fechando silenciosamente a porta.

Erlendur soltou um suspiro profundo e ficou sentado na beira da cama por um bom tempo antes de voltar a assistir às fitas. Pessoas atrás de seus afazeres natalinos corriam pela tela, muitas carregando sacolas e pacotes de compras de Natal. Ele havia chegado ao quinto dia antes do assassinato de Gudlaugur, quando a viu. No começo ele deixou passar, mas depois alguma luz se acendeu em sua mente e ele parou o aparelho, rebobinou a fita e voltou à cena. Não foi o rosto dela que chamou a atenção de Erlendur, mas seu porte, a maneira como caminhava, e sua altivez. Ele apertou o botão play de novo e a viu claramente, caminhando para o hotel. Avançou mais uma vez. Cerca de meia hora depois, ela reapareceu na tela, deixando o hotel e passando pelo banco e pelas lojas de suvenires, sem olhar para os lados.

Ele se levantou da cama e contemplou a tela.

Era a irmã de Gudlaugur.

Que não punha os olhos no irmão havia anos.

QUINTO DIA

22.

Já era tarde quando o barulho acordou Erlendur na manhã seguinte. Demorou um bom tempo até ele começar a se mexer depois de uma noite sem sonhos, e a princípio não se deu conta de que barulho terrível era aquele que ressoava em seu pequeno quarto. Ele tinha ficado acordado a noite toda assistindo a uma sucessão de fitas, mas só viu a irmã de Gudlaugur naquele dia. Erlendur não podia acreditar que era apenas coincidência ela ter ido ao hotel — que ela talvez tivesse alguma outra coisa a tratar lá, que não fosse encontrar o irmão, com quem ela afirmava não ter nenhum contato havia anos.

Erlendur tinha desenterrado uma mentira e sabia que não havia nada mais valioso do que isso numa investigação criminal.

O barulho se recusava a parar, e gradualmente Erlendur percebeu que era seu telefone. Ele atendeu e ouviu a voz do gerente do hotel.

"Você precisa descer até a cozinha", disse. "Tem alguém aqui com quem você deveria falar."

"Quem é?", perguntou Erlendur.

"Um rapaz que foi para casa doente no dia em que encontramos Gudlaugur", respondeu o gerente. "Você deveria descer."

Erlendur saiu da cama. Ele não tinha tirado a roupa para dormir. Entrou no banheiro, olhou-se no espelho e examinou a barba por fazer havia vários dias, a qual fez um barulho como uma lixa áspera sendo esfregada na madeira quando ele passou a mão por ela. Uma barba densa e áspera como a de seu pai.

Antes de descer, telefonou a Sigurdur Óli e pediu que ele fosse com Elínborg até Hafnarfjördur e trouxesse a irmã de Gudlaugur para interrogatório. Ele os encontraria mais tarde. Não explicou por que queria falar com ela. Não queria que eles adiantassem o assunto. Queria ver a expressão dela quando percebesse que ele sabia que ela estava mentindo.

Quando Erlendur entrou na cozinha, viu o gerente do hotel de pé, com um homem excepcionalmente magro de uns vinte anos. Erlendur se perguntou se o contraste com o gerente estaria provocando alguma ilusão de ótica: ao lado dele, qualquer um parecia magro.

"Aí está você", disse o gerente. "Qualquer um pensaria que estou assumindo esta sua investigação, localizando testemunhas e sei lá mais o quê."

Ele olhou para o funcionário.

"Conta para ele o que você sabe."

O jovem começou seu relato. Foi bastante preciso nos detalhes e explicou que tinha começado a se sentir mal ao meio-dia do dia em que Gudlaugur foi encontrado em seu quarto. No final, vomitou e mal teve tempo de pegar um saco de lixo na cozinha.

O homem lançou um olhar constrangido na direção do gerente.

Ele recebeu autorização de ir para casa e foi se deitar com febre e dores no corpo. Como morava sozinho e não havia assistido aos noticiários, ele não tinha mencionado a ninguém o que sabia até esta manhã, quando voltou a trabalhar e ficou sabendo da morte do Gudlaugur. E certamente se surpreendeu ao ouvir o que tinha acontecido. Embora não conhecesse bem aquele homem — ele trabalhava no hotel havia pouco mais de um ano —, algumas vezes conversou com ele e até mesmo desceu até seu quarto e...

"Está bem, está bem", disse o gerente com impaciência. "Não estamos interessados nisso, Denni. Conta logo."

"Antes de eu ir para casa naquela manhã, Gulli entrou na cozinha e perguntou se eu poderia lhe arranjar uma faca."

"Ele pediu uma faca emprestada da cozinha?", perguntou Erlendur.

"Pediu. A princípio, ele queria uma tesoura, mas como eu não consegui encontrar nenhuma, então ele pediu uma faca."

"Por que ele precisava de uma tesoura ou de uma faca? Ele disse?"

"Era alguma coisa a ver com a roupa de Papai Noel."

"A roupa de Papai Noel?"

"Ele não entrou em detalhes, era apenas uma costura que ele precisava desfazer."

"Ele devolveu a faca?"

"Não, pelo menos não enquanto eu estava aqui. Depois eu saí ao meio-dia, e isso é tudo o que sei."

"Que tipo de faca era?"

"Ele falou que tinha que ser uma afiada", disse Denni.

"Era como esta aqui", disse o gerente, abrindo uma gaveta e tirando de lá uma faca pequena com cabo de madeira e uma lâmina fina e serrilhada. "Nós colocamos essas para quem pede a nossa bisteca. Já experimentou uma? Deliciosa. As facas passam pelas nossas bistecas como manteiga."

Erlendur pegou a faca, examinou-a e pensou que Gudlaugur pode ter fornecido a seu assassino a arma que foi usada para matá-lo. Ele se perguntou se aquela história da costura da roupa de Papai Noel não seria apenas desculpa. Gudlaugur esperava alguém em seu quarto e queria ter a faca à mão. Ou a faca estaria em cima da mesa, porque ele precisava dela para consertar sua roupa de Papai Noel, e o ataque foi repentino, não premeditado e provocado por alguma coisa que aconteceu no quartinho? Nesse caso, o assassino não tinha ido ao quarto de Gudlaugur armado, não tinha ido lá com a intenção de matá-lo.

"Vou ficar com essa faca", disse Erlendur. "Precisamos saber se o tamanho e o tipo de lâmina correspondem às feridas. Pode ser?"

O gerente do hotel concordou com a cabeça.

"Não foi aquele sujeito inglês?", perguntou ele. "Tem mais alguém?"

"Eu gostaria de dar uma palavrinha rápida com o Denni aqui", disse Erlendur sem responder.

O gerente concordou de novo com a cabeça, mas não saiu dali, até que sua ficha caiu e ele lançou um olhar ofendido a Erlendur. Estava acostumado a ser o centro das atenções. Assim que entendeu tudo, inventou ruidosamente alguns assuntos para tratar em seu escritório e desapareceu. O alívio de Denni por seu chefe não estar mais presente durou pouco.

"Você foi até o porão e o esfaqueou?", perguntou Erlendur.

Denni olhou para ele como um homem condenado.

"Não", respondeu hesitante, como se não tivesse muita certeza do que estava dizendo. A pergunta seguinte o deixou mais em dúvida ainda.

"Você masca tabaco?", indagou Erlendur.

"Não. Se eu masco tabaco? O que...?"

"Já colheram uma amostra sua?"

"Como?"

"Você usa preservativo?"

"Preservativo?", repetiu Denni, ainda sem entender nada.

"Você não tem namorada?"

"Namorada?"

"Que você tenha certeza que não vai engravidar?"

Denni ficou calado.

"Eu não tenho namorada", disse por fim; Erlendur sentiu um tom desgostoso. "Por que você está me perguntando essas coisas?"

"Não se preocupe com isso", disse Erlendur. "Você conhecia Gudlaugur. Que tipo de homem ele era?"

"Ele era legal."

Denni contou a Erlendur que Gudlaugur se sentia confortável no hotel, não queria sair e, na verdade, tinha medo de sair depois que foi demitido. Ele usava todos os serviços do hotel e era o único funcionário que conseguia fazer isso impunemente havia anos. Ele comia no hotel, mandava suas roupas para a lavanderia do hotel e não pagava um centavo por seu pequeno quarto no porão. A demissão foi um choque, mas ele disse que ficaria bem se vivesse frugalmente, e talvez nem tivesse que trabalhar mais.

"O que ele quis dizer com isso?", perguntou Erlendur.

Denni deu de ombros.

"Eu não sei. Ele era bastante misterioso às vezes. Dizia muitas coisas que eu não entendia."

"Como o quê?"

"Eu não sei, alguma coisa sobre música. Às vezes. Quando ele bebia. Na maior parte do tempo ele era apenas um sujeito normal."

"Ele bebia muito?"

"Não, de jeito nenhum. Só às vezes, nos fins de semana. Ele nunca faltou ao trabalho. Nunca. Ele se orgulhava disso, embora não fosse um emprego tão interessante. Isso de ser porteiro e tudo o mais."

"O que ele disse a você sobre música?"

"Ele gostava de música bonita. Não lembro exatamente o que ele disse."

"Por que você acha que ele disse que não ia precisar mais ganhar a vida?"

"Parece que ele tinha dinheiro. E como nunca pagou nada, podia economizar até o fim da vida. Acho que foi isso que ele quis dizer. Que tinha guardado o suficiente."

Erlendur lembrou-se de ter pedido que Sigurdur Óli verificasse as contas bancárias de Gudlaugur, e resolveu lembrá-lo disso. Deixou Denni na cozinha, bastante confuso, pensando em tabaco, preservativos e namoradas. Ao passar pelo saguão, viu uma jovem discutindo ruidosamente com o chefe da recepção. Ele parecia querê-la fora do hotel, mas ela se recusava a sair. Passou pela cabeça de Erlendur que a mulher tinha vindo apresentar ao chefe da recepção a fatura por uma noite de diversão, e Erlendur estava prestes a ir embora quando a jovem o notou e o encarou.

"Você é o policial?", gritou ela.

"Saia daqui!", disse o chefe da recepção, com um tom de voz incomumente ríspido.

"Você se parece exatamente com a descrição de Eva Lind", disse ela, avaliando Erlendur. "Eu sou Stina. Ela me disse para falar com você."

Eles se sentaram no bar. Erlendur comprou café para os dois. Ele tentou ignorar os seios dela, mas era difícil. Nunca na vida tinha visto seios tão grandes em um corpo tão esguio e delicado. Ela usava um casaco bege, com gola de pele, que descia até os tornozelos, que tirou e colocou sobre uma cadeira, revelando um top vermelho muito apertado que mal lhe cobria a barriga e calça comprida preta e justa pouco acima de onde as nádegas se dividiam. Estava muito maquiada, usava um batom pesado e escuro, e sorriu, mostrando um belo conjunto de dentes.

"Trezentos mil", ela disse, esfregando cuidadosamente a pele embaixo do seio direito, como se ele estivesse coçando. "Você estava se perguntando sobre os peitos?"

"Você está bem?"

"São os pontos." Ela estremeceu. "Não posso coçar muito. Preciso tomar cuidado."

"O que...?"

"Silicone novo", interrompeu Stina. "Aumentei os peitos outro dia."

Erlendur se controlou para não ficar olhando para os seios novos dela.

"Como você conhece Eva Lind?", perguntou ele.

"Ela disse que você ia perguntar isso e me disse para eu dizer que você não quer saber. Ela está certa. Confie em mim. E ela também me disse que você ia me ajudar com um negocinho, e que depois eu também ia poder ajudá-lo, sabe o que eu quero dizer?"

"Não", disse Erlendur. "Eu não sei o que você quer dizer."

"Eva disse que você saberia."

"Eva mentiu. Do que você está falando? Um negocinho? Que negocinho?"

Stina suspirou.

"Meu amigo foi preso com um pouco de haxixe no aeroporto de Keflavík. Não muito, mas o suficiente para pegar uns três anos. Eles dão as sentenças como se fossem para assassinos, aqueles filhos da puta. Um pouco de haxixe. E alguns comprimidos, certo! Ele diz que vai pegar três anos. Três! Os pedófilos pegam três meses, e ainda com possibilidade de suspensão da pena. Putos do caralho!"

Erlendur não tinha como ajudá-la. Ela era igual a uma criança, sem consciência de como era complicado e difícil lidar com o mundo.

"Ele foi preso no terminal?"

"Foi."

"Eu não posso fazer nada", disse Erlendur. "E não sinto a menor disposição para fazer alguma coisa. Você não anda particularmente com boas companhias. Tráfico de drogas e prostituição. Que tal um simples emprego em um escritório?"

"Você não pode pelo menos tentar?", perguntou Stina. "Conversa com alguém. Ele não pode pegar três anos!"

"Só para ficar perfeitamente claro", disse Erlendur com um aceno de cabeça, "você é uma prostituta?"

"Prostituta, prostituta", disse Stina, tirando um cigarro de uma bolsinha preta pendurada no ombro. "Eu danço no The Marquis." Ela se inclinou para a frente e sussurrou em tom de conspiração para Erlendur: "Mas o outro negócio dá mais dinheiro".

"E você já teve clientes neste hotel?"

"Alguns", respondeu Stina.

"Você tem trabalhado neste hotel?"

"Eu nunca trabalhei aqui."

"O que eu quero dizer é: você pega os clientes aqui ou os traz para cá da cidade?"

"O que eu quiser. Eles antes me deixavam ficar aqui, mas depois o Gorducho me expulsou."

"Por quê?"

Stina sentiu a região dos seios coçar novamente e esfregou com cuidado o local. Ela estremeceu e forçou um sorriso para

Erlendur, mas era evidente que ela não estava se sentindo lá muito bem.

"Uma garota que eu conheço fez uma operação para aumentar os peitos e não deu certo", disse. "Os peitos dela estão como dois sacos de lixo murchos."

"Você realmente precisa de todo esse peito?", perguntou Erlendur sem se conter.

"Você não gosta deles?", disse ela, empurrando-os para a frente, mas fazendo imediatamente uma careta de dor. "Esses pontos estão me matando", gemeu.

"Bem, eles são... grandes", admitiu Erlendur.

"E novinhos", gabou-se Stina.

Erlendur viu o gerente do hotel entrar no bar com o chefe da recepção e caminhar em direção a eles com toda a sua majestade. Olhando ao redor para se certificar de que não havia ninguém mais no bar, ele sussurrou para Stina, ainda a alguns metros dela.

"Fora! Saia daqui, moça! Neste minuto! Fora daqui!"

Stina olhou por cima do ombro para o gerente do hotel, depois de volta para Erlendur e revirou os olhos.

"Saco", disse.

"Nós não queremos prostitutas como você neste hotel!", gritou o gerente.

Ele agarrou-a como se fosse colocá-la para fora.

"Me deixa em paz", disse Stina. "Estou conversando com este homem aqui."

"Dá só uma olhada nos peitos dela!", gritou Erlendur, sem saber bem o que dizer.

O gerente do hotel olhou para ele, estupefato. "São novos", acrescentou Erlendur como explicação.

Ele se levantou, bloqueou o caminho do gerente do hotel e tentou afastá-lo dali, mas com pouco êxito. Stina fez o possível para proteger seus seios, enquanto o chefe da recepção manteve-se à distância, observando os acontecimentos. Por fim, ele ajudou Erlendur e os dois conseguiram arrastar o furioso gerente do hotel para longe de Stina.

"Tudo o que... ela... diz a meu respeito... é mentira, porra!", disse ele, ofegante. O esforço tinha sido demais para ele; seu rosto estava inundado de suor e a respiração estava difícil após a luta.

"Ela não falou nada de você", disse Erlendur para acalmá-lo.

"Eu quero... que ela... saia... daqui." O gerente do hotel caiu pesadamente em uma poltrona, tirou o lenço e começou a enxugar o rosto.

"Fica frio, Gorducho", disse Stina. "Ele é um comerciante de carne, você sabia?"

"Comerciante de carne?" Erlendur não entendeu imediatamente o significado.

"Ele pega uma fatia de todos nós que trabalhamos neste hotel", disse Stina.

"Uma fatia?"

"Uma fatia. A comissão dele! Ele fica com uma parte do que é nosso."

"É mentira!", gritou o gerente do hotel. "Sai daqui, sua puta ordinária."

"Ele queria mais da metade para si mesmo e para o chefe dos garçons", disse Stina, ajeitando os seios com cuidado, "e quando eu me recusei ele me disse para ir embora e nunca mais voltar."

"Ela está mentindo", disse o gerente do hotel, um pouco mais calmo. "Eu sempre expulsei aquelas meninas, e ela também. Não queremos prostitutas neste hotel."

"O chefe dos garçons?", disse Erlendur, visualizando o bigode fino. O nome dele era, se não estava enganado, Rósant.

"Ah, tá bom, sempre expulsou...", bufou Stina virando-se para Erlendur. "É ele que telefona pra gente. Se ele sabe que um hóspede está a fim, ou tem dinheiro, ele telefona e deixa que a gente fique esperando no bar. Diz que isso torna o hotel mais popular. São hóspedes que vêm para congressos e coisas assim. Estrangeiros. Velhos solitários. Quando tem um congresso grande, ele telefona pra gente."

"Há muitas de vocês?", perguntou Erlendur.

"Nós temos um serviço de acompanhantes", disse Stina. "Coisa fina."

Stina deu a impressão de que nada lhe dava mais orgulho do que ser prostituta. A não ser, talvez, os seios novos.

"Elas não têm serviço de acompanhantes porra nenhuma", disse o gerente, respirando normalmente agora. "Elas ficam em volta do hotel e tentam fisgar os hóspedes e levá-los para os quartos. E ela está mentindo quando diz que eu telefono para elas. Sua puta desgraçada!"

Achando desaconselhável continuar a conversa com Stina no bar, Erlendur disse que precisava da sala do chefe da recepção por um instante — ou então todos poderiam ir à central de polícia continuar a conversa lá. O gerente do hotel gemeu e olhou feio para Stina. Erlendur seguiu-a para fora do bar e eles entraram na sala do chefe. O gerente do hotel ficou para trás. Parecia ter perdido as forças e espantou o chefe da recepção, quando ele tentou ajudá-lo.

"Ela está mentindo, Erlendur", ele gritou atrás deles. "É tudo um monte de mentiras!"

Erlendur sentou-se à mesa do chefe da recepção, enquanto Stina permaneceu em pé e acendeu um cigarro, como se a proibição de fumar em todo o hotel, com a possível exceção do bar, não se aplicasse a ela.

"Você conhecia o porteiro deste hotel?", perguntou Erlendur. "Gudlaugur?"

"Ele era muito legal. Pegava a parte do Gorducho com a gente. E aí foi morto."

"Ele era..."

"Você acha que o Gorducho o matou?", interrompeu Stina. "Ele é o maior canalha que eu conheço. Você sabe por que não estou mais autorizada a trabalhar neste hotel de merda?"

"Não."

"Ele não queria apenas uma parte do faturamento das meninas, mas também, você sabe..."

"O quê?"

"Queria que fizéssemos coisas para ele também. Pessoais. Sabe como é..."

"E?"

"Eu me recusei. Bati o pé. Aquele monte de gordura do desgraçado... Ele é nojento. Ele poderia ter matado o Gudlaugur. Eu consigo vê-lo fazendo isso. Aposto que o gordo sentou em cima dele."

"Mas qual era seu relacionamento com Gudlaugur? Você fazia coisas para ele?"

"Nunca. Ele não estava interessado."

"Com certeza estava", disse Erlendur, imaginando o cadáver de Gudlaugur em seu quartinho com a calça nos tornozelos. "Me parece que ele não estava totalmente desinteressado."

"Bom, por mim ele nunca se interessou", disse Stina, levantando os seios com cuidado. "Nem por nenhuma das meninas."

"O chefe dos garçons está com o gerente nisso?"

"Rósant? Está."

"E o homem da recepção?"

"Ele não quer a gente aqui. Não quer nenhuma puta aqui, mas são os outros dois que decidem. O homem da recepção quer se livrar de Rósant, mas o Gorducho ganha muito dinheiro com ele."

"Diga-me outra coisa. Você masca tabaco? É como se fossem uns saquinhos de chá em miniatura. As pessoas colocam sob os lábios. Prensados na gengiva."

"Eca! Não!", disse Stina. "Você está louco? Eu cuido muito bem dos meus dentes."

"Você conhece alguém que masca tabaco?"

"Não."

Eles não disseram mais nada, até que Erlendur se sentiu compelido a fazer um discurso moralizador. Ele pensou em Eva Lind. Em como ela se envolveu com drogas e com certeza entrou para a prostituição para pagar seu vício, embora provavelmente isso não tivesse ocorrido em um dos hotéis mais finos da cidade. Pensou em como devia ser horrível para uma mulher ter que vender o corpo a um velho sujo qualquer, em qualquer lugar e a qualquer hora.

"Por que você faz isso?", ele perguntou, tentando disfarçar o tom de acusação na voz. "Os implantes de silicone nos seios. Dormir com participantes de congressos em quartos de hotel. Por quê?"

"Eva Lind disse que você ia perguntar isso também. Nem tente entender", disse Stina, apagando o cigarro no chão. "Nem tente."

Por acaso ela olhou para a porta aberta da sala, que dava para o saguão, e viu Ösp passar.

"A Ösp ainda trabalha aqui?", perguntou.

"Ösp? Você a conhece?" O celular de Erlendur começou a tocar no bolso.

"Eu pensei que ela fosse sair. Conversei com ela algumas vezes quando eu estava aqui."

"Como você a conhece?"

"Nós duas estávamos juntas no..."

"Ela não estava se prostituindo com você, estava?" Erlendur pegou o celular, prestes a atender.

"Não", respondeu Stina. "Ela não é como o irmão mais novo dela."

"Irmão?", disse Erlendur. "Ela tem um irmão?"

"Ele é muito mais puta do que eu."

23.

Erlendur encarou Stina enquanto tentava decifrar o comentário dela sobre o irmão de Ösp. Stina mostrou-se hesitante.
"O quê?", disse. "O que há de errado? Não vai atender o telefone?"
"Por que você achou que Ösp tinha parado?"
"Porque é uma merda de trabalho."
Erlendur atendeu o telefone quase distraidamente.
"Até que enfim", disse Elínborg do outro lado.
Ela e Sigurdur Óli tinham ido a Hafnarfjördur buscar a irmã de Gudlaugur para interrogatório na delegacia de polícia de Reykjavík, no entanto ela se recusara a acompanhá-los. Ela lhes pediu uma explicação, mas como os dois se negaram a lhe dizer qualquer coisa, ela disse que não poderia abandonar o pai na cadeira de rodas. Eles se ofereceram para arranjar um enfermeiro e também sugeriram que, se ela quisesse, podia chamar um advogado para estar presente, mas ela pareceu não perceber a gravidade do assunto. Como ela não admitia a ideia de ir à central de polícia, Elínborg propôs uma solução conciliatória, contra

a vontade de Sigurdur Óli. Eles a levariam até Erlendur no hotel e, depois que ele tivesse conversado com ela, decidiriam o passo seguinte. Ela ficou refletindo sobre isso. Prestes a perder a paciência, Sigurdur Óli já pretendia arrastá-la à força, quando ela concordou. Telefonou para um vizinho, que foi até lá na mesma hora e, pelo que se viu, já estava acostumado a cuidar do velho quando necessário. Então ela começou a resistir outra vez, o que enfureceu Sigurdur Óli.

"Ele está indo com ela e vai levá-la até você", disse Elínborg.

"Ele preferia prendê-la. Ela ficou o tempo todo nos perguntando por que queríamos falar com ela e não acreditou quando dissemos que não sabíamos. Por que você quer falar com ela, afinal?"

"Ela veio ao hotel poucos dias antes de seu irmão ser assassinado, mas nos disse que fazia anos que não o via. Eu quero saber por que ela não nos contou isso, por que está mentindo. Quero ver a expressão do rosto dela."

"Ela se exalta com facilidade", avisou Elínborg. "Sigurdur Óli não ficou muito satisfeito com o comportamento dela."

"O que aconteceu?"

"Ele vai te contar."

Erlendur desligou.

"O que você quer dizer com ele ser mais puta do que você?", ele perguntou a Stina, que olhava dentro da bolsa, se perguntando se ia acender outro cigarro ou não. "O irmão da Ösp. O que é que você estava falando dele?"

"Oi?"

"O irmão da Ösp. Você disse que ele era mais puta do que você."

"Pergunte a ela", disse Stina.

"Eu vou perguntar, mas... quero dizer, o que... ele é o irmão mais novo dela, foi o que você disse?"

"Isso mesmo, e ele é... gilete."

"Gilete. Você quer dizer...?"

"Bissexual."

"E ele se prostitui?", perguntou Erlendur. "Como você?"

"Pode apostar que sim. Um viciado. Tem sempre alguém querendo espancá-lo porque ele deve dinheiro."

"E quanto a Ösp? Como você a conhece?"

"A gente estudou na mesma escola. E ele também. Ele é só um ano mais novo do que ela. Nós temos a mesma idade. Estávamos na mesma classe. Ela não é muito brilhante." Stina apontou para a cabeça. "Não lá em cima", disse. "Abandonou a escola quando tinha quinze anos. Falha no lote. Eu passei os dois. Terminei o ensino médio."

Stina abriu um largo sorriso.

Erlendur avaliou-a.

"Eu sei que você é amiga da minha filha, e você se mostrou prestativa", disse ele, "mas você não deve se comparar à Ösp. Para começar, ela não tem pontos que coçam."

Stina olhou para ele, ainda sorrindo com o canto da boca, e em seguida deixou a sala sem dizer uma palavra, passando pelo saguão. Saiu balançando a gola do casaco de pele por cima da cabeça, mas agora seus movimentos tinham perdido toda a dignidade. Ela deu de cara com Sigurdur Óli e a irmã de Gudlaugur quando eles entraram no saguão, e Erlendur viu Sigurdur Óli arregalar os olhos para os seios de Stina. Ele concluiu que o investimento dela, afinal, devia valer a pena.

O gerente do hotel andava por ali, como se estivesse esperando a reunião de Erlendur terminar. Ösp estava perto do elevador e viu Stina deixar o hotel. Era óbvio que Ösp a reconheceu. Quando Stina passou pelo chefe da recepção, sentado a uma mesa, ele olhou para cima e observou-a sair pela porta. Em seguida, deu uma olhada rápida para o gerente do hotel que foi andando para a cozinha com seu gingado de pato. Ösp entrou no elevador, cuja porta se fechou diante dela.

"O que significa toda essa bobagem, será que posso perguntar?", Erlendur ouviu a irmã de Gudlaugur dizer ao se aproximar dele. "Qual é o significado de toda essa insolência e grosseria?"

"Insolência e grosseria?", Erlendur disse com voz zombeteira. "Isso não soa familiar."

"Este homem aqui", disse a irmã, ignorando de propósito o nome de Sigurdur Óli, "este homem foi grosseiro comigo e eu exijo um pedido de desculpas."

"Fora de questão", disse Sigurdur Óli.

"Ele me empurrou e me retirou da minha casa como se eu fosse uma criminosa."

"Eu a algemei", disse Sigurdur Óli. "E não vou me desculpar. Ela pode esquecer. Ela me xingou muito, e xingou Elínborg também, e resistiu. Eu quero prendê-la. Ela atrapalhou um policial no exercício de sua função."

Stefanía Egilsdóttir olhou Erlendur sem dizer nada.

"Não estou acostumada a ser tratada dessa maneira", disse por fim.

"Leve-a para a central", Erlendur disse a Sigurdur Óli. "Coloque-a na cela ao lado da de Henry Wapshott. Amanhã falamos com ela." Ele olhou para a mulher. "Ou depois de amanhã."

"Você não pode fazer isso", disse Stefanía, e Erlendur viu como ela estava abalada. "Você não tem nenhuma razão para me tratar assim. Por que acha que pode me jogar na prisão? O que eu fiz?"

"Você andou mentindo", disse Erlendur. "Até mais tarde." E depois para Sigurdur Óli: "A gente se fala".

Ele se virou e seguiu na direção em que o gerente do hotel tinha ido. Sigurdur Óli pegou Stefanía pelo braço e estava prestes a levá-la embora, quando ela fincou os pés no chão e olhou para as costas de Erlendur, que se afastava.

"Tudo bem", ela o chamou, tentando se livrar de Sigurdur Óli. "Isso não é necessário", disse. "Podemos sentar e conversar como seres humanos."

Erlendur parou e se virou.

"Meu irmão", disse ela. "Vamos falar sobre meu irmão, se você quiser. Mas não sei o que você vai ganhar com isso."

Eles se sentaram no quartinho de Gudlaugur. Ela disse que queria ir para lá. Erlendur perguntou se ela já havia estado lá antes e ela negou. Quando ele perguntou se ela não tinha encontrado o irmão em todos aqueles anos, ela repetiu o que dissera antes, que não tivera contato com o irmão. Erlendur estava convencido de que ela mentia. Que o negócio que ela fora tratar no hotel cinco dias antes do assassinato de Gudlaugur estava, de alguma forma, relacionado a ele, que não era mera coincidência.

Ela olhou para o pôster de Shirley Temple no papel da Pequena Princesa sem a menor mudança de expressão no rosto e sem nem fazer o menor comentário. Ela abriu o guarda-roupa e viu o uniforme de porteiro. Por fim, sentou-se na única cadeira do quarto, enquanto Erlendur encostou-se no guarda-roupa. Sigurdur Óli tinha reuniões agendadas em Hafnarfjördur com outros antigos colegas de Gudlaugur e foi embora quando eles desceram ao porão.

"Ele morreu aqui", disse a irmã sem um único tom de lamento na voz, e Erlendur se perguntou, assim como tinha feito na primeira vez em que a viu, por que aquela mulher parecia não nutrir nenhum sentimento pelo irmão.

"Esfaqueado no coração", disse Erlendur. "Provavelmente com uma faca da cozinha", acrescentou. "Há sangue na cama."

"Que despojado", comentou ela, olhando em volta do quarto. "E ele viveu aqui todos esses anos. O que esse homem tinha na cabeça?"

"Eu estava esperando que você me ajudasse com isso."

Ela olhou para ele e não disse nada.

"Não sei", prosseguiu Erlendur. "Ele achava confortável. Tem gente que só consegue viver em propriedades de quinhentos metros quadrados. Ele também se beneficiava por morar e trabalhar no hotel. Havia muitas regalias."

"Vocês já encontraram a arma do crime?", perguntou ela.

"Não, mas talvez algo parecido com ela", respondeu Erlendur. Então ele parou e esperou que ela falasse, porém ela não disse uma palavra, e um bom tempo transcorreu até ela quebrar o silêncio.

"Por que você disse que estou mentindo para você?"

"Eu não sei o quanto é mentira, só sei que você não está me dizendo tudo. Não está me dizendo a verdade. Aliás, não está me dizendo nada, e estou espantado com a sua reação e a de seu pai diante da morte de Gudlaugur. É como se ele não tivesse nada a ver com vocês."

Ela olhou por um bom tempo para Erlendur e então pareceu tomar uma decisão.

"Ele era três anos mais novo do que eu", ela disse de repente, "e, embora eu fosse uma criança, ainda me lembro de quando o trouxeram para casa. Acho que é uma das minhas primeiras lembranças na vida. Ele foi a menina dos olhos do nosso pai desde o primeiro dia. Papai sempre foi dedicado a ele e acho que desde o início tinha grandes planos para Gudlaugur. Não foi uma coisa que aconteceu naturalmente, como talvez devesse ter sido. Nosso pai sempre teve algo grande planejado para quando Gudlaugur crescesse."

"E você?", perguntou Erlendur. "Ele não a via como um gênio?"

"Ele sempre foi bom para mim, mas idolatrava Gudlaugur."

"E foi em frente até o filho desmoronar."

"Você analisa as coisas de um jeito simples", disse ela. "Elas raramente são assim. Pensei que um homem como você, um policial, percebesse isso."

"Eu não acho que isso tem a ver comigo", disse Erlendur.

"Não", ela disse. "Claro que não."

"Como é que Gudlaugur foi acabar sozinho e abandonado neste quartinho? Por que você o odiava tanto? Dá para entender a atitude de seu pai, que, afinal, teve a saúde prejudicada por causa de Gudlaugur, mas não entendo por que você tem uma posição tão dura em relação a ele."

"A saúde prejudicada por causa de Gudlaugur?", ela repetiu, olhando surpresa para Erlendur.

"Quando ele o empurrou na escada", disse Erlendur. "Eu fiquei sabendo dessa história."

"Por quem?"

"Não vem ao caso. É verdade? Ele aleijou seu pai?"

"Não acho que isso seja da sua conta."

"E não é mesmo", disse Erlendur. "Mas acontece que tem a ver com a investigação, e aí, infelizmente, é da conta de mais pessoas do que apenas vocês dois."

Sem dizer nada, Stefanía olhou para o sangue na cama, enquanto Erlendur se perguntava por que ela quis conversar com ele no quarto onde o irmão tinha sido assassinado. Pensou em lhe perguntar, mas não conseguiu fazê-lo.

Em vez disso, ele afirmou: "Não deve ter sido sempre assim. O regente do coral me contou que você socorreu seu irmão quando ele perdeu a voz no palco. Em algum momento vocês foram amigos. Em algum momento ele foi o seu irmão.

"Como você sabe o que aconteceu? Como você descobriu isso? Com quem você andou falando?"

"Estamos reunindo informações. As pessoas de Hafnarfjördur se lembram bem do que aconteceu. Na época você não era tão insensível a ele. Quando vocês eram crianças."

Stefanía permaneceu em silêncio.

"Tudo aquilo foi um enorme pesadelo", disse ela por fim. "Um pesadelo horroroso."

Na casa deles em Hafnarfjördur, eles passaram o dia inteiro ansiosos, à espera do momento em que ele iria cantar no cinema. Ela acordou cedo, preparou o café da manhã e pensou na mãe, sentindo que havia assumido o papel dela na família e como se orgulhava disso. Seu pai mencionou como ela era prestativa por cuidar dos dois depois da morte da mãe. Como ela era adulta e responsável em tudo o que fazia. Normalmente ele nunca dizia nada sobre ela. Ignorava-a. Sempre a ignorou.

Ela sentia saudades da mãe. Uma das últimas coisas que sua mãe lhe dissera no hospital foi que agora ela teria que cuidar do pai e do irmão. Ela não podia abandoná-los. "Prometa-me isso", pediu a mãe. "Nem sempre vai ser fácil. Nem sempre tem sido fácil. Seu pai pode ser muito teimoso e rigoroso; não sei como Gudlaugur aguenta. Mas, se for preciso, você deve apoiar Gudlaugur, prometa-me isso também", disse sua mãe, e ela assentiu com a cabeça e prometeu aquilo também. E elas ficaram de mãos dadas até a mãe cair no sono, e então ela acariciou seus cabelos e beijou-a na testa.

Dois dias depois ela morreu.

"Vamos deixar Gudlaugur dormir um pouco mais", disse o pai quando desceu para a cozinha. "É um dia importante para ele."

Um dia importante para ele.

Ela não se lembrava de nenhum dia importante para ela. Tudo girava em torno dele. Seu canto. As sessões de gravação. Os dois discos lançados. O convite para visitar a Escandinávia. Os concertos em Hafnarfjördur. O concerto daquela noite. A voz dele. Seus exercícios de canto, quando então ela tinha que se esgueirar pela casa para não perturbá-los, enquanto o irmão postava-se ao lado do piano e o pai tocava o acompanhamento, instruindo-o e encorajando-o, cumulando-o de amor e compreensão se sentia que ele estava indo bem, mas mostrando-se rigoroso e firme se achava que o garoto não estava suficientemente concentrado. Às vezes, o pai perdia a paciência e o repreendia. Às vezes, abraçava-o e dizia que tinha sido maravilhoso.

Se ela tivesse recebido uma fração da atenção dada a ele e o incentivo que ele recebia todos os dias por ter aquela linda voz! Ela se sentia sem importância, desprovida de qualquer talento que pudesse atrair a atenção do pai. Às vezes ele dizia que era uma pena ela não ter uma boa voz. Ele considerava perda de tempo ensiná-la a cantar, mas ela sabia que a questão não era essa. Sabia que ele não ia se dar ao trabalho de gastar energia com ela, porque ela não tinha uma voz especial. Ela não tinha o mesmo dom do irmão. Podia cantar em um coral e tocar uma música ao piano, mas tanto seu pai quanto a professora de piano que contratou, por não ter tempo de ensiná-la ele mesmo, comentavam sobre a falta de talento musical dela.

Seu irmão, por outro lado, tinha uma voz maravilhosa e uma profunda percepção musical, mas ainda era apenas um garoto normal, assim como ela era uma garota normal. Ela não sabia o que os distinguia. Ele não era diferente dela. Até certo ponto, ela foi responsável pela educação dele, especialmente depois que a mãe adoeceu. Ele a obedecia, fazia o que ela dizia e a respeitava. Da mesma forma, ela o amava, mas também sentia ciúme dos elogios que ele recebia. Tinha medo desse sentimento e nunca falou dele a ninguém.

Ela ouviu Gudlaugur descendo as escadas, e em seguida ele apareceu na cozinha e se sentou ao lado do pai.

"Igual à mamãe", disse ele, observando a irmã servir café na xícara do pai.

Ele falava na mãe com frequência, e Stefanía sabia que ele sentia muita falta dela. Ele a procurava quando algo dava errado, quando os outros meninos o agrediam, ou quando o pai perdia a cabeça, ou simplesmente quando ele precisava de que alguém o abraçasse sem que aquilo fosse uma recompensa especial por um bom desempenho.

Expectativa e ansiedade dominaram a casa o dia todo e atingiram um ponto quase insuportável quando, à noite, eles vestiram suas melhores roupas e foram para o cinema. Os dois acompanharam Gudlaugur até os bastidores, seu pai cumprimentou o regente e em seguida eles foram para o auditório, que já estava começando a encher.

As luzes foram diminuindo. A cortina se abriu. Grande para sua idade, bonito e com uma postura especialmente confiante no palco, Gudlaugur por fim começou a cantar com seu soprano melancólico de menino.

Ela prendeu a respiração e fechou os olhos.

Percebeu então seu pai segurando seu braço com tanta força que doeu e ouvindo-o gemer: "Ah, meu Deus!".

Ela abriu os olhos e viu o rosto do pai, lívido como a morte, e quando olhou para o palco viu Gudlaugur tentando cantar, mas algo havia acontecido com sua voz. Era como um *yodelling*, o canto típico dos Alpes, em que notas altas e baixas se alternavam. Ela se levantou, olhou ao redor e viu que as pessoas começavam a sorrir e que algumas estavam rindo. Subiu ao palco, foi até o irmão e tentou tirá-lo dali. O regente do coral veio em seu auxílio, e por fim os dois conseguiram levá-lo para os bastidores. Ela viu seu pai em pé na primeira fila, rígido, olhando para ela como se fosse o deus do trovão.

Quando ela se deitou naquela noite e começou a se lembrar daquele momento terrível, seu coração acelerou, não de medo ou de horror pelo que tinha acontecido ou pelo que seu irmão devia ter sentido, mas impulsionado por uma misteriosa alegria para a qual ela não tinha explicação e que reprimiu como se fosse um pecado terrível.

"Você não ficou com a consciência pesada por causa desses pensamentos?", perguntou Erlendur.

"Eles eram completamente estranhos para mim", disse Stefanía. "Eu nunca tinha pensado nada daquilo antes."

"Acho que não há nada de anormal em se sentir bem com os infortúnios dos outros", disse Erlendur. "Mesmo de pessoas próximas de nós. Pode ser instintivo, uma espécie de mecanismo de defesa para lidar com o choque."

"Eu não deveria estar lhe contando isso com tantos detalhes", disse Stefanía. "Não mostra uma imagem muito simpática de mim. Talvez você tenha razão. Todos nós sofremos um choque. Um choque enorme, como você pode imaginar."

"Como ficou a relação deles depois disso?", perguntou Erlendur. "Gudlaugur e seu pai."

Stefanía ignorou a pergunta.

"Você sabe o que é não ser o favorito?", ela perguntou em vez de responder. "O que é ser apenas comum e nunca receber nenhuma atenção especial? É como se você não existisse. Ninguém liga muito para você, você não recebe nenhuma proteção ou cuidado especial. E, o tempo todo, alguém que você considera um igual a você é tido como o escolhido, aquele que nasceu para trazer alegria infinita a seus pais e ao mundo todo. Você vê isso dia após dia, semana após semana e ano após ano, e nunca termina; na verdade, só aumenta ao longo dos anos, tornando-se quase... quase adoração."

Ela olhou para Erlendur.

"Só pode provocar ciúme", disse. "Qualquer outra coisa não seria humano. E, em vez de suprimi-lo, a próxima coisa que você percebe é que você está se alimentando dele, porque, de alguma forma estranha, ele faz você se sentir melhor."

"É essa a explicação para o prazer que sentiu pelo infortúnio do seu irmão?"

"Eu não sei", disse Stefanía. "Eu não consegui controlar esse sentimento. Ele me atingiu como um tapa no rosto e eu tremia e tremia, e tentei me livrar dele, mas ele não desaparecia. Nunca pensei que isso pudesse acontecer."

Eles ficaram em silêncio.

"Você tinha inveja do seu irmão", disse Erlendur.

"Talvez eu tenha tido, por algum tempo. Mais tarde passei a ter pena dele."

"E acabou por odiá-lo."

Ela olhou para Erlendur.

"E o que você sabe sobre o ódio?"

"Não muito", respondeu Erlendur. "Mas eu sei que ele pode ser perigoso. Por que você nos disse que não tinha contato com o seu irmão há quase trinta anos?"

"Porque é verdade", disse Stefanía.

"Não é verdade", disse Erlendur. "Você está mentindo. Por que está mentindo sobre isso?"

"Você vai me prender por mentir?"

"Se for preciso, vou", disse Erlendur. "Nós sabemos que você veio a este hotel cinco dias antes de ele ser assassinado. Você nos disse que fazia anos que não via seu irmão nem tinha contato com ele. Mas descobrimos que você veio ao hotel poucos dias antes da morte dele. Fazer o quê? E por que mentiu para nós?"

"Eu poderia ter vindo a este hotel e não tê-lo encontrado. É um hotel grande. Isso não lhe ocorreu?"

"Duvido. Não acho que seja apenas coincidência você ter vindo ao hotel pouco antes dele morrer."

Ele notou que ela estava sendo evasiva. Percebeu que ela estava refletindo sobre se devia dar o próximo passo. Claro que ela havia se preparado para oferecer um relato mais detalhado do que na primeira vez em que se encontraram, e agora chegava o momento de decidir se ia em frente ou não.

"Ele tinha uma chave", disse ela com uma voz tão baixa que Erlendur mal a ouviu. "Aquela que você mostrou para mim e para o meu pai."

Erlendur se lembrou do chaveiro encontrado no quarto de Gudlaugur e do pequeno canivete cor-de-rosa com a imagem de um pirata nele.

Havia duas chaves no chaveiro: uma que ele pensava ser de alguma porta e outra que poderia muito bem ser de uma cômoda, um armário ou uma caixa.

"O que tem a chave?", perguntou Erlendur. "Você a reconheceu? Sabe de onde ela é?"

Stefanía sorriu.

"Eu tenho uma chave idêntica", disse.

"Que chave é essa?"

"É da nossa casa de Hafnarfjördur."

"Você quer dizer da casa de vocês?"

"Isso", disse Stefanía. "Onde meu pai e eu moramos. É a chave da porta do porão nos fundos da casa. No porão há uns degraus estreitos que levam ao hall, e de lá se pode entrar na sala e na cozinha."

"Você quer dizer...?" Erlendur tentou entender as implicações do que ela estava dizendo. "Quer dizer que ele entrava na casa?"

"Entrava."

"Mas eu pensei que vocês não tinham contato. Você disse que você e seu pai não tinham nada a ver com ele havia anos. Que você não queria ter nenhum contato com ele. Por que mentiu?"

"Porque meu pai não sabia."

"Não sabia o quê?"

"Que ele ia em casa. Gudlaugur deve ter sentido a nossa falta. Eu não perguntei a ele, mas deve ter sentido. Para ele fazer isso."

"O que exatamente o seu pai não sabia?"

"Que Gudlaugur às vezes ia em casa à noite sem sabermos, ficava sentado na sala sem fazer barulho e depois saía antes de acordarmos. Ele fez isso durante anos, e nunca soubemos."

Ela olhou para as manchas de sangue na cama.

"Até que uma vez eu acordei no meio da noite e o vi."

24.

    Erlendur olhou para Stefanía, as palavras dela passando rápidas por sua mente. Ela não se mostrava mais tão arrogante como no primeiro encontro deles, quando Erlendur se indignara com a falta de sentimento dela pelo irmão, e agora ele achou que talvez tivesse se precipitado ao julgá-la. Ele não a conhecia, e tampouco conhecia a história dela bem o suficiente para ter sido arrogante, e de repente se arrependeu da observação que fizera sobre a consciência pesada dela. Não cabia a ele julgar ninguém, embora sempre caísse nessa armadilha. A verdade é que ele não sabia nada sobre aquela mulher ali diante dele, que de repente se tornara tão triste e se mostrava terrivelmente solitária. Percebeu que a vida dela não tinha sido nenhum mar de rosas, primeiro como uma criança que viveu à sombra do irmão, depois como a adolescente órfã de mãe e, por fim, como a mulher que sempre permaneceu ao lado do pai, provavelmente sacrificando a vida por ele.
    Um bom tempo transcorreu dessa forma, os dois absortos em seus pensamentos. A porta do quartinho estava aberta e Erlendur dirigiu-se ao corredor. De repente quis se reassegurar de que não

havia ninguém lá fora escutando. Olhou ao longo do corredor mal iluminado e não viu ninguém. Virou-se e olhou para o outro lado, e tudo estava escuro como breu. Pensou que se alguém quisesse ir até lá, teria que passar necessariamente pela porta aberta do quartinho, e então ele teria notado. O corredor achava-se vazio. Mesmo assim, retornou ao quarto com uma forte sensação de que não estavam sozinhos no porão. O cheiro no corredor era o mesmo que havia sentido na primeira vez que estivera lá: um cheiro de queimado que ele não conseguia identificar. Ele não se sentia confortável. Sua primeira visão do corpo estava gravada em sua mente e quanto mais ele descobria sobre o homem com roupa de Papai Noel, mais deplorável era a imagem mental que ele construía, da qual, aliás, sabia que nunca ia conseguir se livrar.

"Está tudo bem?", perguntou Stefanía, ainda na cadeira.

"Está tudo bem, sim", respondeu Erlendur. "Tive um pensamento bobo. Uma impressão de que havia alguém no corredor. Que tal irmos para outro lugar? Talvez tomar um café?"

Ela olhou pelo quarto, assentiu com a cabeça e se levantou. Caminharam em silêncio ao longo do corredor, subiram a escada e atravessaram o saguão em direção ao restaurante, onde Erlendur pediu dois cafés. Sentaram-se a um canto e tentaram não deixar os turistas perturbá-los.

"Meu pai não ficaria nada satisfeito comigo agora", disse Stefanía. "Ele sempre me proibiu de falar sobre a família. Ele não suporta nenhuma invasão de sua privacidade."

"Ele está bem de saúde?"

"Para a sua idade, ele está muito bem de saúde. Mas eu não sei..." Suas palavras sumiram no ar.

"Não existe isso de privacidade quando a polícia está envolvida", disse Erlendur. "Ainda mais quando um assassinato foi cometido."

"Estou começando a perceber isso agora. Estávamos querendo nos livrar dessa história como se ela não fosse assunto nosso, mas acho que ninguém pode se eximir numa circunstância terrível como essa. Não acho que as coisas funcionem assim."

"Se entendi bem", Erlendur disse, "você e seu pai haviam rompido relações com Gudlaugur, mas ele se esgueirava pela casa à noite sem ser notado. Qual era a motivação dele? O que ele fazia? Por que fazia isso?"

"Eu nunca obtive uma resposta satisfatória dele. Ele apenas ficava sentado na sala por uma ou duas horas. Se não fosse assim, eu teria notado bem antes. Fazia muitos anos que ele vinha fazendo isso várias vezes por ano. Então uma noite, há cerca de dois anos, eu não conseguia dormir e estava meio sonolenta deitada na cama por volta das quatro da manhã, quando ouvi um barulho no andar de baixo, na sala, o que naturalmente me assustou. O quarto do meu pai fica no andar de baixo e sua porta está sempre aberta à noite, e eu pensei que ele estivesse tentando chamar minha atenção. Ouvi outro rangido e pensei que fosse um assaltante, então desci em silêncio. Vi que a porta do quarto do meu pai estava exatamente como eu a tinha deixado, mas quando entrei no hall vi um homem descer a escada correndo, e o chamei. Para meu horror, ele parou na escada, virou-se e voltou para cima."

Stefanía fez uma pausa e olhou para a frente, como se transportada para um outro lugar e tempo.

"Pensei que ele fosse me atacar", ela recomeçou. "Eu estava na porta da cozinha e acendi a luz, e lá estava ele na minha frente. Fazia anos que eu não via o rosto dele, desde que ele era jovem, e demorei um pouco para perceber que era meu irmão."

"Como você reagiu?", perguntou Erlendur.

"Fiquei transtornada. Eu devia estar muito apavorada, porque, se fosse mesmo um ladrão, eu deveria é ter ligado para a polícia, e não ter feito todo aquele barulho. Eu tremia de medo e dei um grito quando acendi a luz e vi o rosto dele. Deve ter sido engraçado ver-me tão assustada e nervosa, porque ele começou a rir."

"Não acorde o pai", disse ele, pondo um dedo nos lábios.
Ela não podia acreditar em seus olhos.
"É você?", perguntou com dificuldade.
Ele não se parecia com a imagem que ela manteve consigo desde a juventude, e ela viu o quanto ele havia envelhecido. Ele tinha bolsas sob os olhos e seus lábios estavam pálidos; tufos de cabelo despontavam em todas as direções e seus olhos eram de uma tristeza infinita. No mesmo instante, ela começou a calcular com quantos anos ele devia estar. Ele parecia bem mais velho.
"O que você está fazendo aqui?", ela sussurrou.
"Nada", disse ele. "Não estou fazendo nada. Às vezes só quero voltar para casa."

"Essa foi a única explicação que ele deu para o fato de algumas noites entrar furtivamente na sala sem sabermos", contou Stefanía. "Às vezes, ele queria voltar para casa. Não sei o que ele quis dizer. Se fazia alguma associação com a infância, quando mamãe ainda era viva, ou se estava se referindo aos anos antes de ele empurrar o papai na escada. Não sei. Talvez a casa em si tivesse algum significado para ele, porque ele nunca teve outra casa. Apenas um quartinho sujo no porão deste hotel."

"Você devia ir embora", disse ela. "Ele pode acordar."
"É, eu sei. Como ele está? Está bem?"

"Está indo bem. Mas precisa de cuidados constantes. Ele tem que ser alimentado, lavado, vestido, levado para fora e colocado na frente da televisão. Ele gosta de filmes."

"Você não sabe como me senti mal com tudo isso", disse ele. "Todos esses anos. Eu não queria que tivesse acabado desse jeito. Foi tudo um enorme erro."

"Foi mesmo", disse ela.

"Eu nunca quis ser famoso. Esse era o sonho dele. Minha parte era apenas torná-lo realidade."

Os dois ficaram em silêncio.

"Ele alguma vez perguntou sobre mim?"

"Não", ela disse. "Nunca. Eu tentei fazê-lo falar sobre você, mas ele não quer que seu nome seja nem mesmo mencionado."

"Ele ainda me odeia."

"Acho que ele nunca vai se livrar disso."

"É pelo jeito que eu sou. Ele não me suporta porque eu sou..."

"Isso é uma coisa entre vocês dois que..."

"Eu teria feito qualquer coisa para ele, você sabe disso."

"Eu sei."

"Sempre."

"Eu sei."

"Todas essas exigências que ele fez comigo. Práticas intermináveis. Concertos. Gravações. Foi tudo um sonho dele, não meu. Ele ficava feliz, então para mim estava tudo bem."

"Eu sei."

"Então, por que ele não pode me perdoar? Por que ele não pode fazer as pazes comigo? Eu sinto falta dele. Você vai dizer isso a ele? Eu sinto falta de quando estávamos juntos. Quando eu costumava cantar para ele. Vocês são a minha família."

"Vou tentar falar com ele."

"Vai? Você vai lhe dizer que eu sinto falta dele?"

"Vou fazer isso."

"Ele não me suporta por causa do jeito que eu sou."

Stefanía não disse nada.

"Talvez eu tenha me rebelado contra ele. Eu não sei. Tentei esconder, mas não posso ser nada além daquilo que eu sou."

"Agora é melhor você ir", disse ela.

"Certo."

Ele hesitou.

"E você?"

"E eu o quê?"

"Você também me odeia?"

"É melhor você ir. Ele pode acordar."

"Porque é tudo culpa minha. A situação em que você está, ter que cuidar dele o tempo todo. Você deve..."

"Vá", disse ela.

"Desculpe."

"O que aconteceu depois que ele saiu de casa, após o acidente?", perguntou Erlendur. "Ele foi simplesmente apagado do mapa, como se nunca tivesse existido?"

"Mais ou menos. Eu sei que meu pai ouvia os discos dele de vez em quando. Ele não queria que eu soubesse, mas eu via algumas vezes, quando chegava em casa do trabalho. Ele se esquecia de guardar a capa ou de desligar o aparelho de som. Às vezes ficávamos sabendo alguma coisa sobre ele, e anos atrás lemos uma entrevista com ele em uma revista. Um artigo sobre ex-estrelas infantis. "Onde eles estão agora?" era a manchete, ou alguma coisa deplorável como isso. A revista o tinha descoberto e ele parecia disposto a falar sobre sua antiga fama. Não sei por que ele se abriu daquele jeito. Ele não disse nada na entrevista, a não ser que tinha sido divertido ser a atração principal."

"Então alguém se lembrou dele. Ele não ficou completamente esquecido."

"Alguém sempre se lembra."

"Na revista ele não mencionou as perseguições que sofreu na escola nem as exigências de seu pai, a perda da mãe e como as esperanças dele, que entendo terem sido incentivadas pelo seu pai, foram frustradas e ele foi forçado a sair de casa?"

"O que você sabe sobre as perseguições na escola?"

"Sabemos que ele foi intimidado por ser diferente. Não foi isso?"

"Não creio que meu pai o tenha enchido de expectativas. Ele é um homem muito realista, prático. Não sei por que está dizendo isso. Por algum tempo, pareceu que meu irmão iria trilhar um longo caminho como cantor, apresentando-se no exterior e recebendo atenções em uma proporção até então jamais vista em nossa pequena comunidade. Meu pai explicou isso a ele, mas também acho que lhe disse que, embora aquilo fosse exigir muito trabalho, dedicação e talento, ele não deveria criar expectativas muito altas. Não pense que meu pai seja algum ingênuo."

"Eu não penso isso, de maneira alguma."

"Ótimo."

"Em todo esse tempo, Gudlaugur nunca tentou entrar em contato com vocês dois? Ou você com ele?"

"Não. Acho que já respondi a essa pergunta. Nada além de entrar sorrateiramente em casa, sem percebermos. Ele me disse que vinha fazendo isso havia anos."

"Vocês não tentaram localizá-lo?"

"Não, não tentamos."

"Ele e a mãe eram muito ligados?", perguntou Erlendur.

"Ela significava tudo para ele", disse Stefanía.

"Então a morte dela foi uma tragédia para ele."

"A morte dela foi uma tragédia para todos nós."

Stefanía soltou um suspiro profundo.

"Acho que algo morreu dentro de nós quando ela se foi. Algo que fazia de nós uma família. Só muito tempo depois é que percebi como era ela que nos unia, que nos dava equilíbrio. Ela e papai nunca concordavam sobre Gudlaugur, e eles discutiam sobre a criação dele, se é que se podia chamar aquilo de discussão. Ela queria deixá-lo ser da maneira que ele era e, mesmo que ele cantasse maravilhosamente, não dar muita importância a isso."

Ela olhou para Erlendur.

"Acho que nosso pai sempre o viu mais como uma incumbência do que uma criança. Algo que só ele poderia modelar e criar."

"E você? Qual era o seu ponto de vista?"

"Eu? Eles nunca me perguntaram nada."

Eles pararam de falar, ouviram o murmúrio de vozes no restaurante, observaram os turistas conversando e rindo. Erlendur olhou para Stefanía, que parecia ter se retirado para dentro de sua concha com as lembranças de sua frágil vida familiar.

"Você teve alguma participação no assassinato de seu irmão?", perguntou Erlendur cautelosamente.

Foi como se ela não tivesse ouvido o que ele disse, então ele repetiu a pergunta.

Ela olhou para cima.

"Nenhuma. Eu gostaria que ele ainda estivesse vivo, para que eu pudesse..."

Stefanía não terminou.

"E então? Para que você pudesse o quê?", perguntou Erlendur.

"Não sei, talvez compensar..."

Ela se interrompeu mais uma vez.

"Foi tudo tão horrível. Tudo isso. Começou com coisas banais e depois foi crescendo até ficar fora de controle. Não estou diminuindo o fato de ele ter empurrado nosso pai na escada.

Mas a gente acaba tomando partido e depois não se esforça muito para mudar isso. Porque não quer, suponho. E o tempo passa, e os anos passam, até que você realmente esquece o sentimento, a razão que puseram tudo em movimento, e aí você já esqueceu, de propósito ou acidentalmente, as oportunidades que teve para compensar o que saiu errado, e aí, de repente, já é tarde demais para endireitar as coisas. Todos esses anos se passaram e..." Ela suspirou.

"O que você fez depois que o flagrou na escada?"

"Eu conversei com papai. Ele não queria saber de Gulli, e ponto final. Não lhe contei sobre as visitas noturnas. Tentei conversar algumas vezes sobre uma reconciliação. Disse que havia encontrado Gulli por acaso na rua e que ele queria ver o pai dele, mas papai foi inflexível."

"Seu irmão nunca mais voltou à casa depois disso?"

"Que eu saiba, não."

Ela olhou para Erlendur.

"Isso foi há dois anos, e foi a última vez que o vi."

25.

Stefanía levantou-se para ir embora. Era como se ela já tivesse dito tudo o que tinha a dizer. Erlendur ainda sentia que ela havia escolhido muito bem o seu depoimento e que tinha guardado o resto para si mesma. Ele também se levantou, refletindo se aquilo era o suficiente por ora ou se deveria pressioná-la um pouco mais. Decidiu deixar a escolha por conta dela. Ela se mostrava mais cooperativa, e isso convinha a ele por enquanto. Mas não podia deixar de lhe perguntar sobre um mistério que ela não havia explicado.

"Dá para entender a raiva que seu pai sentiu dele ao longo da vida, por causa do acidente", disse Erlendur. "Que ele o tenha culpado pela paralisia que desde então o confinou a uma cadeira de rodas. Mas você eu não consigo entender. Não consigo entender por que você reagiu da mesma maneira. Por que ficou do lado do seu pai. Por que se voltou contra seu irmão e deixou de ter contato com ele todos esses anos."

"Acho que já ajudei bastante você", disse Stefanía. "A morte dele não tem nada a ver com meu pai nem comigo. Está ligada a alguma outra vida que meu irmão levava, sobre a qual nem eu nem meu pai sabemos. Espero que você reconheça que eu tentei ser sincera e útil, e não nos incomode mais. Você não vai me algemar na minha própria casa."

Stefanía estendeu a mão como se quisesse selar algum tipo de pacto de que ela e o pai não seriam perturbados no futuro. Erlendur apertou a mão dela e tentou sorrir. Ele sabia que o pacto seria quebrado mais cedo ou mais tarde. Muitas perguntas, pensou.

Poucas respostas verdadeiras. Ele ainda não estava pronto para deixá-la ir embora e pensou que podia afirmar com quase certeza que ela ainda estava mentindo para ele ou, pelo menos, rodeando a verdade.

"Então você não veio ao hotel para se encontrar com seu irmão poucos dias antes dele morrer?", perguntou Erlendur.

"Não, eu vim me encontrar com uma amiga no restaurante. Tomamos café. Pergunte a ela, se acha que estou mentindo. Eu tinha esquecido que meu irmão trabalhava aqui, e não o vi enquanto estive aqui."

"Talvez eu verifique isso", disse Erlendur, e anotou o nome da mulher. "Mais uma coisa: você conhece um homem chamado Henry Wapshott? Ele é inglês e estava em contato com seu irmão."

"Wapshott?"

"É um colecionador de discos. Interessado nas gravações de seu irmão. Acontece que ele coleciona discos com gravações de corais e especializou-se em meninos cantores."

"Nunca ouvi falar dele", disse Stefanía. "Especializou-se em meninos cantores?"

"Na verdade, existem colecionadores mais estranhos que ele", disse Erlendur, mas não se atreveu a contar sobre os saquinhos de vômito de aviões. "Ele diz que os discos do seu irmão são muito valiosos atualmente. Você sabe alguma coisa sobre isso?"

"Não, nada", disse Stefanía. "O que ele estava sugerindo? O que isso significa?"

"Não sei bem", disse Erlendur. "Mas eles são valiosos o suficiente para Wapshott ter querido vir aqui para a Islândia encontrá-lo. Gudlaugur possuía algum de seus próprios discos?"

"Não que eu saiba."

"Sabe o que aconteceu com as cópias que foram lançadas?"

"Acho que foram todas vendidas", disse Stefanía. "Será que elas valeriam alguma coisa se ainda fossem encontradas?"

Erlendur sentiu uma ponta de ansiedade na voz dela e se perguntou se ela estava disfarçando, se estava, afinal, mais bem informada sobre tudo aquilo do que ele e apenas tentando descobrir o que ele sabia.

"Pode ser que sim", disse Erlendur.

"Esse inglês ainda está no país?", perguntou ela.

"Está sob custódia da polícia. Ele parece saber mais sobre seu irmão e a morte dele do que quer nos contar."

"Você acha que ele o matou?"

"Não ouviu o noticiário?"

"Não."

"Ele é um suspeito, nada mais que isso."

"Quem é esse homem?"

Erlendur estava prestes a lhe contar sobre as informações da Scotland Yard e a pornografia infantil encontrada no quarto de Wapshott. Em vez disso, porém, repetiu que Wapshott era um colecionador de discos interessado em meninos cantores, que tinha se hospedado no hotel, feito contato com Gudlaugur e que fora considerado suficientemente suspeito para ser detido.

Eles se despediram de forma cordial, e Erlendur ficou olhando-a sair do restaurante para o saguão. Seu celular tocou. Ele tateou o bolso à procura dele e atendeu. Para sua surpresa, era Valgerdur.

"Podemos nos ver hoje à noite?", ela perguntou sem preâmbulos. "Você vai estar no hotel?"

"Posso estar", disse Erlendur, não se preocupando em esconder a surpresa na voz. "Eu pensei..."

"Lá pelas oito? No bar?"

"Tudo bem", disse Erlendur. "Combinado. O que...?"

Ele ia perguntar a Valgerdur o que a estava incomodando, quando ela desligou e tudo o que ele ouviu foi o silêncio. Guardando o celular, ele se perguntou o que ela queria. Havia descartado qualquer chance de conhecê-la melhor e concluiu que provavelmente ele era um fracasso total no que dizia respeito às mulheres. Então veio esse telefonema do nada e ele não sabia como interpretar aquilo.

Já passava bem do meio-dia e Erlendur estava morrendo de fome, mas em vez de almoçar no restaurante ele subiu e pediu o almoço no quarto. Ele ainda tinha várias fitas para analisar, então colocou uma delas no aparelho e começou a assistir enquanto esperava a comida.

Logo se desconcentrou, sua mente saiu da tela e ele começou a refletir sobre as palavras de Stefanía. Por que Gudlaugur tinha entrado escondido na casa deles à noite? Ele havia dito à irmã que queria voltar para casa. *Às vezes eu só quero voltar para casa.* O que isso significava? Será que a irmã sabia? O que era *casa* para Gudlaugur? Do que ele sentia falta? Ele não fazia mais parte da família, e a pessoa que tinha sido mais próxima dele, sua mãe, havia morrido muito tempo antes. Ele não perturbava o pai e a irmã quando os visitava. Não aparecia de dia, como uma pessoa normal faria — se é que existiam pessoas normais —, para acertar as contas, lidar com as diferenças e com a raiva, e até com o ódio que havia se instalado entre ele e sua família. Ele aparecia na calada da noite, tomando cuidado para não incomodar ninguém, e ia embora furtivamente. Em vez de reconciliação ou perdão, ele parecia estar procurando alguma coisa talvez mais importante para si, algo que só ele podia entender e que estava além de qualquer explicação, algo consagrado naquela única palavra.

Casa.

O que era casa?

Talvez um sentimento relacionado com a infância passada na casa dos pais antes que as incompreensíveis complexidades da vida recaíssem sobre ele. Quando ele corria ao redor da casa sabendo que seu pai, mãe e irmã eram seus amigos, pessoas amadas. Ele deve ter ido para casa pensando em juntar as lembranças que não queria perder e das quais se nutriu quando a vida se tornou um peso muito grande.

Talvez fosse para casa com a intenção de se reconciliar com o que o destino lhe reservara. As exigências inflexíveis do pai, a perseguição que sofreu por ser considerado diferente, o amor materno que era mais precioso para ele do que qualquer outra coisa na vida, e a irmã mais velha que o protegia também; o choque quando voltou para casa após o concerto no cinema de Hafnarfjördur, o seu mundo em ruínas e as esperanças do pai destruídas. O que poderia ser pior para um garoto como ele do que deixar de corresponder às expectativas do pai? Após todo o esforço que fez, todo o esforço que seu pai tinha feito, todo o esforço que a família tinha feito. Ele havia sacrificado sua infância por algo grande demais para ele compreender ou controlar naquela época — e que no fim não se realizou. Seu pai havia transformado sua infância em um jogo e, na verdade, a privou dela.

Erlendur suspirou.

Quem não queria voltar para casa às vezes?

Ele estava estendido na cama quando de repente ouviu um barulho no quarto. A princípio, não conseguiu identificar de onde vinha. Pensou que o toca-discos tivesse reiniciado e que o braço com a agulha não tivesse caído direito sobre o disco.

Sentando-se, olhou para o toca-discos e viu que ele estava desligado. Erlendur ouviu o barulho de novo e olhou ao redor. Estava escuro e ele não conseguia enxergar bem. Uma luz fraca emanava do poste no outro lado da rua. Ele estava prestes a ligar a luz da cabeceira, quando ouviu o barulho outra vez, mais alto do que antes. Não ousou se mexer. Em seguida, lembrou-se de onde já tinha ouvido o ruído antes.

Ele se sentou na cama e olhou para a porta. Na luminosidade fraca, viu uma pequena figura, azul de frio, encolhida no nicho que havia ao lado da porta, olhando para ele, com calafrios, tremendo de tal forma que sua cabeça balançava e a criatura fungava.

Esse fungar foi o barulho que Erlendur reconheceu.

Ele olhou para a figura e a figura olhou de volta para ele, tentando sorrir, mas incapaz de fazê-lo por causa do frio.

"É você?", perguntou Erlendur ofegante.

Naquele instante a figura desapareceu do nicho e Erlendur acordou assustado, metade do corpo fora da cama, e olhou para a porta.

"Era você?", ele gemeu, vendo trechos do sonho, as luvas de lã, o gorro, o casaco de inverno e o cachecol. As roupas que usavam quando saíram de casa.

As roupas de seu irmão.

Que estava sentado no quarto tremendo de frio.

26.

Durante muito tempo ele ficou em silêncio na janela, vendo a neve cair.

Por fim, sentou-se para continuar a ver as fitas. A irmã de Gudlaugur não reapareceu, nem ninguém que ele conhecesse, a não ser alguns funcionários do hotel que ele reconheceu, apressando-se para entrar ou sair do trabalho.

O telefone do hotel tocou e Erlendur atendeu.

"Acho que Wapshott está dizendo a verdade", disse Elínborg. "Eles o conhecem bem nas lojas de colecionadores e nos mercados de pulgas."

"Ele estava em um desses lugares na hora em que alegou estar?"

"Eu lhes mostrei fotos dele e perguntei sobre os horários, e eles foram muito próximos. Próximos o suficiente para ele não estar no hotel quando Gudlaugur foi atacado."

"Ele também não parece ser um assassino."

"Ele é um pedófilo, mas talvez não um assassino. O que você vai fazer com ele?"

"Acho que mandá-lo de volta para o Reino Unido."

A conversa terminou e Erlendur ficou refletindo sobre o assassinato de Gudlaugur sem chegar a nenhuma conclusão. Pensou em Elínborg, e sua mente logo retornou ao caso do menino que sofrera maus-tratos do pai e a quem Elínborg odiava por isso.

"Você não é o único", Elínborg tinha dito ao pai. Ela não estava tentando consolá-lo. Seu tom era acusatório, como se quisesse que o pai soubesse que ele não passava de mais um sádico que maltratava o filho. Queria que ele soubesse que fazia parte daquele todo. As estatísticas lhe diziam respeito.

Ela havia estudado essas estatísticas. Entre 1980 e 1999, bem mais de trezentas crianças haviam sido examinadas no Hospital da Criança por suspeita de maus-tratos. Desse total, duzentos e trinta e dois casos envolviam suspeita de abuso sexual e quarenta e três, suspeita de abuso físico ou violência. Inclusive envenenamento. Elínborg repetiu as palavras para enfatizar: inclusive envenenamento e negligência intencional. Ela lia uma folha de papel, calma e controlada: ferimentos na cabeça, ossos quebrados, queimaduras, cortes, mordidas. Ela releu a lista e olhou nos olhos do pai.

"Suspeita-se que duas crianças tenham morrido por violência física nesse período de vinte anos", informou. "Nenhum dos casos foi a julgamento."

Os especialistas, ela lhe disse, consideravam aquele um problema subjacente, o que, em termos mais claros, significava que provavelmente havia muitos outros casos.

"No Reino Unido", prosseguiu, "quatro crianças morrem toda semana por maus-tratos. Quatro crianças", reiterou. "Toda semana."

"Você quer saber que motivos são alegados?", continuou ela. Erlendur estava sentado na sala de interrogatório, mas sem interferir. Estava lá apenas para ajudar Elínborg, se necessário; ela, porém, não parecia estar precisando de nenhuma ajuda.

O pai abaixou os olhos. Olhou para o gravador. O aparelho não estava ligado. Aquilo não era um interrogatório oficial. Seu advogado não fora notificado, mas o pai ainda não tinha feito objeções nem reclamado.

"Vou citar alguns", disse Elínborg, e começou a listar os motivos que fazem os pais serem violentos com seus filhos: "Estresse", disse ela. "Problemas financeiros, doenças, desemprego, isolamento, falta de apoio do cônjuge e insanidade momentânea."

Elínborg olhou para o pai.

"Você acha que nada disso se aplica a você? Insanidade momentânea?"

Ele não respondeu.

"Algumas pessoas perdem o controle, e há registros de casos de pais que depois ficam com a consciência tão pesada que desejam ser apanhados. Isso lhe soa familiar?"

Ele não disse nada.

"Eles levam a criança ao médico, talvez ao clínico geral da família, por ela estar, digamos, com um resfriado persistente. Mas não é o resfriado que os motiva; eles querem que o médico perceba os ferimentos na criança, as contusões. Querem ser apanhados. E sabe por quê?"

Ele continuou em silêncio.

"Porque desejam pôr um fim nisso. Desejam que alguém intervenha. Intervenha em um processo sobre o qual eles não têm controle. São incapazes de fazer isso sozinhos e esperam que o médico perceba que algo está errado."

Ela olhou para o pai. Erlendur observava em silêncio. Ele achava que talvez Elínborg estivesse indo longe demais. Seu esforço para agir profissionalmente, para mostrar que aquele caso não a perturbava, parecia estar no limite. Parecia ser uma batalha perdida e ele achava que ela havia percebido isso. Elínborg estava muito envolvida emocionalmente.

"Falei com o seu médico de família", disse Elínborg. "Ele me contou que por duas vezes relatou lesões do menino para o departamento de bem-estar infantil. O departamento investigou ambas as vezes, mas não encontrou nenhuma evidência conclusiva. O fato de o menino não dizer nada e de você não admitir nada não ajudou. São duas coisas diferentes, querer ser descoberto pela violência e confessá-la. Eu li os relatórios. Na segunda vez, seu filho foi questionado sobre a relação dele com você, mas pareceu não entender a pergunta. Eles repetiram a pergunta: 'Em quem você confia mais do que tudo?'. E ele respondeu: 'No meu pai. Eu confio no meu pai acima de tudo'."

Elínborg fez uma pausa.

"Não acha isso terrível?", perguntou.

Ela olhou para Erlendur e de volta para o pai.

"Não acha isso simplesmente terrível?"

Erlendur pensou que houve uma época em que ele teria dado a mesma resposta. Ele teria mencionado seu pai.

Quando a primavera chegou e a neve derreteu, seu pai foi até a montanha procurar pelo filho perdido, tentando calcular a sua rota na tempestade do local onde Erlendur tinha sido encontrado. Ele parecia ter se recuperado um pouco, mas mesmo assim ainda estava atormentado pela culpa.

Perambulou pelos pântanos e pelas montanhas, para além de onde havia qualquer chance de seu filho ter chegado, e nunca encontrou nada. Ficou acampado em uma barraca lá em cima, Erlendur foi com ele, sua mãe tomou parte nas buscas, às vezes moradores da região iam ajudá-los, mas o menino nunca foi encontrado. Era fundamental encontrar o corpo. Até então, ele não estava morto no sentido pleno, mas apenas perdido para eles. A ferida permanecia aberta e uma tristeza incomensurável vazava dela.

    Erlendur lutava sozinho contra essa tristeza. Sentia-se mal, e não apenas com a perda do irmão. Atribuía seu próprio resgate à sorte, mas um estranho sentimento de culpa o assolava porque ele, e não seu irmão mais novo, é quem fora salvo. Não só não tinha conseguido segurar o irmão no meio da tempestade, como era assombrado pelo pensamento de que deveria ter morrido também. Era o mais velho e o responsável pelo irmão. Sempre tinha sido assim. Ele tomava conta dele. Em todas as brincadeiras. Quando estavam sozinhos em casa. Quando mandavam fazer alguma coisa. Ele tinha correspondido a essas expectativas. Naquela ocasião havia falhado e talvez não merecesse ser salvo, uma vez que seu irmão tinha morrido. Ele não sabia por que sobrevivera. Mas às vezes achava que teria sido melhor se tivesse se perdido no pântano.

    Nunca mencionou esses pensamentos aos pais, e em sua solidão às vezes sentia que eles deviam achar a mesma coisa dele. Seu pai tinha se afundado na culpa e queria ficar sozinho. A mãe estava esmagada pela tristeza. Ambos se culpavam em parte pelo ocorrido. Entre eles reinava um curioso silêncio, capaz de abafar o grito mais alto, enquanto Erlendur travava sua própria batalha na solidão, refletindo sobre responsabilidade, culpa e sorte.

    Se eles não o tivessem encontrado, será que teriam encontrado seu irmão?

    Junto à janela do hotel, ele se perguntou que marca a morte do irmão havia deixado em sua vida, e se ela era maior do que ele percebia. Tinha refletido sobre isso quando Eva Lind passou a lhe fazer perguntas. Embora não tivesse respostas simples, sabia em seu íntimo, bem lá no fundo, onde elas se encontravam. Muitas vezes ele havia se feito as mesmas perguntas que Eva Lind fez a ele quando o questionou sobre seu passado.

Erlendur ouviu uma batida na porta e se afastou da janela.

"Entre!", disse em voz alta. "Não está trancada."

Sigurdur Óli abriu a porta e entrou.

Ele havia passado o dia inteiro em Hafnarfjördur, conversando com pessoas que conheceram Gudlaugur.

"Alguma novidade?", perguntou Erlendur.

"Descobri como ele passou a ser chamado. Você se lembra, depois que tudo desmoronou na vida dele."

"Certo, e quem contou a você?"

Sigurdur Óli suspirou e sentou-se na cama. Sua mulher, Bergthóra, se queixara do pouco tempo que ele vinha passando em casa ultimamente, quando o Natal estava se aproximando; ela teve que cuidar sozinha de todos os preparativos. Ele pretendia ir para casa e levá-la para comprar uma árvore de Natal, mas primeiro precisava ir falar com Erlendur. A caminho do hotel, explicou isso a ela pelo telefone e disse que ia ser rápido, mas ela já tinha ouvido essa história muitas vezes para acreditar, e estava zangada quando eles desligaram.

"Você vai passar o Natal todo neste quarto?", perguntou Sigurdur Óli.

"Não", disse Erlendur. "O que você descobriu em Hafnarfjördur?"

"Por que faz tanto frio aqui?"

"O aquecedor", disse Erlendur. "Não aquece. Por que não vai logo ao ponto?"

Sigurdur Óli sorriu.

"Você compra árvore de Natal? Para o Natal?"

"Se eu comprasse uma árvore de Natal, faria isso no Natal."

"Descobri um homem que, depois de me enrolar um pouco, contou que conheceu Gudlaugur nos velhos tempos", disse Sigurdur Óli. Ele sabia que tinha informações que poderiam mudar o curso da investigação e gostava de manter Erlendur em suspense.

Sigurdur Óli e Elínborg tinham estabelecido como objetivo conversar com todas as pessoas que haviam estudado com Gudlaugur ou que o conheceram quando garoto. A maioria lembrava-se dele e se recordava vagamente de sua promissora carreira como cantor e do assédio moral que acompanhou sua fama. Uma ou outra pessoa se lembrava bem dele e sabia o que havia acontecido quando ele deixou o pai paralisado. Uma dessas pessoas tinha uma relação mais próxima com ele do que Sigurdur Óli jamais poderia ter imaginado.

Uma antiga colega de escola de Gudlaugur falou sobre ele para Sigurdur Óli. Ela morava em uma casa grande no mais novo bairro de Hafnarfjördur. Ele havia telefonado naquela manhã, por isso ela o estava esperando quando ele chegou. Eles trocaram um aperto de mãos e ela o convidou a entrar. Esposa de um piloto, ela agora trabalhava meio período em uma livraria, seus filhos já eram adultos e já tinham saído de casa.

Ela lhe contou todos os detalhes de sua relação com Gudlaugur, embora fosse apenas superficial, e também tinha uma vaga lembrança da irmã dele, que ela sabia ser mais velha. Achou que se lembrava dele perdendo a voz, mas não sabia o que tinha acontecido com ele depois que deixaram a escola, e ficou chocada quando soube pelo noticiário que ele era o homem que fora encontrado morto no porão do hotel.

Sigurdur Óli escutou tudo isso distraidamente. Ele já tinha ouvido a maior parte dessa história dos outros colegas de Gudlaugur. Quando ela terminou, ele perguntou se ela conhecia algum nome pelo qual Gudlaugur era chamado quando criança, algum nome que usavam para caçoar dele. Ela não se lembrou de nenhum, mas acrescentou, quando viu que Sigurdur Óli estava prestes a ir embora, que tinha ouvido alguma coisa sobre ele havia muito tempo, alguma coisa que poderia interessar à polícia, se é que eles já não sabiam.

"O que é?", perguntou Sigurdur Óli, levantando-se para sair.

Ela lhe contou, e ficou satisfeita ao ver que tinha conseguido despertar o interesse do detetive.

"E esse homem ainda está vivo?", Sigurdur Óli perguntou à mulher, que respondeu que, pelo que sabia, sim, ele estava vivo, e deu-lhe o nome. Ela foi buscar a lista telefônica, e Sigurdur Óli encontrou o nome do homem e seu endereço. Ele morava em Reykjavík. Seu nome era Baldur.

"Tem certeza que esse é o sujeito?", perguntou Sigurdur Óli.

"Até onde sei, sim", disse a mulher, sorrindo, na esperança de que tivesse fornecido algum tipo de ajuda. "Não se falava em outra coisa na cidade", acrescentou.

Sigurdur Óli decidiu ir até lá no mesmo instante, na esperança de que o homem estivesse em casa. Era fim do dia. O trânsito para Reykjavík estava pesado, e no caminho Sigurdur Óli ligou para Bergthóra, que...

"Por favor, pare de enrolar", Erlendur interrompeu o relato de Sigurdur Óli com impaciência.

"Espere, esta parte diz respeito a você", disse Sigurdur Óli com um sorriso provocador. "Bergthóra queria saber se eu tinha convidado você para a véspera do Natal. Respondi que sim, mas que você ainda não tinha respondido."

"Vou passar a véspera do Natal com Eva Lind", disse Erlendur. "Essa é a resposta. Por favor, vá logo ao ponto."

"Positivo", disse Sigurdur Óli.

"E pare de dizer 'positivo'."
"Positivo."

Baldur morava em uma bela casa de madeira no bairro Thingholt, perto do centro da cidade, e tinha acabado de chegar em casa; ele era arquiteto. Sigurdur Óli tocou a campainha e se apresentou como o detetive que estava investigando o assassinato de Gudlaugur Egilsson. O homem não se mostrou surpreso. Ele olhou Sigurdur Óli de cima a baixo e convidou-o a entrar.

"Para dizer a verdade eu estava esperando você", disse. "Ou um de vocês. Pensei em entrar em contato, mas fui adiando. Nunca é bom falar com a polícia." Sorrindo de novo, ofereceu-se para pendurar o casaco de Sigurdur Óli.

Tudo na casa estava muito bem-arrumado. Havia velas acesas na sala de estar e uma árvore de Natal enfeitada. O homem ofereceu licor a Sigurdur Óli, que recusou. Tinha estatura média, era magro, sorridente e careca, e o cabelo que restava tinha sido claramente pintado para acentuar sua cor ruiva. Sigurdur Óli pensou reconhecer Frank Sinatra cantando nas caixas acústicas.

"Por que você estava me esperando, ou nos esperando?", perguntou Sigurdur Óli enquanto se sentava em um enorme sofá vermelho.

"Por causa de Gulli", disse o homem, sentado à sua frente. "Eu sabia que vocês iam descobrir isto."

"Isto o quê?", perguntou Sigurdur Óli.

"Que eu estava com Gulli nos velhos tempos", disse o homem.

"O que você quer dizer com ele estava com Gudlaugur nos velhos tempos?", interrompeu Erlendur novamente. "O que ele quis dizer com isso?"

"Foi assim que ele falou", disse Sigurdur Óli.
"Que ele estava com Gudlaugur?"
"Isso mesmo."
"E o que isso significa?"
"Que eles estavam juntos."
"Você quer dizer que Gudlaugur era...?" Inúmeros pensamentos passaram rápido pela cabeça de Erlendur, todos freando ruidosamente diante das expressões austeras da irmã de Gudlaugur e de seu pai na cadeira de rodas.
"Isso é o que esse tal de Baldur diz", contou Sigurdur Óli. "Mas Gudlaugur não queria que ninguém soubesse."
"Não queria que ninguém soubesse do relacionamento deles?"
"Ele queria esconder que era gay."

27.

O homem de Thingholt contou a Sigurdur Óli que sua relação com Gudlaugur começou quando eles tinham cerca de vinte e cinco anos. Foi na época da discoteca, quando Baldur alugou um apartamento de porão no bairro Vogar. Nenhum deles havia saído do armário. "As atitudes de um gay eram diferentes naquela época", disse ele com um sorriso. "Mas estava começando a mudar."

"E nós realmente não vivemos juntos", acrescentou Baldur. "Os homens não viviam juntos, como fazem hoje, sem que ninguém se importe com isso. Os gays mal conseguiam sobreviver na Islândia daqueles dias. A maioria se sentia compelida a ir para o exterior, como você deve saber. Ele costumava me visitar com frequência, digamos assim. Passava a noite comigo. Ele tinha um quarto na zona oeste da cidade e eu fui lá algumas vezes, mas ele não era muito caprichoso com a casa, pelo menos para o meu gosto, então parei de ir. Ficávamos mais no meu apartamento."

"Como vocês se conheceram?", perguntou Sigurdur Óli.

"Os gays costumavam se encontrar em alguns lugares naquela época. Um deles era perto do centro da cidade, na verdade não muito longe daqui de Thingholt. Não era um clube, mas a casa de alguém que funcionava como um ponto de encontro para nós. Você nunca sabia o que esperar nas boates, e às vezes éramos colocados para fora por dançar com outros homens. Essa casa era uma mistura de tudo, café, bar, pousada, boate, centro de aconselhamento, abrigo. Ele apareceu lá uma noite com alguns amigos. Essa foi a primeira vez que o vi. Desculpe, que mal-educado que eu sou, você não gostaria de um café?"

Sigurdur Óli olhou para o relógio.

"Talvez você esteja morrendo de pressa", disse o homem, alisando seu cabelo fino e tingido cuidadosamente para baixo.

"Não, não é isso, eu tomo uma xícara de chá, se você tiver", disse Sigurdur Óli, pensando em Bergthóra. Ela às vezes se irritava quando ele não era pontual. Ela era muito implicante com relação a horários e iria importuná-lo por muito tempo se ele se atrasasse.

O homem foi até a cozinha fazer o chá.

"Gudlaugur era muito reprimido", disse ele na cozinha, erguendo a voz para Sigurdur Óli ouvi-lo melhor. "Às vezes eu achava que ele odiava a sua sexualidade. Como se ainda não tivesse se assumido totalmente. Acho que, em parte, ele estava usando sua relação comigo para encontrar o seu caminho. Ainda estava procurando se definir, mesmo com aquela idade. Mas é claro que não há nada de novo nisso. Há pessoas que se assumem aos quarenta, às vezes já casadas e com quatro filhos."

"É verdade, existem todos os tipos de transformações", disse Sigurdur Óli, que não fazia ideia do que ele estava falando.

"Ah, sim, existem mesmo, meu caro. Você gosta mais forte ou mais fraco?"

"Vocês ficaram juntos por muito tempo?", perguntou Sigurdur Óli, acrescentando que gostava do chá forte.

"Três anos mais ou menos, mas foi muito esporádico, até o final."

"E desde então você não teve mais contato com ele?"

"Não. Eu tinha algumas poucas notícias dele", disse o homem, voltando à sala. "A comunidade gay não é tão grande."

"De que forma ele era reprimido?", perguntou Sigurdur Óli enquanto o homem colocava duas xícaras sobre a mesa. Ele tinha trazido uma tigela de biscoitos, que Sigurdur Óli reconheceu como os do tipo que Bergthóra assava todo Natal. Tentou em vão se lembrar de como se chamavam.

"Ele era muito misterioso, quase nunca se abria, apenas se ficávamos mais bêbados. Acho que era alguma coisa a ver com o pai. Ele não tinha nenhum contato com ele nem com a irmã mais velha, que se voltou contra ele, mas sentia muita saudade dos dois. A mãe já havia morrido fazia anos, quando o conheci, mas ele falava mais dela do que do resto da família. Ele poderia ficar falando dela para sempre, o que aliás, para dizer a verdade, era bastante cansativo."

"Como ela se voltou contra ele? A irmã?"

"Foi há muito tempo e ele nunca contou muitos detalhes sobre isso. Tudo o que sei é que ele lutava contra o que ele era. Sabe o que estou querendo dizer? Como se ele devesse ter sido outra coisa."

Sigurdur Óli balançou a cabeça.

"Ele achava que era sujo. Que havia algo de anormal nisto. Em ser gay."

"E ele lutava contra isso?"

"Sim e não. Ele era meio indeciso. Acho que não sabia de que lado ficar. Coitadinho. Ele não tinha muita autoconfiança. Às vezes acho que ele se odiava."

"Você sabia sobre o passado dele? De estrela infantil?"

"Sabia", disse o homem, que então se levantou para ir à cozinha e voltou com um bule fumegante de chá, que serviu nas xícaras. Ele levou o bule de volta para a cozinha e bebeu o seu chá.

"Você não pode acelerar um pouco?", Erlendur pediu a Sigurdur Óli, sem tentar esconder sua impaciência enquanto o escutava, sentado diante da mesa de seu quarto no hotel.

"Estou tentando contar da maneira mais detalhada possível", disse Sigurdur Óli olhando para o relógio. Ele já estava quarenta e cinco minutos atrasado para encontrar Bergthóra.

"Está bem, está bem, continue..."

"Alguma vez ele falou sobre isso?", perguntou Sigurdur Óli, depositando a xícara na mesa e servindo-se de um biscoito. "Da fama que teve quando criança?"

"Ele contou que perdeu a voz", disse Baldur.

"E ele se referia a isso com amargura?"

"Sim, com muita amargura. Aquilo aconteceu num momento terrível para ele. Mas ele nunca me falou sobre isso. Ele disse que foi importunado na escola por ser famoso, e que isso o deprimia. Mas ele não se referia ao que tinha acontecido com ele como 'ser famoso'. Ele nunca se considerou alguém que um dia foi famoso. Seu pai queria que ele fosse e, aparentemente, ele chegou muito próximo disso. Mas se sentia infeliz, e além disso esses sentimentos começaram a aparecer, o seu lado gay. Ele relutava em falar disso. Preferia mencionar o mínimo possível sua família. Pegue outro biscoito."

"Não, obrigado", disse Sigurdur Óli. "Você sabe de alguém que poderia querer matá-lo? Alguém que quisesse machucá-lo?"

"Meu Deus, não! Ele era um gatinho manso, nunca teria feito mal a uma mosca. Não sei quem poderia ter feito isso. Pobre homem, morrer desse jeito. Vocês estão tendo sucesso na investigação?"

"Não", disse Sigurdur Óli. "Você ouviu os discos dele ou tem algum deles?"

"Ouvi, sim", disse o homem. "Ele foi absolutamente brilhante. Cantava de um jeito maravilhoso. Acho que nunca ouvi uma criança cantar tão bem."

"Ele tinha orgulho do seu canto quando era mais velho? Quando você o conheceu?"

"Ele nunca se ouvia. Não queria ouvir seus discos. Nunca. Por mais que eu insistisse."

"Por que não?"

"Era simplesmente impossível fazê-lo ouvir. Ele nunca me deu nenhuma explicação; ele simplesmente não ouvia os próprios discos."

Baldur se levantou, foi até um armário na sala, pegou dois discos de Gudlaugur e colocou-os na mesa diante de Sigurdur Óli.

"Ele me deu depois que o ajudei na mudança."

"Mudança?"

"Ele perdeu seu quarto na zona oeste da cidade e me pediu que o ajudasse a se mudar. Ele conseguiu outro quarto e colocou todas as suas coisas lá. Ele realmente nunca teve nada além de discos."

"Ele tinha muitos?"

"Toneladas."

"Ele ouvia alguma coisa especial?"

"Não, veja bem", disse Baldur, "eram os mesmos discos. Estes aqui", disse, apontando para os dois discos de Gudlaugur. "Ele tinha caixas deles. Disse que comprou todas as cópias."

"Então ele tinha caixas cheias desses?", perguntou Sigurdur Óli, incapaz de esconder a ansiedade.

"Tinha, e pelo menos duas."

"Você sabe onde elas podem estar?"

"Eu? Não, não faço ideia. Eles são valiosos hoje em dia?"

"Conheço alguém disposto a matar por eles", respondeu Sigurdur Óli.

O rosto de Baldur transformou-se em um enorme ponto de interrogação.

"Como assim?"

"Nada", disse Sigurdur Óli, olhando para o relógio. "Tenho que ir. Talvez eu precise entrar em contato com você de novo para completar mais alguns detalhes. Também ajudaria muito se você me ligasse caso se lembre de mais alguma coisa. Não faz mal que pareça alguma coisa insignificante."

"Para dizer a verdade, não tínhamos muita escolha naquela época", afirmou o homem. "Não é como hoje, quando metade da população é gay e a outra metade finge que é."

Ele sorriu para Sigurdur Óli, que engasgou com o chá.

"Desculpe", disse Sigurdur Óli.

"Está um pouco forte."

Sigurdur Óli levantou-se e Baldur também, acompanhando-o até a porta.

"Sabemos que Gudlaugur era intimidado na escola", disse Sigurdur Óli já prestes a sair, "e que eles o chamavam de alguns nomes. Alguma vez ele mencionou isso a você?"

"É óbvio que foi intimidado por estar em um coral e ter uma bela voz, por não jogar futebol e por ser um pouco efeminado. Ele dava a impressão de ser um pouco inseguro com as outras pessoas. Ele falou comigo como se entendesse por que eles o provocavam. Mas não me lembro de ele ter mencionado nomes..."

Baldur hesitou.

"O que foi?", perguntou Sigurdur Óli.

"Quando estávamos juntos, você sabe..."

Sigurdur Óli balançou a cabeça de maneira vaga.

"Na cama..."

"Ah..."

"Às vezes ele queria que eu o chamasse de 'minha Pequena Princesa'", disse Baldur com um sorriso nos lábios.

Erlendur encarou Sigurdur Óli.

"Minha Pequena Princesa?"

"Foi o que ele disse." Sigurdur Óli se levantou da cama de Erlendur. "E agora preciso mesmo ir. Bergthóra deve estar furiosa. Então você vai para casa no Natal?"

"E quanto às caixas de discos?", perguntou Erlendur. "Onde elas poderiam estar?"

"O cara não faz ideia."

"Pequena Princesa? Como no filme da Shirley Temple? Como é que isso tudo se encaixa? O homem explicou?"

"Não, ele não sabe."

"Não tem que significar alguma coisa em particular", disse Erlendur, como se estivesse pensando em voz alta. "Algum jargão gay que ninguém mais entende. Talvez seja tão estranho quanto um monte de outras coisas. Então ele se odiava?"

"Não tinha muita autoconfiança, seu amigo disse. Estava indeciso."

"Sobre sua homossexualidade ou sobre outra coisa?"

"Eu não sei."

"Você não perguntou?"

"Podemos conversar de novo com ele a qualquer momento, mas ele realmente não parecia saber muito sobre Gudlaugur."

"Nem nós", disse Erlendur um tanto desanimado. "Se ele quis esconder que era gay há vinte ou trinta anos, então devemos supor que ele continuou escondendo isso?"

"Essa é a questão."

"Eu não conheço ninguém que tenha mencionado que ele era gay."

"Certo, bem, agora vou indo mesmo", disse Sigurdur Óli, encaminhando-se para a porta. "Tem mais alguma coisa para hoje?"

"Não", disse Erlendur. "Tudo bem. Obrigado pelo convite. Mande lembranças a Bergthóra. E tente tratá-la direito."

"Eu sempre faço isso", disse Sigurdur Óli, e saiu apressado. Erlendur olhou para o relógio e viu que estava na hora de se encontrar com Valgerdur. Tirou do aparelho a última fita do banco e colocou-a no alto da pilha. Imediatamente seu celular começou a tocar.

Era Elínborg. Ela lhe disse que tinha falado com o escritório da promotoria sobre o pai que agrediu o filho.

"O que eles acham que ele vai conseguir?", perguntou Erlendur.

"Eles acham que ele pode até sair livre", disse Elínborg. "Ele não será condenado se permanecer firme. Se apenas continuar negando. Não vai passar nem um minuto preso."

"E as evidências? As pegadas na escada? A garrafa de Drambuie? Tudo indica que..."

"Não sei por que a gente se preocupa tanto. Ontem foi dada a sentença de um caso de agressão. Um homem esfaqueado várias vezes. O agressor pegou oito meses de prisão, quatro deles suspensos, o que significa que ele vai ficar só dois meses preso. Que justiça há nisso?"

"Ele vai ter o menino de volta?"

"Com certeza. A única coisa positiva, se é que pode ser chamada de positiva, é que o menino parece mesmo sentir falta do pai. Isso é o que eu não entendo. Como ele pode se sentir ligado ao pai se o homem o enche de porrada? Simplesmente não consigo entender esse caso. Deve estar faltando alguma coisa. Alguma coisa que não percebemos. Não faz sentido."

"Falo com você depois", disse Erlendur, olhando para o relógio. Ele estava atrasado para seu encontro com Valgerdur. "Você pode fazer uma coisa para mim? Stefanía Egilsdóttir disse que outro dia esteve com uma amiga aqui no hotel. Você pode falar com a mulher e confirmar isso?" Erlendur deu-lhe o nome dela.

"Você não vai mais embora desse hotel?", perguntou Elínborg.

"Para de me amolar", disse Erlendur e desligou.

28.

Quando desceu para o saguão, Erlendur viu Rósant, o chefe dos garçons. Ele hesitou, sem saber se tomava alguma atitude. Valgerdur ia ter que esperar por ele. Erlendur olhou o relógio, fez uma careta e foi até o chefe dos garçons. Aquilo não ia demorar muito.

"Conte-me sobre as prostitutas", disse sem preâmbulos. Rósant estava conversando educadamente com dois hóspedes do hotel. Eles sem dúvida eram islandeses, porque olharam para ele com espanto.

Rósant sorriu, levantando o bigodinho. Pediu desculpas educadamente para os hóspedes, curvou-se e levou Erlendur para um canto.

"Um hotel é feito de pessoas, e nosso trabalho é fazê-las se sentir bem. Não era alguma bobagem dessas que você estava dizendo?", quis saber Erlendur.

"Não é uma bobagem. Eles nos ensinam isso na faculdade de hotelaria."

"Será que também ensinam os chefes de garçons a ser cafetões?"

"Não sei do que você está falando."

"Pois então vou lhe dizer. Você dirige um pequeno prostíbulo neste hotel."

Rósant sorriu.

"Um prostíbulo?"

"Tem alguma coisa a ver com Gudlaugur, a sua cafetinagem?"

Rósant balançou a cabeça.

"Quem estava com Gudlaugur quando ele foi assassinado?"

Eles se encararam, olhos nos olhos, até que Rósant recuou e olhou para o chão.

"Não era ninguém que eu conhecesse", ele disse por fim.

"Não era você?"

"Uma das pessoas da sua equipe já anotou a minha declaração. Eu tenho um álibi."

"Gudlaugur estava envolvido com prostitutas?"

"Não. E não há prostitutas sob a minha responsabilidade. Não sei onde você arranja essas histórias sobre furtos da cozinha e prostitutas. Elas são um disparate. Eu não sou cafetão."

"Mas..."

"Nós oferecemos determinadas informações para as pessoas, para os visitantes. Estrangeiros em congressos. Islandeses também. Eles pedem companhia e tentamos ajudar. Se eles se encontram com mulheres bonitas nos bares aqui e se sentem bem com isso..."

"Então, todo mundo fica feliz. Eles não são clientes agradecidos?"

"Extremamente."

"Então você é um agenciador de acompanhantes, por assim dizer", comentou Erlendur.

"Eu..."

"E como você faz isso parecer romântico... O gerente do hotel está nisso com você. E o chefe da recepção?"

Rósant hesitou.

"E o chefe da recepção?", repetiu Erlendur.

"Ele não compartilha o nosso desejo de atender as variadas necessidades dos nossos clientes."

"As variadas necessidades dos nossos clientes", Erlendur o imitou. "Onde você aprendeu a falar assim?"

"Na faculdade de hotelaria."

"E como é que o ponto de vista do chefe da recepção se encaixa no seu?"

"Há conflitos ocasionais."

Erlendur se lembrou do homem da recepção negando haver prostitutas no hotel, e pensou que provavelmente ele era o único funcionário da administração que tentava proteger a reputação do hotel.

"Mas vocês estão tentando eliminar esses conflitos, não é?"

"Eu não sei do que você está falando."

"Será que ele atrapalha você?"

Rósant não respondeu.

"Foi você quem jogou aquela prostituta em cima dele, não foi? Um pequeno aviso, caso ele estivesse planejando dizer alguma coisa. Você estava na cidade, você o viu e mandou uma das suas prostitutas para cima dele."

Rósant foi evasivo.

"Eu não sei do que você está falando", repetiu.

"Não, aposto que não."

"Ele é terrivelmente honesto", disse Rósant, o bigode levantando-se de forma alarmante. "Ele se recusa a entender que o melhor para nós é que esse negócio seja executado por nós mesmos."

Valgerdur esperava por Erlendur no bar. Como no encontro anterior, ela estava usando uma maquiagem leve que acentuava suas feições, uma blusa de seda branca e um casaco de couro. Eles se apertaram as mãos e ela deu um sorriso vacilante. Ele se perguntou se aquele encontro ia ser uma espécie de recomeço da relação deles. Não conseguia entender o que ela poderia querer dele, depois de aparentemente ter dado a palavra final sobre a amizade deles no momento em que se encontraram no saguão. Com um sorriso, ela lhe perguntou se poderia lhe pagar uma bebida no bar. Ou ele estava trabalhando?

"Nos filmes, os policiais não devem beber se estão trabalhando", ela disse.

"Eu não vejo filmes." Erlendur sorriu.

"Não. Você lê livros sobre dor e morte."

Eles se sentaram em silêncio em um canto do bar, observando as pessoas movendo-se desordenadamente por ali. À medida que o Natal se aproximava, Erlendur sentia que os hóspedes ficavam mais ruidosos, as canções natalinas no sistema de som não tinham fim, os turistas apareciam com pacotes espalhafatosos e bebiam cerveja como se não soubessem que era a mais cara da Europa, se não do mundo.

"Você conseguiu colher uma amostra de Wapshott", disse ele.

"Nossa, que tipo de sujeito é aquele? Eles tiveram que derrubá-lo no chão e forçá-lo a abrir a boca. Foi impressionante a maneira como ele se comportou, a maneira como lutou contra eles na cela."

"De fato eu não consigo entendê-lo", disse Erlendur. "Não sei exatamente o que ele está fazendo aqui nem sei exatamente o que ele está escondendo."

Erlendur não quis entrar em detalhes sobre Wapshott nem falar sobre a pornografia infantil e as sentenças que ele tinha recebido no Reino Unido por crimes sexuais. Achou que não era um assunto adequado para conversar com Valgerdur, e além do mais, apesar de tudo, Wapshott tinha o direito de que Erlendur não saísse tagarelando sobre sua vida particular com todos que encontrasse.

"Acho que você está mais acostumado a isso do que eu", disse Valgerdur.

"Eu nunca colhi amostra de saliva de um homem derrubado e esperneando no chão."

Valgerdur riu.

"Eu não estava falando disso. Eu quis dizer que eu não me sentava sozinha com outro homem que não o meu marido há uns... acho que uns trinta anos. Então você precisa me desculpar se eu ficar... meio tímida."

"Eu também sou desajeitado", disse Erlendur. "Eu também não tenho muita experiência. Faz quase vinte e cinco anos que me divorciei da minha mulher. Você pode contar as mulheres que tive na vida com três dedos."

"Acho que vou me divorciar dele", disse Valgerdur melancolicamente, olhando para Erlendur.

"Como assim? Vai se divorciar do seu marido?"

"Acho que está tudo acabado entre nós, e eu queria lhe pedir desculpas."

"Para mim?"

"É, para você", disse Valgerdur. "Eu sou tão idiota", ela gemeu. "Eu ia usá-lo para me vingar."

"Eu não estou entendendo", disse Erlendur.

"Eu mal me reconheço. Tem sido horrível desde que descobri."

"O quê?"

"Ele está tendo um caso."

Ela disse isso como se fosse um fato qualquer com o qual tivesse que conviver, e Erlendur não conseguiu perceber como ela estava se sentindo; percebia apenas o vazio por trás de suas palavras.

"Não sei quando começou nem por quê", ela continuou.

Então parou de falar, e Erlendur, por falta do que dizer, também ficou em silêncio.

"Você enganou a sua mulher?", ela perguntou de repente.

"Não", disse Erlendur. "Não foi assim. Nós éramos jovens e não éramos compatíveis."

"Compatíveis...", Valgerdur repetiu vagamente. "O que é isso?"

"E você vai se divorciar dele?"

"Estou tentando achar meu rumo. Pode depender do que ele fizer."

"Que tipo de caso ele está tendo?"

"Que tipo? Existe alguma diferença entre os casos?"

"Já está acontecendo há anos ou ele começou agora? Ele teve outros casos?"

"Ele diz que está com a mesma mulher há dois anos. Não tive coragem de perguntar sobre o passado, se houve outras. Isso eu nunca soube. Você nunca sabe de nada. Você confia nas pessoas, no seu marido, e o que acontece é que um belo dia ele começa a falar sobre o casamento, depois diz que conhece essa mulher, e que a conhece há dois anos, e eu ali como uma idiota total. Não entendi o que ele estava falando. Em seguida, fico sabendo que eles andavam se encontrando em hotéis como este..."

Valgerdur parou de falar.

"Ela é casada, essa mulher?"

"Divorciada. É cinco anos mais nova que ele."

"Ele deu alguma explicação para o caso? Por que ele...?"

"Você quer saber se é culpa minha?", interrompeu Valgerdur.

"Não, eu não quis dizer..."

"Talvez seja culpa minha", disse ela. "Eu não sei. Não houve explicações. Apenas raiva e incompreensão, acho."

"E os seus dois filhos?"

"Não contamos a eles. Os dois já saíram de casa. Enquanto eles estavam lá, não havia tempo suficiente para nós e depois que eles foram embora houve tempo demais. Talvez nós não nos conhecêssemos mais. Dois estranhos, depois de todos esses anos."

Eles ficaram em silêncio.

"Você não tem que me pedir desculpas por nada", disse Erlendur por fim, olhando para ela. "Longe disso. Eu sou o único aqui que deve pedir desculpas. Por não ter sido direto com você. Por mentir para você."

"Mentir para mim?"

"Você me perguntou por que eu me interessava por mortes nas montanhas, por tempestades e pântanos, e eu não lhe contei a verdade. Suponho que seja porque eu quase nunca falei sobre isso, e acho difícil falar. Não acho que seja da conta de ninguém. Também não é da conta dos meus filhos. Minha filha teve uma experiência quase fatal, pensei que ela fosse morrer. Só então senti necessidade de falar sobre isso com ela. De contar sobre isso."

"Falar sobre o quê?", perguntou Valgerdur. "Foi algo que aconteceu?"

"Meu irmão morreu congelado", disse Erlendur. "Quando tinha oito anos. Ele nunca foi encontrado, e não foi encontrado até hoje."

Ele havia acabado de contar a uma total estranha, a uma mulher em um bar de hotel, o que vinha oprimindo seu coração havia muitos anos — tantos que ele nem conseguia mais se lembrar bem desde quando. Talvez fosse um sonho há muito esperado. Talvez ele não quisesse mais travar aquela guerra.

"Há uma história sobre nós em um desses livros sobre tragédias que eu estou sempre lendo", disse ele. "A história do que aconteceu quando meu irmão morreu, a busca, a melancolia e a tristeza que tomaram conta da nossa casa. Na verdade, um relato notavelmente preciso escrito por um amigo do meu pai, que foi também um dos líderes do grupo de resgate. Nossos nomes aparecem, há uma descrição da nossa casa e da reação do meu pai, que foi considerada estranha, porque ele foi dominado pela desesperança total e pela autorrecriminação, e sentou-se em seu quarto, imóvel e olhando para o nada, enquanto todo mundo procurava por todos os cantos. Não pediram nossa permissão para publicar o relato, e meus pais ficaram extremamente aborrecidos com isso. Qualquer dia eu posso mostrá-lo a você, se quiser."

Valgerdur assentiu.

Erlendur começou a contar, e ela ficou sentada, ouvindo, e quando ele terminou, ela se recostou na cadeira e suspirou.

"Então, você nunca o encontrou?", ela disse.

Erlendur fez que não com a cabeça.

"Depois que isso aconteceu, e às vezes até hoje, eu comecei a imaginar que ele não estivesse morto. Que ele saiu do pântano abatido pelas condições climáticas, desmemoriado, e que eu vou encontrá-lo algum tempo depois. Eu procuro por ele nas multidões e tento imaginar como ele se parece agora. Pelo que ouvi dizer, essa não é uma reação incomum quando os restos mortais não são encontrados. Sei disso porque estou na polícia. A esperança continua mesmo quando não resta mais nada."

"Vocês devem ter sido muito unidos", disse Valgerdur. "Você e seu irmão."

"Éramos bons amigos", disse Erlendur.

Os dois ficaram em um profundo silêncio, observando a agitação no hotel, cada um em seu mundo. Seus copos estavam vazios e eles nem pensaram em pedir mais. Um bom tempo se passou até que Erlendur pigarreou, inclinou-se para ela e, com voz hesitante, fez-lhe uma pergunta que atormentava sua mente desde o momento em que ela começou a falar sobre as infidelidades do marido.

"Você ainda quer se vingar dele?"

Valgerdur olhou para ele e assentiu com a cabeça.

"Mas não já", disse ela. "Eu não posso..."

"Não", disse Erlendur. "Você está certa. É claro."

"Por que você não me conta sobre uma dessas pessoas desaparecidas pelas quais tem tanto interesse? Sobre as quais você está sempre lendo."

Erlendur sorriu, pensou por um momento e depois começou a lhe contar sobre um homem que desapareceu na frente dos olhos de todos: Jón Bergthórsson, um ladrão de Skagafjördur. Ele saiu caminhando sobre o mar congelado na costa de Skagi para pegar um tubarão que tinha ficado preso em um buraco no gelo no dia anterior. De repente, um vento sul começou a soprar, começou a chover e o gelo se partiu e saiu flutuando sobre o mar com Jón em cima dele. A ideia de resgatá-lo de barco foi descartada por causa da tempestade, e o gelo continuou vagando para o norte e para fora do fiorde, impulsionado pelo vento sul. Jón foi visto pela última vez através de um binóculo, correndo para a frente e para trás em todo o iceberg no longínquo horizonte ao norte.

29.

A música suave do bar tinha um efeito soporífero e eles ficaram sentados em silêncio até que Valgerdur esticou o braço e pegou a mão dele.

"É melhor eu ir agora", disse.

Erlendur assentiu com a cabeça e ambos se levantaram. Ela o beijou no rosto e ficou bem junto do corpo dele por um momento.

Eles não perceberam quando Eva Lind entrou no bar e os viu à distância. Viu quando se levantaram, viu quando ela o beijou e quando pareceu se aconchegar a ele. Eva Lind estremeceu e avançou até os dois.

"Quem é essa vaca velha?", exclamou Eva, olhando para eles.

"Eva", Erlendur censurou-a, assustado por de repente ver a filha no bar. "Seja educada."

Valgerdur estendeu a mão, Eva Lind olhou para a mão estendida, encarou Valgerdur e depois olhou de novo a mão dela. Erlendur, por sua vez, olhou para as duas e acabou fuzilando Eva com o olhar.

"O nome dela é Valgerdur; é uma grande amiga minha", disse ele.

Eva Lind olhou para o pai e para Valgerdur novamente, mas não apertou a mão dela. Com um sorriso envergonhado, Valgerdur se virou.

Erlendur a seguiu para fora do bar e ficou observando-a atravessar o saguão.

Eva Lind foi até ele.

"O que foi isso?", perguntou. "Você já começou a pegar as putas aqui do bar?"

"Como você pôde ser tão grossa?", disse Erlendur. "Como ousou se comportar desse jeito? Não é da sua conta. Que droga, me deixe em paz!"

"Ah, tá bom! Você pode ficar enfiando o nariz na minha vida todos os dias da porra da semana, mas eu não posso saber com quem você está trepando no hotel!"

"Pare de falar essas bobagens! O que faz você pensar que pode falar comigo desse jeito?"

Eva Lind parou, mas olhou com raiva para o pai. Ele a encarou, furioso.

"O que diabos você quer de mim, menina?", ele gritou no rosto dela e em seguida correu atrás de Valgerdur. Ela já havia deixado o hotel, e através das portas giratórias ele a viu entrando em um táxi. Quando conseguiu chegar à calçada em frente ao hotel, as luzes vermelhas traseiras do táxi já se extinguiam ao longe, e por fim desapareceram quando o veículo virou a esquina.

Erlendur praguejou enquanto observava as luzes do táxi sumirem. Sem nenhuma vontade de retornar ao bar onde Eva Lind o esperava, ele voltou, absorto, para dentro do hotel, desceu as escadas para o porão e, antes de se dar conta, viu-se no corredor do quarto de Gudlaugur. Achou um interruptor, ligou-o, e as poucas lâmpadas remanescentes que não estavam queimadas espalharam uma luz sombria pelo corredor. Ele foi tateando pelo caminho até chegar ao pequeno quarto, abriu a porta e acendeu a luz. O pôster de Shirley Temple deu-lhe boas-vindas.

A *Pequena Princesa*.

Ele ouviu passos leves ao longo do corredor, e Eva Lind apareceu na porta.

"A moça lá da recepção disse que viu você vindo para o porão", disse Eva, olhando o interior do quarto. Seu olhar deteve-se nas manchas de sangue na cama. "Foi aqui que aconteceu?", perguntou.

"Foi", respondeu Erlendur.

"Que pôster é esse?"

"Não sei", disse Erlendur. "Às vezes eu não entendo esse seu modo de agir. Você não podia ter chegado e chamado ela de vaca velha e se recusado a apertar a mão dela. Ela não te fez mal nenhum."

Eva Lind não disse nada.

"Você devia ter vergonha de si mesma", disse Erlendur.

"Desculpe", disse Eva.

Erlendur não respondeu. Ficou olhando para o pôster. Shirley Temple com um lindo vestido de verão e uma fita no cabelo, sorrindo em Technicolor. A *Pequena Princesa*. Feito em 1939, baseado no romance de Frances Hodgson Burnett. Temple faz o papel de uma menina alegre que é mandada para um internato em Londres quando o pai vai para o exterior: ele a deixa sob os cuidados de uma diretora durona.

Sigurdur Óli tinha encontrado informações sobre o filme na internet, o que não esclareceu nada sobre o porquê de Gudlaugur ter o pôster na parede de seu quarto.

A Pequena Princesa, pensou Erlendur.

"Eu não consegui não pensar na minha mãe", disse Eva Lind atrás dele. "Quando vi você e ela no bar. E em mim e Sindri, por quem você nunca demonstrou nenhum interesse. Eu comecei a pensar em nós. Em nós como família, porque, não importa como você encare isto, nós ainda somos uma família. Pelos menos na minha cabeça."

Ela parou.

Erlendur virou-se para encará-la.

"Eu não entendo essa negligência", ela continuou. "Especialmente em relação a mim e a Sindri. Eu não entendo. E você não ajuda muito. Nunca quer falar sobre nada que envolva você. Nunca fala sobre coisa alguma. Nunca diz nada. É como conversar com uma parede."

"Por que você precisa de explicações para tudo?", perguntou Erlendur. "Algumas coisas não podem ser explicadas. E algumas coisas não precisam ser explicadas."

"Olha quem fala, o policial!"

"As pessoas falam muito", disse Erlendur. "Elas deviam ficar mais caladas. Assim não se entregariam tanto."

"Você está falando de criminosos. Você está sempre pensando em criminosos. Nós somos a sua família!"

Eles ficaram em silêncio.

"Eu provavelmente cometi erros", disse Erlendur por fim. "Não com a sua mãe, acho. Embora talvez sim. Não sei. As pessoas se divorciam o tempo todo, e eu achava insuportável viver com ela. Mas, sem dúvida nenhuma, fiz mal a você e ao Sindri. E talvez eu nem sequer tenha entendido isso até o momento em que você me encontrou e começou a ir me ver, às vezes arrastando seu irmão junto. Não me dei conta que tinha dois filhos com os quais eu não havia convivido a infância toda, que se desencaminharam tão cedo na vida, e comecei a questionar se a minha falta de iniciativa tinha desempenhado algum papel nesse processo. Já pensei muito sobre tudo isso. Assim como você. Por que não fui ao tribunal exigir meus direitos de pai e por que não lutei com unhas e dentes para ter vocês comigo? Ou por que não me esforcei mais para convencer sua mãe e chegarmos a um acordo? Ou por que simplesmente não fiquei do lado de fora da sua escola esperando para sequestrar você?"

"Você simplesmente não estava interessado em nós", disse Eva Lind. "Não é essa a questão?"

Erlendur não disse nada.

"Não é essa a questão?", repetiu Eva.

Erlendur balançou a cabeça.

"Não. Eu gostaria que fosse simples assim."

"Simples? O que você quer dizer?"

"Eu acho..."

"O quê?"

"Não sei como colocar isto. Eu acho..."

"O quê?"

"Eu acho que também perdi a minha vida naquele pântano."

"Quando seu irmão morreu?"

"É difícil explicar, e talvez eu não consiga. Talvez a gente não consiga explicar tudo e talvez o melhor seja deixar algumas coisas sem explicação."

"O que você quer dizer com perdeu a sua vida?"

"Eu não... uma parte de mim morreu."

"Por favor..."

"Fui encontrado e resgatado, mas também morri. Alguma coisa dentro de mim. Alguma coisa que eu tinha antes. Não sei exatamente o quê. Meu irmão morreu e acho que algo dentro de mim também morreu. Sempre achei que ele era responsabilidade minha, e falhei com ele. É assim que venho me sentindo desde aquela época. Eu me sinto culpado por ter sobrevivido e ele não. Desde então, tenho evitado olhar qualquer coisa de frente. E mesmo que eu não tenha sido diretamente negligenciado, a maneira como negligenciei você e Sindri... era como se eu não tivesse mais importância. Não sei se estou certo, e nunca vou saber, mas eu senti isso assim que voltei do pântano, e tenho sentido desde então."

"Todos esses anos?"

"Não dá para medir o tempo em sentimentos."

"Porque foi você que sobreviveu e não ele."

"Em vez de tentar reconstruir alguma coisa das ruínas, que é o que eu acho que até tentei fazer quando conheci sua mãe, eu me afundei ainda mais nesse estado, porque lá é confortável, parece um refúgio. Como quando você toma as suas drogas. É mais confortável dessa forma. Ali é o seu refúgio. E, como você sabe, mesmo que você perceba que está fazendo mal a outras pessoas, o que mais importa é o seu próprio eu. Por isso você continua usando drogas. Por isso eu venho afundando mais e mais em um monte de neve."

Eva Lind olhou para o pai e, embora não o compreendesse totalmente, percebeu que ele estava fazendo uma tentativa honesta de encontrar uma explicação para o que a havia desconcertado todo aquele tempo e que a levara a procurá-lo. Entendeu que tinha penetrado em um lugar dentro dele onde ninguém jamais havia estado, nem mesmo ele, exceto para se certificar de que tudo o que restara ali permanecia inalterado.

"E aquela mulher? Onde ela entra nessa história?"

Erlendur deu de ombros e começou a fechar a porta que tinha ficado entreaberta.

"Não sei", disse.

Eles permaneceram em silêncio por algum tempo, até que Eva Lind pediu licença e saiu. Sem saber que direção seguir, ela olhou para a escuridão no fim do corredor, e Erlendur de repente notou que ela estava farejando o ar como um cão.

"Está sentindo esse cheiro?", ela perguntou, empinando o nariz.

"Cheiro do quê? Do que você está falando?"

"Haxixe", disse Eva Lind. "Droga. Você vai me dizer que nunca sentiu cheiro de haxixe?"

"Haxixe?"

"Não consegue sentir o cheiro?"

Erlendur foi para o corredor e começou a cheirar o ar também.

"É esse cheiro?", perguntou ele.

"Você está falando com uma especialista", disse ela.

Ela ainda farejava o ar.

"Alguém andou fumando haxixe aqui embaixo, e não faz muito tempo", ela disse.

Erlendur sabia que o pessoal da perícia iluminara a extremidade do corredor quando levaram o corpo, mas não tinha certeza se haviam examinado o lugar minuciosamente.

Ele olhou para Eva Lind.

"Haxixe?"

"Você está no lugar do cheiro", disse ela.

Ele voltou ao quarto, pegou uma cadeira, levou-a até o corredor, colocou-a debaixo de uma lâmpada que estava funcionando e retirou-a do soquete. A lâmpada estava escaldante e ele precisou segurá-la com a manga do paletó. Encontrou uma lâmpada queimada no fim do corredor escuro e trocou-a. De repente o lugar se iluminou e Erlendur desceu da cadeira.

No início, eles não viram nada digno de nota, mas então Eva Lind apontou a seu pai como o nicho no fim do corredor parecia impecavelmente limpo em comparação com o resto do corredor. Erlendur assentiu. Era como se cada pedacinho do chão ali tivesse sido limpo e as paredes esfregadas.

Erlendur apoiou as mãos e os joelhos no chão e examinou o assoalho. Canos de aquecimento percorriam todas as paredes ao nível do chão, e ele olhou sob os tubos e rastejou ao lado deles.

Eva Lind o viu parar e esticar a mão embaixo de um cano para pegar algo que tinha chamado sua atenção. Ele se levantou, caminhou até ela e mostrou-lhe o que havia encontrado.

"No começo pensei que eram fezes de rato", disse ele, segurando uma pelota marrom nos dedos.

"O que é isso?", perguntou Eva Lind.

"Fumo", disse Erlendur.

"Fumo?"

"É, um pedacinho de tabaco de mascar que você coloca sob o lábio. Alguém jogou fora ou cuspiu seu tabaco de mascar aqui no corredor."

"Mas quem? Quem poderia ter estado neste corredor?"

Erlendur olhou para Eva Lind.

"Alguém que é muito mais puta do que eu", disse ele.

VÉSPERA DE NATAL

30.

Ele descobriu que Ösp estava trabalhando no andar acima do seu quarto e foi até lá pela escada depois de tomar café com torradas no bufê do café da manhã.

Entrou em contato com Sigurdur Óli para que ele reunisse algumas informações de que precisava e telefonou para Elínborg para perguntar se ela havia se lembrado de falar com a mulher com quem Stefanía alegou ter estado no hotel, quando foi filmada pela câmera de segurança. Elínborg já havia saído e também não atendeu o celular.

Erlendur tinha ficado acordado na cama até quase de manhã, na mais completa escuridão. Por fim se levantou e olhou para fora, pela janela do hotel. O Natal ia ser branco naquele ano. A neve se precipitava em grande quantidade. Ele podia ver a neve espessa caindo contra a luz que se derramava dos postes, formando uma espécie de pano de fundo da véspera de Natal.

Eva Lind tinha se despedido dele no corredor do porão. Ela ia encontrá-lo em casa à noite. Eles iriam cozinhar um pouco de carneiro defumado, e, quando acordou, começou a se perguntar o que daria a ela de Natal. Depois que ela começou a passar o Natal com ele, Erlendur tinha lhe dado pequenos presentes. Ela lhe dera meias, que admitiu haver roubado, e uma vez lhe deu um par de luvas, que ela afirmou ter comprado e que ele logo perdeu. Ela nunca perguntou sobre elas. Talvez esta fosse a característica de sua filha de que ele mais gostava: ela nunca perguntava nada a menos que fosse importante.

Sigurdur Óli telefonou para ele com as informações. Não eram muitas, mas o suficiente para seguir em frente. Erlendur não sabia exatamente o que estava procurando, ainda assim achou que valia a pena testar sua hipótese.

Ficou observando-a trabalhar no seu andar, como já havia feito antes, até que ela percebeu sua presença. Ösp não se mostrou surpresa em vê-lo.

"Já acordou?", ela perguntou, como se ele fosse o hóspede mais preguiçoso do hotel.

"Levei séculos para conseguir dormir. Na verdade, fiquei pensando em você a noite toda."

"Em mim?", disse Ösp, colocando um monte de toalhas no cesto da lavanderia. "Nada sujo, espero. Já tive a minha cota de velhotes sujos neste hotel."

"Não", disse Erlendur. "Nada sujo."

"O Gorducho me perguntou se eu era sua informante, se estava contando merdas pra você. E o chefe de cozinha gritou comigo como se eu tivesse assaltado o bufê dele. Eles ficaram sabendo que nós conversamos."

"Todo mundo sabe mais ou menos tudo sobre todo mundo neste hotel", disse Erlendur. "Só que ninguém nunca diz *realmente* nada sobre ninguém. São pessoas muito difíceis de lidar. Como você, por exemplo."

"Eu?" Ösp entrou no quarto que estava limpando e Erlendur foi atrás dela, como tinha feito antes.

"Você me conta tudo e eu acredito em cada palavra sua, porque você passa a impressão de ser uma pessoa honesta, verdadeira, mas na verdade você está apenas contando uma fração do que sabe, o que também é uma espécie de mentira. Para nós, a polícia, ela é tão séria quanto a outra. Essa espécie de mentira. Você sabe do que eu estou falando?"

Ösp não respondeu. Estava envolvida na arrumação das camas. Erlendur ficou observando-a. Não conseguia imaginar o que ela estava pensando. Ela agia como se ele não estivesse no quarto. Como se pudesse fazê-lo desaparecer, se simplesmente fingisse que ele não estava lá.

"Por exemplo, você não me contou que tem um irmão", disse Erlendur.

"Por que eu deveria ter contado?"

"Porque ele está metido numa encrenca."

"Ele não está metido em encrenca nenhuma."

"Não, comigo não. Eu não o meti na encrenca. Mas ele está encrencado e às vezes pede ajuda à irmã quando precisa."

"Não estou entendendo", disse Ösp.

"Eu vou explicar. Ele esteve preso duas vezes, não por muito tempo, por furto e roubo. Algumas coisas foram descobertas; outras sem dúvida não, é assim que funciona. São os típicos pequenos delitos cometidos por um criminoso pé de chinelo. Crimes típicos de um viciado endividado. Ele está usando drogas mais caras agora e nunca tem dinheiro suficiente. Mas os traficantes não deixam nada pela metade. Eles o pegaram mais de uma vez e o espancaram. Uma vez ameaçaram aleijá-lo, atirando nos joelhos dele. Então, além de roubar para comprar suas drogas, ele precisa fazer todo tipo de trabalho esquisito. Para pagar suas dívidas."

Ösp estendeu uma colcha na cama.

"Ele tem vários meios de financiar seu vício", disse Erlendur. "Você deve saber disso. Como todos esses meninos fazem. Meninos que são viciados inveterados."

Ösp permaneceu em silêncio.

"Entende o que estou dizendo?"

"Foi Stina quem te contou isso?", perguntou Ösp. "Eu a vi ontem. Eu a vejo sempre aqui, e se tem alguém que é puta, esse alguém é ela."

"Ela não me contou nada disso", disse Erlendur, não permitindo que Ösp mudasse de assunto. "Seu irmão esteve há pouco tempo no corredor onde Gudlaugur morava. Ele pode até ter estado lá depois do assassinato. Ele pode ter estado lá, aliás, há pouquíssimo tempo. O cheiro dele ainda está lá, para aqueles que reconhecem. Para quem fuma haxixe e usa anfetaminas e heroína."

Ösp olhou para ele. Erlendur não tinha muito com que trabalhar quando foi vê-la. Só o fato de o nicho estar imaculadamente limpo. Mas podia ver, pela reação dela, que o que estava dizendo não era tão descabido. Ele se perguntou se deveria tentar um lance maior. Depois de refletir por algum tempo, decidiu arriscar.

"Também encontramos o tabaco de mascar. Ele usa isso há muito tempo?"

Ösp ainda olhava Erlendur sem dizer uma palavra. Por fim, olhou para a cama. Olhou por um bom tempo, e depois pareceu se resignar.

"Desde os quinze anos", ela disse, muito baixinho.

Ele esperou que ela continuasse, mas ela não disse mais nada, e os dois ficaram um de frente para o outro no quarto, Erlendur deixando o silêncio se prolongar por mais algum tempo. Depois, Ösp suspirou e sentou na cama.

"Ele está sempre quebrado", disse ela suavemente. "Deve dinheiro para todo mundo. O tempo todo. Então eles o ameaçam, batem nele, mas ele continua, e suas dívidas só se acumulam. Às vezes, arranja dinheiro e paga uma parte das dívidas. Mamãe e papai desistiram dele há séculos. Colocaram-no para fora de casa quando ele tinha dezessete anos. Eles o mandaram para uma clínica de reabilitação, mas ele fugiu. Não voltou para casa por uma semana, ou algo assim, e eles colocaram um anúncio de pessoa desaparecida nos jornais. Ele não dava a mínima. Ele tem ficado em albergues desde então. Eu sou a única na família que mantém contato com ele. Às vezes eu o deixava ficar no porão no inverno. Ele dormia no nicho, quando precisava se esconder. Eu o proibi de usar drogas lá embaixo, mas também não consigo controlá-lo. Ninguém tem nenhum controle sobre ele."

"Você lhe deu dinheiro? Para pagar essas dívidas?"

"Às vezes, mas nunca é suficiente. Eles começaram a rondar os meus pais, cheios de ameaças, arrebentaram o carro do meu pai, então agora eles estão pagando alguma coisa para tentar tirar os bandidos de cima deles, mas é muito dinheiro. Eles cobram juros absurdos sobre as dívidas, e quando meus pais falam com a polícia, com caras como você, os policiais dizem que não podem fazer nada porque são apenas ameaças, e pelo jeito não há nenhum problema em ameaçar as pessoas."

Ela olhou para Erlendur.

"Se eles matarem o meu pai, talvez vocês investiguem o caso."

"O seu irmão conhecia Gudlaugur? Eles deviam saber um do outro. Do porão."

"Eles se conheciam", disse Ösp melancolicamente.

"Como?"

"Gulli pagava para ele..." Ösp parou.

"Pagava pelo quê?"

"Por alguns favores."

"Favores sexuais?"

"É, favores sexuais."

"Como você sabe disso?"

"Meu irmão me contou."

"Ele estava com Gudlaugur naquela tarde?"

"Eu não sei. Eu não o vejo há dias, desde..." Ela parou. "Eu não o vejo desde que Gudlaugur foi esfaqueado", acrescentou. "Ele não tem mantido contato."

"Acho que ele pode ter estado no corredor não faz muito tempo. Depois do assassinato de Gudlaugur."

"Eu não o vi."

"Você acha que ele agrediu Gudlaugur?"

"Eu não sei", disse Ösp. "Tudo que sei é que ele nunca agrediu ninguém. Ele está sempre fugindo, e deve estar fugindo agora por causa disso, mesmo que não tenha feito nada. Ele nunca faria mal a ninguém."

"E você não sabe onde ele está?"

"Não, não tenho notícias dele."

"Você sabe se ele conhecia aquele inglês que eu mencionei a você, Henry Wapshott? Aquele da pornografia infantil."

"Não, ele não conhecia. Acho que não. Por que está perguntando isso?"

"Ele é gay? O seu irmão?"

Ösp olhou para Erlendur.

"Eu sei que ele faz qualquer coisa por dinheiro. Mas não acho que seja gay."

"Diga ao seu irmão que quero falar com ele. Se ele viu alguma coisa no porão, precisamos conversar. E também preciso perguntar sobre o relacionamento dele com Gudlaugur. Preciso saber se ele viu Gudlaugur no dia em que foi morto. Você faz isso por mim? Dizer ao seu irmão que preciso falar com ele?"

"Você acha que ele fez isso? Que matou Gudlaugur?"

"Não sei", disse Erlendur. "Se eu não tiver notícias dele em breve, vou ter que declará-lo procurado para interrogatório."

Ösp não teve nenhuma reação.

"Você sabia que Gudlaugur era gay?", perguntou ele.

Ösp ergueu os olhos.

"A julgar pelo que meu irmão disse, parece que sim. E a julgar pelo que ele pagava para o meu irmão estar com ele..."

Ösp se interrompeu.

"Você sabia que Gudlaugur já estava morto quando lhe pediram para ir buscá-lo?", perguntou Erlendur.

Ela olhou para ele.

"Não, eu não sabia. Nem tente jogar essa história pra cima de mim. É isso que você está tentando fazer? Você acha que eu o matei?"

"Você não me contou sobre o seu irmão no porão."

"Ele está sempre encrencado, mas eu sei que ele não fez isso. Eu sei que ele nunca faria uma coisa dessas. Nunca."

"Vocês dois devem ser bem próximos, pela maneira como você cuida dele."

"Nós sempre fomos bons amigos", disse Ösp, levantando-se. "Eu vou falar com ele, se ele me procurar. Vou dizer que você precisa vê-lo, caso ele saiba alguma coisa sobre o que aconteceu."

Com um aceno de cabeça, Erlendur disse que iria ficar no hotel quase o dia todo e que ela sempre poderia encontrá-lo lá.

"Tem que ser logo, Ösp", ele disse.

31.

Quando voltou ao saguão, Erlendur viu Elínborg na recepção. O chefe da recepção apontou para ele e Elínborg se virou. Ela estava à sua procura e se aproximou depressa, com um ar preocupado que Erlendur raramente via.

"Aconteceu alguma coisa?", ele perguntou assim que ela se aproximou.

"Podemos sentar em algum lugar? O bar já está aberto? Deus, que emprego mais patético! Eu não sei por que me preocupo."

"O que foi?", perguntou Erlendur, segurando-a pelo braço e levando-a até o bar. A porta estava fechada, mas não trancada, e eles entraram. Embora o salão estivesse aberto, o bar mesmo parecia estar fechado. Erlendur viu uma placa dizendo que permaneceriam fechados por mais uma hora. Eles se sentaram a uma mesa de canto.

"O meu Natal está sendo arruinado", disse Elínborg. "Eu nunca assei tão poucos biscoitos. E todos os meus parentes estão chegando hoje à noite e..."

"Conte o que aconteceu", disse Erlendur.

"Que estupidez", disse Elínborg. "Eu não o entendo. Simplesmente não o entendo."
"Quem?"
"O menino!", disse Elínborg. "Eu não entendo o que ele quer dizer."

Ela contou a Erlendur que na noite anterior, em vez de ir para casa assar biscoitos, ela havia passado no hospital psiquiátrico de Kleppur. Ela não sabia por que fez isso, mas não conseguia parar de pensar no caso do menino e seu pai. Quando Erlendur brincou dizendo que ela provavelmente já tinha assado biscoitos suficientes para seus parentes, ela nem mesmo sorriu.

Ela já havia ido ao hospital psiquiátrico uma vez, para tentar conversar com a mãe do menino, mas a mulher estava tão doente que mal conseguiu pronunciar uma palavra que fizesse sentido. O mesmo aconteceu nesse segundo encontro. A mãe estava sentada, balançando-se para a frente e para trás, em um mundo só dela. Elínborg não tinha muita certeza sobre o que queria ouvi-la dizer, mas pensou que ela poderia contar alguma coisa sobre a relação entre pai e filho que ainda não tivesse sido dita.

Ela sabia que a mãe estava no hospital apenas temporariamente. Ela era internada de tempos em tempos, quando entrava na fase de jogar os remédios psiquiátricos no vaso sanitário. Quando tomava os comprimidos, geralmente se mantinha em um estado razoável. Ela cuidava direito da casa. Quando Elínborg mencionou a mãe do menino aos professores dele, todos confirmaram que ela parecia cuidar bem do filho.

Elínborg sentou-se no salão do hospital para onde a enfermeira havia levado a mãe do menino e ficou vendo-a enrolar o cabelo no dedo indicador, resmungando algo que Elínborg não conseguiu entender. Tentou falar com ela, mas a mãe parecia a quilômetros de distância. Não respondeu a nenhuma de suas perguntas. Era como se ela fosse uma sonâmbula.

Depois de ficar algum tempo com ela, Elínborg começou a pensar em todos os biscoitos sortidos que ainda precisava assar. Levantou-se para ir procurar alguém que levasse a mulher de volta para sua ala, e encontrou um enfermeiro no corredor. Ele tinha cerca de trinta anos e parecia um fisiculturista. Vestia calça e camiseta brancas e seus bíceps fortes ondulavam a cada movimento de seu corpo. Usava cabelo curto, à escovinha, e tinha um rosto redondo e gorducho, com olhos pequenos e fundos. Elínborg não perguntou seu nome.

Ele a seguiu até o salão.

"Ah, é a velha Dóra", disse o enfermeiro, aproximando-se da mulher e pegando-a pelo braço. "Você está muito calma esta noite."

A mulher levantou-se, tão confusa como sempre.

"Tiraram você da sua casinha, é? Vamos voltar para lá, minha lindinha", disse o enfermeiro com um tom de voz de que Elínborg não gostou. Era como se ele estivesse falando com uma criança de cinco anos. E o que ele quis dizer quando falou que ela estava muito calma naquela noite? Elínborg não se conteve.

"Pare de falar com ela como se ela fosse uma criança", disse, mais agressiva do que pretendia.

O enfermeiro olhou para ela.

"E isso é da sua conta?"

"Ela tem o direito de ser tratada com respeito, como qualquer pessoa", retrucou Elínborg, sem dizer, porém, que era da polícia.

"Talvez tenha mesmo", disse o enfermeiro. "Mas eu não acho que a esteja tratando de maneira desrespeitosa. Vamos lá, Dóra", continuou, levando-a para o corredor.

Elínborg seguiu-os de perto.

"O que você quis dizer quando falou que ela está muito calma esta noite?"

"Calma esta noite?", o enfermeiro repetiu, virando a cabeça para Elínborg.

"Você disse que ela estava muito calma esta noite", disse Elínborg. "Não é como ela deveria estar?"

"Às vezes eu a chamo de 'A Fugitiva'. Ela está sempre fugindo."

Elínborg não entendeu.

"Do que você está falando?"

"Você não viu o filme?", disse o enfermeiro.

"Ela foge?", perguntou Elínborg. "Daqui do hospital?"

"Ou quando nós os levamos para passear na cidade", disse o enfermeiro. "Ela fugiu na última vez em que fomos. A gente já estava se cagando de medo quando vocês a encontraram no ponto de ônibus e a trouxeram de volta aqui para o hospital. Vocês mesmos não a trataram com muito respeito naquela ocasião."

"Nós a encontramos?"

"Eu sei que você é da polícia. Os policiais literalmente a jogaram para nós."

"Quando foi isso?"

Ele pensou um pouco. Ele estava com ela e com mais dois pacientes quando ela fugiu. Eles estavam na praça Laekjartorg. Ele se lembrava bem da data, foi no mesmo dia em que tinha feito sua melhor marca no supino.

A data correspondia à da agressão ao menino.

"O marido não foi avisado quando ela fugiu?", perguntou Elínborg.

"Estávamos prestes a telefonar para ele, quando vocês a encontraram. Sempre damos a eles algumas horas para voltar. Senão, passaríamos o tempo todo no telefone."

"O marido dela sabe que vocês a chamam assim, A Fugitiva?"
"Nós não a chamamos assim. Só eu. Ele não sabe."
"Ele sabe que ela foge?"
"Eu não contei. Ela sempre volta."
"Eu não acredito nisso", disse Elínborg.
"Quando ela vem para cá, tem que ser drogada, senão foge", disse o enfermeiro.
"Isso muda tudo!"
"Vamos lá, Dóra, lindinha", disse o enfermeiro, e a porta da ala dos quartos se fechou atrás dele.

Elínborg encarou Erlendur.
"Eu tinha certeza que era ele. O pai. Agora, ela poderia ter fugido, ido para casa, agredido o menino e voltado para o hospital. Se o menino falasse!"
"Por que ela agrediria o filho?"
"Não tenho a menor ideia", disse Elínborg. "Talvez ela ouça vozes."
"E os dedos quebrados e as contusões? Tudo isso ao longo de anos? Teria sido sempre ela então?"
"Eu não sei."
"Você falou com o pai?"
"Acabei de falar com ele."
"E?"
"Naturalmente, nós não somos bons amigos. Ele foi proibido de ver o menino desde que demos uma batida em sua casa e reviramos tudo de cabeça para baixo. Ele despejou ofensas contra mim e..."
"Ele disse alguma coisa sobre sua mulher, a mãe do menino?", interrompeu Erlendur, impaciente. "Ele deve ter suspeitado dela."

"E o menino não diz uma palavra", prosseguiu Elínborg.

"Só que sente falta do pai", disse Erlendur.

"Sim, é tudo o que ele diz. Então o pai encontra o filho em seu quarto no andar de cima e imagina que ele se arrastou da escola para casa naquele estado."

"Você visitou o menino no hospital, perguntou se o pai o agredira e ele teve alguma reação que a convenceu de que tinha sido o pai."

"Devo ter entendido mal", disse Elínborg, de cabeça baixa. "Eu captei alguma coisa no comportamento dele..."

"Mas também não temos nenhuma prova de que foi a mãe. E não temos nenhuma prova de que não foi o pai."

"Eu disse a ele, ao pai do menino, que tinha ido ao hospital falar com a mulher dele e que não sabíamos nada sobre o paradeiro dela no dia da agressão. Ele ficou surpreso. Como se nunca tivesse lhe ocorrido que ela podia fugir do hospital. Ele ainda está convencido de que foram os garotos no recreio da escola. Disse que o menino nos contaria se a mãe o tivesse agredido. Está convencido disso."

"Então por que o menino não a acusa?"

"Ele está em estado de choque, pobrezinho. Eu não sei."

"Amor?", perguntou-se Erlendur. "Apesar de tudo o que ela fez com ele?"

"Ou medo", disse Elínborg. "Talvez um medo enorme de que ela faça aquilo de novo. De qualquer maneira, ele pode estar mantendo silêncio para proteger a mãe. É impossível dizer."

"O que você quer que a gente faça? Será que devemos retirar as acusações contra o pai?"

"Vou conversar com o pessoal da promotoria e ver o que eles acham."

"É, comece por aí. Me diga outra coisa: você telefonou para a mulher que esteve com Stefanía Egilsdóttir aqui no hotel dias antes de Gudlaugur ser esfaqueado?"

"Liguei", disse Elínborg com ar despreocupado. "Ela pediu que a amiga lhe desse cobertura, mas na hora H a amiga não conseguiu ir em frente com a mentira."

"Você quer dizer: não conseguiu mentir para ajudar Stefanía?"

"Ela começou a contar que as duas se sentaram aqui, mas ela estava tão hesitante e mentia tão mal que, no momento em que falei que ia precisar levá-la à central de polícia para prestar declaração, ela começou a chorar pelo telefone. Então me contou que Stefanía tinha lhe telefonado, elas são velhas amigas de uma sociedade musical, e pedido que dissesse que elas tinham estado juntas aqui no hotel, se alguém perguntasse. Ela disse que se recusou, mas Stefanía parece ter algum domínio sobre ela que não entendi direito."

"Foi uma mentira bem ruinzinha desde o início, observou Erlendur. "Nós dois sabíamos que ela disse aquilo meio de improviso. Não sei por que ela está atrapalhando a investigação desse jeito... A não ser que ela saiba que a culpa é dela."

"Você acha que ela matou o irmão?"

"Ou sabe quem matou."

Eles permaneceram à mesa por mais algum tempo, conversando sobre o menino, o pai, a mãe e circunstâncias familiares difíceis, o que levou Elínborg a perguntar a Erlendur mais uma vez o que ele ia fazer no Natal. Ele disse que ia ficar com Eva Lind. Contou a Elínborg sobre sua descoberta no corredor do porão e sobre suas suspeitas de que o irmão de Ösp estava envolvido de alguma forma, um delinquente com problemas de dinheiro intermináveis. Ele agradeceu a Elínborg pelo convite e lhe disse para tirar folga até o Natal.

"Não há mais tempo até o Natal." Elínborg sorriu e deu de ombros, como se o Natal já não importasse, com toda a limpeza da casa que ainda tinha pela frente, os biscoitos, os parentes.

"Você vai ganhar algum presente de Natal?", ela perguntou.

"Talvez meias. Se eu tiver alguma sorte."

Ele hesitou antes de dizer: "Não se aborreça por causa do pai do garoto. Essas coisas acontecem. Vamos adquirindo uma certeza, depois chegamos a nos convencer e então aparece alguma coisa que destrói toda a nossa convicção."

Elínborg assentiu.

Erlendur acompanhou-a pelo saguão e os dois se despediram. Ele planejava ir até seu quarto para fazer a mala. Já estava cheio daquele hotel. Começava seriamente a sentir falta do seu "buraco sem nada", de seus livros, de sua poltrona e até mesmo de Eva Lind deitada no sofá.

Estava esperando o elevador quando Ösp o surpreendeu.

"Eu o encontrei", disse ela.

"Quem?", perguntou Erlendur. "Seu irmão?"

"Vem comigo", pediu Ösp, encaminhando-se para a escada que levava ao porão. Erlendur hesitou. As portas do elevador se abriram e ele olhou para dentro. Ele estava no rastro do assassino. Talvez o irmão de Ösp tivesse vindo se entregar a pedido dela: o rapaz que mascava tabaco. Erlendur não sentia nenhuma emoção. Nada da expectativa ou da sensação de triunfo que acompanhavam a solução de um caso. Tudo que sentia era cansaço e tristeza, porque o caso despertara nele todo tipo de associações com sua própria infância, ele sabia que tinha muitas coisas para acertar em sua própria vida, mas não fazia ideia de por onde começar. Acima de tudo, queria esquecer o trabalho e ir para casa. Ficar com Eva Lind. Ajudá-la a superar os problemas que ela estava enfrentando. Queria parar de pensar nos outros e começar a pensar em si mesmo e nas pessoas realmente ligadas a ele.

"Você vem?", perguntou Ösp em voz baixa, ao pé da escada, esperando.

"Estou indo", respondeu Erlendur.

Ele a seguiu pela escada e entrou na copa dos funcionários, onde havia conversado com ela na primeira vez. O lugar estava tão desarrumado quanto antes. Ela trancou a porta. Seu irmão estava sentado atrás de uma das mesas e ficou em pé de um salto quando Erlendur entrou.

"Eu não fiz nada", disse com uma voz aguda. "Ösp está dizendo que você acha que fui eu, mas eu não fiz nada. Eu não fiz nada para ele!"

Ele usava um casaco de tecido azul impermeável muito sujo, com um rasgo em um dos ombros que revelava o forro branco. O jeans estava preto de tão encardido e suas botas pretas e sujas podiam ser amarradas até as panturrilhas, mas Erlendur não viu cadarços nelas. Seus dedos longos e imundos seguravam um cigarro. Ele inalou a fumaça e a soprou de volta. Sua voz era agitada e ele andava de um lado para o outro no canto da copa como um animal enjaulado, encurralado por um policial prestes a prendê-lo.

Erlendur olhou por cima do ombro para Ösp, em pé ao lado da porta, depois de volta para o irmão dela.

"Você deve confiar na sua irmã para vir aqui desse jeito."

"Eu não fiz nada. Ela me disse que você era legal e que só queria algumas informações."

"Eu preciso saber sobre o seu relacionamento com Gudlaugur", disse Erlendur.

"Eu não o esfaqueei."

Erlendur avaliou o rapaz. Ele estava na metade do caminho entre a adolescência e a idade adulta, tinha um jeito particularmente infantil, mas uma expressão endurecida que exibia raiva e amargura em relação a alguma coisa que Erlendur se sentiu incapaz de até mesmo começar a imaginar.

"Ninguém está sugerindo que você fez isso", disse Erlendur de maneira tranquila, tentando acalmá-lo. "Como você conhecia Gudlaugur? Que relacionamento vocês tinham?"

Ele olhou para a irmã, mas Ösp continuou ao lado da porta, sem dizer nada.

"Eu prestei uns favores para ele algumas vezes, e ele me pagou por isso."

"E como vocês se conheceram? Fazia muito tempo que você o conhecia?"

"Ele sabia que eu era irmão da Ösp. Achava engraçado sermos irmão e irmã, como todo mundo acha."

"Por quê?"

"Meu nome é Reynir."

"E daí? O que há de engraçado nisso?"

"Ösp e Reynir. Faia e Tramazeira. Irmã e irmão. Uma piadinha dos meus pais. Como se eles gostassem de floresta."

"E quanto a Gudlaugur?"

"Eu o conheci aqui, quando vim me encontrar com a Ösp. Mais ou menos há uns seis meses."

"E?"

"Ele sabia quem eu era. Ösp tinha falado um pouco de mim. Às vezes ela me deixava dormir no hotel. No corredor dele."

Erlendur virou-se para Ösp.

"Você limpou aquele nicho com muito cuidado", disse.

Ösp devolveu-lhe um olhar vazio e não respondeu. Ele se virou para Reynir.

"Ele sabia quem você era. Você dormia no corredor em frente ao quarto dele. O que mais?"

"Ele me devia um dinheiro. Disse que iria pagar."

"Por que ele lhe devia dinheiro?"

"Porque eu fiz uns favores para ele e..."

"Você sabia que ele era gay?"

"Isso não é óbvio?"

"E o preservativo?"

"Nós sempre usamos camisinha. Ele era paranoico. Ele disse que não queria se arriscar. Que não sabia se eu estava infectado ou não. Eu não estou infectado", garantiu Reynir, olhando para a irmã.

"E você masca tabaco."

Ele olhou para Erlendur, surpreso.

"O que isso tem a ver?"

"A questão não é essa. Você masca tabaco?"

"Masco."

"Você esteve com ele no dia em que ele foi esfaqueado?"

"Estive. Ele me pediu para ir vê-lo porque ia me pagar."

"Como ele entrou em contato com você?"

Reynir tirou um celular do bolso e mostrou a Erlendur.

"Quando eu cheguei, ele estava vestindo a roupa de Papai Noel. Ele falou que precisava se apressar para a festa de Natal, pagou o que me devia, olhou para o relógio e viu que ainda dava tempo para uma rapidinha."

"Ele tinha bastante dinheiro no quarto?"

"Não que eu soubesse. Eu só vi o que ele me pagou. Mas ele contou que estava para receber uma porrada de dinheiro."

"De onde?"

"Eu não sei. Ele disse que estava sentado em uma mina de ouro."

"O que ele quis dizer com isso?"

"Ele ia vender alguma coisa. Eu não sei o quê. Ele não me contou. Apenas disse que estava esperando uma porrada de dinheiro, ou muito dinheiro; ele nunca disse 'porrada'. Ele nunca falava assim. Sempre falava educado, usava palavras sofisticadas. Sempre foi muito educado. Era um cara bom. Nunca me fez nenhum mal. Sempre pagou. Eu conheço porradas de pessoas piores do que ele. Às vezes, só queria conversar comigo. Ele era solitário, ou pelo menos disse que era. Ele me disse que eu era o seu único amigo."

"Ele contou alguma coisa sobre o passado dele para você?"

"Não."

"Nada sobre já ter sido uma estrela infantil?"

"Não. Uma estrela infantil? De quê?"

"Você viu uma faca no quarto dele que poderia ter vindo da cozinha do hotel?"

"Vi, eu vi uma faca lá, mas não sei de onde veio. Quando fui vê-lo, ele estava arrumando a roupa de Papai Noel. Disse que precisava arranjar uma nova para o próximo Natal."

"E ele não tinha nenhum dinheiro além do que pagou a você?"

"Não, acho que não."

"Você o roubou?"

"Não."

"Você pegou meio milhão que estava no quarto dele?"

"Meio milhão? Ele tinha meio milhão?"

"Fiquei sabendo que você está sempre precisando de dinheiro. É óbvio o que você faz para consegui-lo. Você deve dinheiro para algumas pessoas. Elas ameaçaram sua família..."

Reynir olhou para a irmã.

"Não olhe para ela, olhe para mim. Gudlaugur tinha dinheiro no quarto. Mais do que lhe devia. Talvez ele tivesse vendido uma parte da sua mina de ouro. Você viu o dinheiro. Você quis mais. Você fez coisas para ele pelas quais achou que devia ser mais bem pago. Ele se recusou, você discutiu, pegou a faca e tentou esfaqueá-lo, mas ele o segurou, até que você conseguiu afundar a faca no peito dele e o matou. Você pegou o dinheiro..."

"Seu idiota", disse Reynir entre os dentes. "Que porra de idiotice é essa?"

"... e desde esse dia você tem fumado haxixe e se injetado, ou seja lá o que você..."

"Seu cretino do cacete!", gritou Reynir.

"Continua com a história", gritou Ösp. "Diz pra ele o que você me contou. Diz tudo!"

"Tudo o quê?", perguntou Erlendur.

"Ele me perguntou se eu faria uma pra ele antes dele ir para a festa de Natal", disse Reynir. "Ele disse que não tinha muito tempo, mas tinha dinheiro e ia me pagar bem. Mas quando estávamos começando, aquela mulher apareceu de repente."

"Aquela mulher?"

"É."

"Que mulher?"

"A que veio pra cima da gente."

"Conta para ele", Erlendur ouviu Ösp dizendo às suas costas. "Diz para ele quem era!"

"De que mulher você está falando?"

"Nós esquecemos de trancar a porta e de repente a porta se abriu e ela veio pra cima da gente."

"Quem?"

"Eu não sei quem era. Uma mulher."

"E o que aconteceu?"

"Eu não sei. Eu caí fora. Ela gritou alguma coisa para ele e eu vazei de lá."

"Por que você não nos deu essa informação imediatamente?"

"Eu evito polícia. Há todo tipo de gente atrás de mim e se eles souberem que eu estou falando com policiais, vão pensar que estou dedurando e vão me pegar por isso."

"Quem era essa mulher que flagrou vocês? Como ela era?"

"Eu realmente não notei. Eu caí fora. Ele ficou arrasado. Me empurrou para longe, gritou, ficou totalmente perdido. Ele pareceu aterrorizado com ela. Muito assustado."

"O que ele gritou?", perguntou Erlendur.

"Steffí."

"O quê?"

"Steffí. Isso foi tudo que eu ouvi. Steffí. Ele a chamou de Steffí e estava apavorado com ela."

32.

Ela estava em pé do lado de fora da porta do quarto, de costas para ele. Erlendur parou e a observou por um instante, e viu como ela havia mudado desde que a vira pela primeira vez, entrando furiosa no hotel com o pai. Agora ela não passava de uma mulher de meia-idade exausta que ainda morava com o pai aleijado na casa que um dia fora seu lar. Por razões que Erlendur desconhecia, aquela mulher tinha vindo ao hotel e assassinado o irmão.

Foi como se ela tivesse sentido a presença dele no corredor, porque de repente se virou e olhou para Erlendur. Ele não conseguiu decifrar seus pensamentos pela expressão no rosto dela. Tudo o que sabia era que ela era a pessoa que ele vinha procurando desde o dia em que chegou ao hotel e viu Papai Noel sentado em uma poça de seu próprio sangue.

Ela estava parada na porta e não disse nada até ele estar bem próximo dela.

"Há uma coisa que eu preciso lhe contar", disse ela. "Se é que faz alguma diferença."

Erlendur pensou que ela tivesse vindo falar sobre a mentira envolvendo a amiga e que tivesse concluído que chegara a hora de lhe contar a verdade. Ele abriu a porta e ela entrou na frente dele, foi até a janela e olhou a neve.

"As previsões eram de que não nevaria neste Natal", disse ela.

"Você é chamada de Steffí de vez em quando?", perguntou ele.

"Quando eu era pequena", ela respondeu, ainda olhando pela janela.

"Seu irmão a chamava de Steffí?"

"Chamava. Sempre. E eu sempre o chamei de Gulli. Por que a pergunta?"

"O que você veio fazer aqui no hotel cinco dias antes da morte do seu irmão?"

Stefanía soltou um suspiro profundo.

"Eu sei que não deveria ter mentido para você."

"Por que você veio aqui?"

"Teve a ver com os discos dele. Achamos que tínhamos direito a alguns discos. Sabíamos que ele tinha alguns, provavelmente todos os que não foram vendidos quando saíram, e nós queríamos ficar com uma parte, caso ele estivesse planejando vendê-los."

"Como ele conseguiu os discos?"

"Estavam com papai, que os guardava em casa, em Hafnarfjördur. Quando Gudlaugur foi embora, levou as caixas. Ele disse que os discos pertenciam a ele. Somente a ele."

"Como você soube que ele estava planejando vendê-los?"

Stefanía hesitou.

"Eu também menti sobre Henry Wapshott", disse. "Eu o conheço. Não muito bem, mas eu devia ter lhe contado. Ele não disse que nos encontrou?"

"Não", respondeu Erlendur. "Ele tem uma série de problemas. É verdade tudo que você me disse até agora?"

Ela não respondeu.

"Por que agora eu deveria acreditar no que você está me dizendo?"

Absorta, Stefanía observava a neve caindo no chão, com a sensação de ter desaparecido e ido se materializar em uma vida que ela levara muito tempo atrás, quando não conhecia a mentira e havia só a verdade, simples e pura.

"Stefanía?"

"Eles não estavam discutindo sobre o canto dele", ela disse de repente. "Quando papai caiu da escada. Não tinha nada a ver com cantar. Essa é a última e a maior mentira."

"Você quer dizer quando eles tiveram uma briga no patamar?"

"Sabe do que as crianças o chamavam na escola?"

"Acho que sei", disse Erlendur.

"Elas o chamavam de A Pequena Princesa."

"Porque ele cantava no coral, era afeminado e..."

"Porque eles o pegaram usando um vestido da minha mãe", interrompeu Stefanía.

Ela ficou de costas para a janela.

"Foi depois que ela morreu. Ele sentia uma falta terrível dela, especialmente quando deixou de ser um menino cantor e se tornou apenas um garoto normal, com uma voz normal. Papai não sabia, mas eu sim. Quando meu pai estava fora, às vezes ele colocava as joias da minha mãe, às vezes experimentava seus vestidos, ficava na frente do espelho, e até mesmo se maquiava. Uma vez, isto foi no verão, alguns meninos passaram pela casa e viram. Alguns da classe dele. Espiaram pela janela da sala. Eles costumavam fazer isso às vezes, porque éramos considerados esquisitos. Eles começaram a rir e a zombar, sem dó. Depois disso ele passou a ser visto como uma aberração na escola. As crianças passaram a chamá-lo de A Pequena Princesa."

Stefanía fez uma pausa.

"Eu achava que era apenas porque ele sentia falta da mamãe", prosseguiu. "Que era uma maneira de ele estar perto dela, vestindo suas roupas, colocando suas joias. Eu não achava que ele tivesse impulsos antinaturais. Mas as coisas acabaram sendo diferentes."

"Impulsos antinaturais?", repetiu Erlendur. "É assim que você vê a coisa? Seu irmão era homossexual. Você não foi capaz de perdoá-lo por isso? Essa é a razão de você não ter tido contato com ele durante todos esses anos?"

"Ele era muito jovem quando nosso pai o pegou com um menino. Eu sabia que ele estava com um amigo em seu quarto, pensei que eles estivessem fazendo lição. Papai chegou em casa inesperadamente, para procurar alguma coisa, e quando entrou no quarto de Gudlaugur viu os dois fazendo algo abominável. Ele não quis me dizer o quê. Quando eu fui ver, o outro menino estava descendo a escada correndo, e papai e Gulli estavam no patamar, gritando um com o outro, e eu vi Gulli dar-lhe um empurrão. Papai perdeu o equilíbrio, caiu da escada e nunca mais se levantou."

Stefanía virou-se para a janela e ficou observando a neve de Natal deslizar em direção ao chão. Erlendur permaneceu calado, se perguntando em que ela pensava quando desaparecia dentro de si mesma daquele jeito, mas ele não conseguia imaginar. Pensou ter obtido uma resposta quando ela quebrou o silêncio.

"Eu nunca fui importante", disse ela. "Tudo que eu fazia ficava em segundo plano. Não estou dizendo isso com autopiedade, acho que deixei disso há séculos. É mais para tentar entender e explicar por que nunca tive contato com ele depois desse dia terrível. Às vezes penso que adorei o rumo que as coisas tomaram. Você consegue imaginar isso?"

Erlendur fez que não com a cabeça.

"Quando ele foi embora, passei a ser a única que importava. Não ele. Nunca mais seria ele. E, de alguma maneira estranha, fiquei contente, satisfeita pelo fato de ele não ter se tornado a grande estrela infantil que prometia ser. Acho que eu o invejava o tempo todo, muito mais do que eu percebia, por toda a atenção que ele recebia e pela voz que possuía. Era divina. Era como se ele tivesse sido abençoado com todos os talentos, enquanto eu não tinha nada; eu tocava piano como um cavalo. Foi o que meu pai disse quando tentou me ensinar. Disse que eu era desprovida de talento. No entanto, eu o adorava, porque achava que ele sempre tinha razão. Normalmente ele era gentil comigo, e quando se tornou incapaz de cuidar de si mesmo meu talento tornou-se cuidar dele. Fui indispensável para ele. E os anos se passaram sem que nada se alterasse. Gulli saiu de casa, meu pai estava em uma cadeira de rodas e eu cuidava dele. Nunca pensei em mim mesma, naquilo que eu queria. Os anos podem ir transcorrendo assim, sem que você faça mais nada a não ser viver na rotina que cria para si mesma. Ano após ano após ano."

Ela fez uma pausa e observou a neve.

"Quando começa a perceber que isso é tudo que tem, você começa a odiar a situação e a tentar encontrar o culpado, e eu sentia que meu irmão era o culpado de tudo. Com o tempo, comecei a desprezá-lo e a desprezar a perversão que arruinou nossa vida."

Erlendur ia acrescentar algo, mas ela continuou.

"Não sei se tenho como descrever isto de uma maneira melhor. Você se tranca dentro de sua vida monótona por causa de uma coisa que, anos e anos depois, acaba não tendo a menor importância. Na verdade, acaba se mostrando uma coisa irrelevante e inofensiva."

"Nós entendemos que ele achava que sua infância havia sido roubada", disse Erlendur. "Que ele não teve permissão para ser o que queria ser, foi forçado a se tornar algo completamente diferente, um cantor, uma estrela infantil, e o preço que ele pagou por isso foi ser maltratado na escola. Depois tudo deu em nada, e os 'impulsos antinaturais', como você os chama, agravaram o quadro. Não acho que ele tenha sido muito feliz. Talvez ele não quisesse toda a atenção que você claramente desejava."

"Infância roubada...", disse Stefanía. "Pode ser que sim."

"Seu irmão alguma vez tentou discutir sua homossexualidade com seu pai ou com você?", perguntou Erlendur.

"Não, mas podíamos ver que ela iria aflorar. Não sei se ele mesmo percebeu o que estava acontecendo com ele. Não faço a menor ideia. Acho que ele não sabia por que usava os vestidos da minha mãe. Não sei como ou quando essas pessoas descobrem que são diferentes."

"Mas, de algum jeito esquisito, ele gostava do apelido", afirmou Erlendur. "Ele tinha esse pôster e nós sabemos que..." Erlendur parou no meio da frase. Não sabia se devia dizer a ela que Gudlaugur tinha pedido a seu amante que o chamasse de Pequena Princesa.

"Eu não sei nada sobre isso", disse Stefanía. "Pode ser que ele estivesse se atormentando com a lembrança do que aconteceu. Talvez houvesse algo dentro dele que nunca vamos entender."

"Como você conheceu Henry Wapshott?"

"Ele foi até nossa casa um dia, para falar dos discos de Gudlaugur. Ele queria saber se tínhamos algum. Foi no Natal passado. Ele havia obtido informações sobre Gudlaugur e sua família por meio de um colecionador, e me disse que os discos dele eram incrivelmente valiosos no exterior. Ele havia conversado com meu irmão, que primeiro se recusou a lhe vender os discos, mas isso, depois, de alguma forma mudou e meu irmão se mostrou disposto a deixar Wapshott ter o que queria."

"E você queria a sua parte nos lucros."

"Não achávamos que isso fosse um absurdo. Os discos pertenciam a ele tanto quanto a meu pai. Pelo menos, era assim que víamos a situação. Nosso pai pagou as gravações de seu bolso."

"Havia uma soma considerável envolvida? A que Wapshott ofereceu pelos discos?"

Stefanía assentiu. "Milhões."

"Isso bate com o que sabemos."

"Ele tem muito dinheiro, esse Wapshott. Acredito que ele queria evitar que os discos entrassem no mercado de colecionadores. Se entendi bem, ele queria adquirir todos os exemplares existentes e impedi-los de inundar o mercado. Ele foi muito claro a respeito disso e estava disposto a pagar uma soma incrível. Acho que ele finalmente conseguiu convencer Gudlaugur pouco antes deste Natal. Alguma coisa deve ter mudado para ele tê-lo agredido assim."

"Agredido? O que você quer dizer?"

"Bem, vocês não estão com ele sob custódia?"

"Estamos", disse Erlendur, "mas não temos prova de que ele agrediu seu irmão. O que você quis dizer com 'alguma coisa deve ter mudado'?"

"Quando Wapshott foi nos ver em Hafnarfjördur, disse que tinha persuadido Gudlaugur a lhe vender todos os discos. Acho que ele quis garantir que não havia outros exemplares disponíveis. Dissemos a ele que não havia, que Gudlaugur tinha levado todos quando saiu de casa."

"Por isso você foi ao hotel encontrá-lo", disse Erlendur. "Para pegar sua parte na venda."

"Ele estava com o uniforme de porteiro", disse Stefanía. "Estava no saguão levando as malas de alguns turistas até o carro. Fiquei observando por algum tempo e depois ele me viu. Eu disse que precisava falar com ele sobre os discos. Ele perguntou sobre papai..."

"Foi seu pai quem mandou você falar com Gudlaugur?"

"Não, ele nunca teria feito isso. Depois do acidente, ele não quis nem que eu mencionasse mais o nome dele."

"Mas a primeira pergunta que Gudlaugur fez quando viu você no hotel foi sobre ele."

"Foi. Descemos até seu quarto e eu perguntei onde estavam os discos."

* * *

"Eles estão em um lugar seguro", disse Gudlaugur, sorrindo para a irmã. "Henry me disse que falou com você."

"Ele contou que você estava planejando vendê-los. O papai disse que metade dos discos é dele e que queremos metade do que você obtiver com o negócio."

"Eu mudei de ideia", disse Gudlaugur. "Não vou vender mais."

"O que Wapshott achou disso?"

"Ele não ficou nada satisfeito."

"Ele está oferecendo um preço muito bom por eles."

"Posso conseguir mais se eu mesmo vender, e um de cada vez. Os colecionadores têm muito interesse neles. Acho que Wapshott vai fazer a mesma coisa, embora tenha dito que quer comprá-los para tirá-los de circulação. Acho que está mentindo. Ele está planejando vendê-los e ganhar dinheiro às minhas custas. Todo mundo ganhava dinheiro às minhas custas nos velhos tempos, especialmente o pai, e isso não mudou. Nem um pouco."

Eles olharam um para o outro.

"Vá lá em casa conversar com o papai", disse ela. "Ele não tem mais muito tempo."

"Wapshott falou com ele?"

"Não, ele não estava lá quando Wapshott apareceu. Eu contei sobre ele para o papai."

"E o que ele disse?"

"Nada. Só que queria a parte dele."

"E você?"

"O que tem?"

"Por que você nunca foi embora? Por que não se casou e teve sua própria família? Não é sua vida que você está vivendo, é a vida dele. Onde está sua vida?"

"Acho que está na cadeira de rodas em que você o colocou", retrucou Stefanía, zangada. "E não se atreva a perguntar sobre a minha vida."

"Ele tem o mesmo poder sobre você que tinha sobre mim antigamente."

Stefanía explodiu de raiva.

"Alguém precisava cuidar dele! O favorito dele, a estrela dele, virou uma bicha sem voz que o empurrou pela escada e depois não se dignou mais a falar com ele. Prefere ficar sentado na casa dele à noite e sair escondido antes de ele acordar. Que poder ele tem sobre você? Você acha que se livrou dele de uma vez por todas, mas basta olhar para você! Olhe para si mesmo! O que você é? Me diga? Você não é nada. Você é a escória."

Ela parou.

"Desculpe", disse ele. "Eu não deveria ter dito aquilo."

Ela ficou calada.

"Ele pergunta por mim?"

"Não."

"Ele nunca fala sobre mim?"

"Não, nunca."

"Ele odeia como eu vivo. Ele odeia como eu sou. Ele me odeia. Depois de todos esses anos."

"Por que você não me contou isso antes?", disse Erlendur. "Por que esse jogo de esconde-esconde?"

"Esconde-esconde? Bem, você pode imaginar. Eu não queria falar sobre assuntos de família. Pensei em nos proteger, proteger a nossa privacidade."

"Essa foi a última vez que você viu seu irmão?"

"Foi."

"Tem certeza?"

"Tenho." Stefanía olhou para ele. "O que você está insinuando?"

"Você não o flagrou com um rapaz, assim como aconteceu com seu pai, e teve um ataque? Que a fez se lembrar da causa básica da infelicidade de sua vida e levou você a decidir pôr um fim nisso?"

"Não, o que...?

"Temos uma testemunha."

"Uma testemunha?"

"O rapaz que estava com ele. Um jovem que fazia sexo com seu irmão por dinheiro. Você os flagrou no porão, o rapaz fugiu correndo e você atacou seu irmão. Viu uma faca na mesa e o atacou."

"Não é nada disso!", exclamou Stefanía, sentindo que Erlendur falava sério, sentindo o cerco realmente se fechar em torno dela. Olhou para Erlendur, incapaz de acreditar no que ouvia.

"Há uma testemunha...", Erlendur começou a dizer, mas não conseguiu terminar a frase.

"Que testemunha? De que testemunha você está falando?"

"Você nega ter provocado a morte de seu irmão?"

O telefone do quarto começou a tocar e, antes que Erlendur conseguisse atender, seu celular também começou a tocar no bolso do paletó. Ele pediu desculpas com os olhos para Stefanía, que lhe devolveu um olhar furioso.

"Preciso atender", disse Erlendur.

Stefanía se afastou e ele a viu pegar um dos discos de Gudlaugur que estavam em cima da mesa, fora da capa. Quando Erlendur atendeu o telefone do hotel, ela examinava o disco. Era Sigurdur Óli. Erlendur atendeu o celular e pediu que a pessoa esperasse.

"Um homem entrou em contato comigo agora sobre o assassinato no hotel, e eu dei o número do seu celular", disse Sigurdur Óli. "Ele ligou para você?"

"Estou com uma chamada em espera no celular agora", respondeu Erlendur.

"Parece que resolvemos o caso. Fale com ele e depois me ligue. Enviei três carros para aí. Elínborg está indo junto."

Erlendur desligou o telefone e pegou o celular. Ele não reconheceu a voz, mas o homem se apresentou e iniciou seu relato. Ele mal havia começado, quando as suspeitas de Erlendur se confirmaram e ele entendeu tudo. Tiveram uma longa conversa e no final Erlendur pediu que o homem fosse até a central de polícia prestar um depoimento para Sigurdur Óli. Ligou para Elínborg e deu-lhe instruções. Então guardou o celular e virou-se para Stefanía, que tinha colocado o disco de Gudlaugur no toca-discos e ligado o aparelho.

"Às vezes, antigamente", disse ela, "quando discos como este eram feitos, todo tipo de ruído de fundo entrava nas gravações, talvez porque as pessoas não tivessem muito cuidado na hora de fazê-las, a tecnologia era primitiva e os estúdios de gravação muito ruins. Você ouve até o barulho do trânsito neles. Sabia disso?"

"Não", disse Erlendur, sem entender aonde ela queria chegar.

"Nessa música, por exemplo, dá para ouvir, se você escutar com atenção. Eu não acho que alguém notaria a menos que soubesse que estava lá."

Ela aumentou o volume. Erlendur apurou os ouvidos e notou um som de fundo no meio da canção.

"O que é isso?", perguntou.

"É meu pai", disse Stefanía.

Ela tocou aquele trecho da música outra vez e Erlendur, então, ouviu claramente, embora não conseguisse entender o que estava sendo dito.

"É seu pai?", perguntou.

"Ele está lhe dizendo como ele é maravilhoso", disse Stefanía distraidamente. "Ele estava em pé, perto do microfone, e não se conteve."

Ela olhou para Erlendur.

"Meu pai morreu ontem", disse. "Ele se deitou no sofá depois do jantar e adormeceu, como às vezes fazia, e não acordou mais. Assim que entrei na sala eu soube que ele tinha partido. Senti antes de tocá-lo. O médico disse que ele teve um ataque cardíaco. Por isso vim falar com você, para colocar tudo em pratos limpos. Agora não tem mais importância. Nem para ele nem para mim. Nada disso importa mais."

Ela voltou a tocar o trecho da canção, e dessa vez Erlendur achou que conseguiu entender o que tinha sido dito. Uma única palavra presa à música como uma nota de rodapé.

Maravilhoso.

"Eu fui ao quarto de Gudlaugur no dia em que ele foi assassinado para lhe dizer que papai queria uma reconciliação. Àquela altura eu já tinha dito ao meu pai que Gudlaugur tinha uma chave de casa, que entrava escondido, sentava-se na sala e ia embora sem que percebêssemos. Eu não sabia como Gudlaugur ia reagir, se ele queria ver o papai de novo ou se seria impossível tentar reconciliá-los, mas eu queria tentar. A porta do quarto estava aberta..."

Sua voz tremeu.

"... e ele estava lá, deitado, caído em seu próprio sangue..."

Ela fez uma pausa.

"... com aquela roupa... a calça abaixada... coberto de sangue..."

Erlendur se aproximou dela.

"Meu Deus", ela gemeu. "Eu nunca na vida... foi chocante para eu descrever com palavras. Não sei o que pensei na hora. Fiquei apavorada. Acho que meu único pensamento foi sair dali e tentar esquecer aquilo. Como todo o resto. Eu me convenci de que não era da minha conta. Que não importava se eu tinha estado lá ou não, tudo tinha acabado e não era da minha conta.

Deixei aquilo de lado, agi como uma criança. Eu não queria saber e não contei ao meu pai o que vi. Não contei a ninguém."

Ela olhou para Erlendur.

"Eu devia ter pedido ajuda. É claro que eu devia ter chamado a polícia... mas... era... era tão nojento, tão antinatural... que eu fugi. Foi a única coisa em que pensei fazer. Fugir. Escapar daquele lugar horrível e não deixar ninguém me ver."

Ela fez uma pausa.

"Acho que eu sempre fugi dele. De alguma forma, sempre fugi dele. O tempo todo. E ali..."

Ela soluçou suavemente.

"Nós devíamos ter tentado consertar as coisas bem antes. Eu devia ter providenciado isso bem antes. Esse foi meu crime. Papai também quis isso no final. Antes de morrer."

Eles ficaram em silêncio, Erlendur olhou pela janela e notou que estava nevando menos.

"A coisa mais aterrorizante foi..."

Ela parou, como se o pensamento lhe fosse insuportável.

"Ele não estava morto, não é?"

Ela concordou com a cabeça.

"Ele disse uma palavra e em seguida morreu. Ele me viu na porta e gemeu meu nome. Como ele costumava me chamar. Quando éramos pequenos. Ele sempre me chamou de Steffí."

"E eles ouviram-no dizer seu nome antes de morrer. Steffí."

Ela olhou para Erlendur, surpresa.

"Eles quem?"

De repente Eva Lind estava em pé, junto da porta aberta. Ela olhou para Stefanía e para Erlendur, depois para Stefanía de novo e balançou a cabeça.

"Com quantas mulheres você anda saindo?", perguntou com um olhar acusador para o pai.

33.

Ele não conseguia perceber nenhuma mudança em Ösp. Erlendur ficou observando-a trabalhar, perguntando se em algum momento ela iria demonstrar remorso ou culpa pelo que havia feito.

"Você já encontrou a tal de Steffí?", ela perguntou ao vê-lo no corredor. Ela despejou uma pilha de toalhas no cesto da lavanderia, pegou algumas novas e colocou-as no quarto. Erlendur se aproximou e parou na porta, seus pensamentos em outro lugar.

Ele pensava na filha. Tinha conseguido convencê-la sobre quem Stefanía de fato era, e quando Stefanía foi embora ele pediu que Eva Lind o esperasse. Eva sentou-se na cama e ele percebeu de imediato que ela estava alterada, que tinha voltado a fazer as mesmas coisas de antes. Ela lançou um discurso inflamado contra ele por tudo o que tinha dado errado na vida dela, e ele ouviu sem dizer uma palavra, sem se opor nem irritá-la ainda mais. Ele sabia o porquê daquela raiva. Ela não estava zangada com ele, mas consigo mesma, por ter sucumbido. Ela não conseguia se controlar mais.

Ele não sabia que droga ela estava usando. Erlendur olhou para o relógio.

"Você está com pressa de ir a algum lugar?", ela perguntou. "Vai sair correndo para salvar o mundo?"

"Você pode esperar por mim aqui?", perguntou ele.

"Cai fora", ela disse com uma voz rouca e feia.

"Por que você faz isso consigo mesma?"

"Cala a boca."

"Vai me esperar? Não vai demorar muito, depois vamos para casa. Você gostaria?"

Ela não respondeu. Sentou-se com a cabeça encurvada, olhando pela janela para o nada.

"Não demoro nem um minuto", ele disse.

"Fica aqui", ela implorou, com a voz menos dura agora. "Aonde você vai?"

"O que há de errado?", ele perguntou.

"O que há de errado!", ela vociferou. "Tudo está errado. Tudo! Esta vida de merda desgraçada. Isso é o que está errado, a vida. Tudo está errado nesta vida! Eu não sei pra que ela serve. Eu não sei por que a gente vive. Por quê? Por quê?"

"Eva, tudo vai ficar..."

"Meu Deus, como eu lamento ela não estar comigo", gemeu.

Ele colocou o braço ao redor dela.

"Todos os dias. Quando acordo de manhã, quando vou dormir à noite... Eu penso nela todos os dias e no que fiz pra ela."

"Isso é bom", disse Erlendur. "Você deveria pensar nela todos os dias."

"Mas é tão difícil, e a gente não consegue se livrar. Nunca. O que eu devo fazer? O que posso fazer?"

"Não se esquecer dela. Pense nela. Sempre. Assim ela vai ajudar você."

"Como eu queria que ela estivesse aqui. Que tipo de pessoa eu sou? Que tipo de pessoa faz uma coisa dessas? Com a própria filha."

"Eva." Ele colocou o braço ao redor dela, ela se aninhou a ele, e os dois ficaram sentados na beira da cama enquanto a neve se acomodava silenciosamente sobre a cidade.

Depois de algum tempo, Erlendur sussurrou para que ela o esperasse no quarto. Ele a levaria para casa e passaria o Natal com ela. Eles olharam um para o outro. Mais calma agora, ela assentiu com a cabeça.

Mas agora ele estava em pé junto à porta de um quarto do andar de baixo, vendo Ösp trabalhar. Ele não conseguia parar de pensar em Eva. Sabia que precisava voltar correndo para ela, levá-la para casa, estar com ela, passar o Natal com ela.

"Nós conversamos com Steffí", ele disse, alto, dirigindo a voz para dentro do quarto. "O nome dela é Stefanía e ela é irmã do Gudlaugur."

Ösp saiu do banheiro.

"E aí, ela negou tudo ou...?"

"Não, ela não negou nada", disse Erlendur. "Ela sabe onde falhou e está se perguntando o que deu errado, quando isso aconteceu e por quê. Está se sentindo mal, mas está começando a lidar com isso. É difícil para ela, porque já é tarde demais para consertar as coisas."

"Ela confessou?"

"Confessou", disse Erlendur. "A maior parte. De fato. Ela não confessou com muitas palavras, mas ela sabe que papel desempenhou."

"A maior parte? O que isso quer dizer?"

Ösp passou por ele para ir buscar detergente e um pano, depois voltou ao banheiro. Erlendur entrou e observou-a fazendo a limpeza, como tinha feito antes, quando o caso ainda estava aberto e ela era uma espécie de amiga dele.

"Na verdade, tudo", ele disse. "Exceto o assassinato. Essa é a única coisa que ela não vai confessar."

Ösp borrifou o produto de limpeza no espelho do banheiro, impassível.

"Mas meu irmão viu", disse. "Ele a viu esfaquear o irmão. Ela não pode negar isso. Não pode negar que esteve lá."

"Não mesmo", disse Erlendur. "Ela estava no porão quando ele morreu. Só que não foi ela quem o esfaqueou."

"Foi, Reynir viu. Ela não pode negar."

"Quanto você deve a eles?"

"Devo a eles?"

"Quanto?"

"Devo a quem? Do que você está falando?"

Ösp esfregou o espelho como se sua vida dependesse disso, como se tudo fosse terminar se ela parasse, como se a máscara fosse cair e ela tivesse que desistir. Continuou borrifando e limpando, e evitou olhar-se nos olhos.

Erlendur olhava para ela, e uma frase de um livro que leu certa vez sobre indigentes de tempos passados lhe veio à cabeça: ela era uma filha bastarda do mundo.

"Elínborg é uma colega minha, e ela acabou de verificar sua ficha no Centro de Acolhimento a Vítimas. Com o pessoal que cuida de estupros. Foi há cerca de seis meses. Havia três deles. Aconteceu em uma cabana perto do lago Raudavatn. Foi tudo que você disse. Você afirmou não saber quem eles eram. Eles a pegaram numa sexta-feira à noite, quando você estava na cidade, levaram-na para a cabana e a estupraram, um após o outro."

Ösp começou a polir o espelho e Erlendur não conseguia ver se o que ele havia dito tivera algum efeito sobre ela.

"No final, você se recusou a identificá-los e se recusou a prestar queixa."

Ösp não disse uma palavra.

"Você trabalha neste hotel, mas não ganha o suficiente para pagar suas dívidas nem para sustentar seu vício. Você conseguiu mantê-los afastados pagando-lhes pequenas quantias, e eles lhe dão mais droga, mas começaram a ameaçá-la, e você sabe que eles cumprem suas ameaças."

Ösp não olhou para ele.

"Não há furtos neste hotel, não é verdade?", afirmou Erlendur. "Você disse isso para nos enganar, para nos levar a procurar algo que não existia."

Erlendur ouviu um barulho no corredor e viu Elínborg e quatro policiais na frente da porta. Fez um gesto para ela esperar.

"Seu irmão está na mesma situação que você. Talvez você tenha a mesma conta com eles, não sei. Ele foi espancado. Foi ameaçado. Seus pais foram ameaçados. E vocês não se atrevem a dar o nome dessas pessoas. A polícia não pode agir porque são apenas ameaças, e, quando essas pessoas fazem de fato alguma coisa, pegam você e a estupram, você não revela o nome delas. Nem seu irmão."

Erlendur parou e a observou.

"Um homem acabou de me telefonar. Ele trabalha na polícia, no esquadrão de entorpecentes. Às vezes recebe ligações de informantes que lhe contam o que ouvem nas ruas e no mundo das drogas. Ele recebeu um telefonema ontem à noite, na verdade de madrugada, de um homem que disse ter ouvido uma história sobre uma jovem estuprada há seis meses que tinha problemas para pagar seus traficantes, até que uns dias atrás ela saldou sua dívida. Tanto a dela quanto a do irmão. Isso lhe soa familiar?"

Ösp fez que não com a cabeça.

"Isso não lhe soa familiar?", Erlendur perguntou de novo. "O informante sabia o nome da jovem e sabia que ela trabalhava no hotel onde o Papai Noel foi morto."

Ösp continuou negando com a cabeça.

"Sabemos que Gudlaugur tinha meio milhão em seu quarto", disse Erlendur.

Ela parou de limpar o espelho, deixou cair as mãos ao lado do corpo e olhou para si mesma.

"Eu tenho tentado parar."

"Drogas?"

"É inútil. Eles são impiedosos, se você deve a eles."

"Você vai me contar quem eles são?"

"Eu não queria matá-lo. Ele sempre foi legal comigo. Mas aí..."

"Você viu o dinheiro?"

"Eu precisava do dinheiro."

"Foi por causa do dinheiro? Que você o atacou?"

Ela não respondeu.

"Foi pelo dinheiro? Ou foi por causa do seu irmão?"

"Um pouco dos dois", disse Ösp em voz baixa.

"Você queria o dinheiro."

"Queria."

"E ele estava se aproveitando de seu irmão."

"Estava."

Pelo canto do olho, ela viu seu irmão de joelhos, em cima da cama um monte de dinheiro e a faca, e sem pensar pegou a faca e tentou esfaquear Gudlaugur. Ele se defendeu com os braços, mas ela o atacou de novo, e mais uma vez, até que ele parou de se debater e caiu contra a parede. O sangue jorrou de uma ferida em seu peito, em seu coração.

A faca estava manchada de sangue, suas mãos ensanguentadas e o sangue havia espirrado em seu casaco. Seu irmão levantou-se do chão e saiu correndo em direção à escada.

Gudlaugur deu um gemido forte.

Um silêncio de morte desceu no pequeno quarto. Ela olhou para Gudlaugur e para a faca em suas mãos. De repente Reynir reapareceu.

"Alguém está descendo a escada", ele sussurrou.

Ele pegou o dinheiro, pegou sua irmã, que estava colada no lugar, e arrastou-a para fora do quarto, entrando no nicho no fim do corredor. Eles mal se atreviam a respirar quando a mulher se aproximou.

Ela olhou para a escuridão, mas não os viu.

Quando se aproximou da porta de Gudlaugur, soltou um grito abafado e eles ouviram Gudlaugur gemer.

"Steffí."

Depois não ouviram mais nada.

A mulher entrou no quarto, mas eles a viram recuar em linha reta. Ela recuou até a parede do corredor, e de repente deu as costas para a porta do quarto e saiu depressa, sem nem olhar para trás.

"Joguei o casaco fora e peguei outro. Reynir foi embora. Eu tinha que continuar trabalhando. Senão, vocês iriam perceber tudo imediatamente, pelo menos foi o que pensei. Então me pediram para ir buscá-lo para a festa de Natal. Eu não podia recusar. Não podia fazer nada que pudesse chamar a atenção para mim. Desci e esperei no corredor. A porta dele ainda estava aberta, mas não entrei. Voltei para cima e disse que o tinha encontrado no quarto e que achava que ele estava morto."

Ösp olhou para o chão.

"O pior é que ele sempre foi gentil comigo. Talvez por isso fiquei tão furiosa. Porque ele era uma das poucas pessoas que me tratavam com decência aqui, e então o meu irmão... Eu fiquei louca. Depois de tudo que..."

"Depois de tudo que fizeram com você?", disse Erlendur.

"Não adianta nada dar queixa contra esses desgraçados. Pelos estupros mais brutais e sangrentos, eles talvez peguem um ano, um ano e meio de prisão. Depois eles voltam para a rua. Você não pode fazer muita coisa. Não há onde conseguir ajuda. Você tem que pagar e pronto. Não importa como. Eu peguei o dinheiro e paguei. Talvez eu o tenha matado pelo dinheiro. Talvez por causa de Reynir. Não sei. Eu não sei..."

Ela fez uma pausa.

"Eu fiquei maluca", ela repetiu. "Nunca me senti assim. Nunca fiquei com tanta raiva. Revivi cada segundo naquela cabana. Eu os vi. Vi tudo acontecer de novo. Peguei a faca e tentei esfaqueá-lo em todos os lugares que pude. Tentei cortá-lo e ele tentou se defender, mas eu esfaqueei, esfaqueei, esfaqueei até que ele parou de se mexer."

Ela olhou para Erlendur.

"Eu não sabia que era tão difícil. Tão difícil matar alguém."

Elínborg apareceu na porta e fez um gesto para Erlendur, indicando que ela não conseguia entender por que eles não prendiam logo a garota.

"Onde está a faca?", perguntou Erlendur.

"A faca?", Osp disse, aproximando-se dele.

"A que você usou."

Ela parou por um instante.

"Coloquei-a de volta no lugar", disse por fim. "Eu a limpei da melhor maneira que pude na copa dos funcionários e me livrei dela antes de você aparecer."

"E onde ela está?"

"Coloquei-a de volta no lugar."

"Na cozinha, onde os talheres são guardados?"

"É."

"O hotel deve possuir quinhentas facas como essa", disse Erlendur, desesperado. "Como vamos encontrá-la?"

"Vocês podem começar pelo bufê."

"Pelo bufê?"

"Com certeza alguém a está usando."

34.

Erlendur entregou Ösp para Elínborg e os policiais e correu até seu quarto, onde Eva Lind esperava por ele. Ele colocou o cartão na ranhura e abriu a porta para descobrir que ela tinha aberto completamente a grande janela e estava sentada no parapeito, olhando para a neve que caía no chão vários andares abaixo.

"Eva", disse ele calmamente.

Eva disse alguma coisa que ele não entendeu.

"Vamos, querida", disse ele, aproximando-se com cautela.

"Parece tão fácil", disse Eva Lind.

"Eva, vamos", disse Erlendur em voz baixa. "Para casa."

Ela se virou. Olhou demoradamente para ele, e então fez que sim com a cabeça.

"Vamos", ela disse com calma, descendo para o chão e fechando a janela.

Ele caminhou até ela e a beijou na testa.

"Eu roubei a sua infância, Eva?", perguntou em voz baixa.

"Hein?

"Nada."

Erlendur olhou para os olhos dela por um bom tempo. Às vezes ele via cisnes brancos neles.

Agora eles eram negros.

O celular de Erlendur tocou no elevador a caminho do saguão. Ele reconheceu a voz imediatamente.

"Eu só queria lhe desejar um feliz Natal", disse Valgerdur; ela parecia estar sussurrando ao telefone.

"Para você também", disse Erlendur. "Feliz Natal."

No saguão, Erlendur olhou para o restaurante repleto de turistas empanturrando-se no bufê de véspera de Natal e tagarelando em todas as línguas imagináveis, num murmúrio alegre que se espalhava por todo o andar térreo. Ele não pôde deixar de pensar que um deles estava com a arma do crime nas mãos.

Contou ao chefe da recepção que Rósant podia muito bem ter sido o responsável por enviar a mulher que dormiu com ele naquela noite e que depois exigiu o pagamento. O homem respondeu que começava a suspeitar de algo assim. Ele já havia informado os proprietários do hotel sobre o gerente e o chefe dos garçons, mas não sabia como eles iriam tratar o assunto.

Erlendur percebeu de relance o gerente do hotel olhando espantado para Eva Lind. Ele ia fingir que não havia notado, mas o gerente disparou em sua direção.

"Eu só queria lhe agradecer e, é claro, você não precisa pagar sua hospedagem!"

"Eu já acertei tudo", disse Erlendur. "Até logo."

"E quanto a Henry Wapshott?", perguntou o gerente, bloqueando a passagem de Erlendur. "O que você vai fazer com ele?"

Erlendur parou. Ele estava segurando Eva Lind pela mão e ela olhou para o gerente com olhos sonolentos.

"Nós o estamos mandando para casa. Mais alguma coisa?"

O gerente hesitou.

"Você vai fazer alguma coisa sobre essas mentiras que a menina lhe contou sobre os hóspedes que vêm para congressos?"

Erlendur sorriu consigo mesmo.

"Você está preocupado com isso?"

"É tudo mentira."

Erlendur colocou o braço em torno de Eva Lind e os dois se dirigiram à porta da frente.

"Vamos ver", disse ele.

Enquanto eles atravessavam o saguão, Erlendur percebeu que as pessoas estavam parando e olhando em volta. As canções sentimentais de Natal não estavam mais tocando nos alto-falantes, e Erlendur sorriu consigo ao se dar conta de que o chefe da recepção havia aceitado seu pedido e trocado a música no sistema de som. Ele pensou nos discos. Havia perguntado a Stefanía onde ela achava que eles poderiam estar, mas ela não sabia. Não fazia ideia de onde seu irmão os guardara e não tinha certeza se um dia seriam encontrados.

Aos poucos, o murmúrio no restaurante desapareceu. Os hóspedes trocavam olhares espantados e olhavam para o teto em busca da música maravilhosamente bela que atingia seus ouvidos. Os funcionários interromperam suas atividades para ouvir. O tempo parecia ter parado.

Eles deixaram o hotel e mentalmente Erlendur cantou o belo hino em coro com o jovem Gudlaugur, sentindo mais uma vez o anseio profundo na voz do menino.

Ó Pai, transformai-me em uma luz para a curta estada de toda a minha vida...

ESTA OBRA FOI COMPOSTA EM ELECTRA PELO ACQUA ESTÚDIO E IMPRESSA
PELA RR DONNELLEY EM OFSETE SOBRE PAPEL PÓLEN SOFT DA SUZANO PAPEL
E CELULOSE PARA A EDITORA SCHWARCZ EM MARÇO DE 2012